A Nuvem Negra

Fred Hoyle

A Nuvem Negra

tradução
Érico Assis

posfácio
Richard Dawkins

todavia

Prefácio 7
Prólogo 9

1. Cenas de abertura 11
2. Uma reunião em Londres 34
3. A cena californiana 50
4. Movimentação multifária 76
5. Nortonstowe 103
6. A Nuvem se aproxima 122
7. A chegada 145
8. Mudanças positivas 154
9. Fino raciocínio 179
10. Estabelecendo comunicação 195
11. Os mísseis de hidrogênio 219
12. Informes de partida 238

Conclusão 258
Epílogo 261

A Nuvem Negra,
por Richard Dawkins 263

Prefácio

Torço para que meus colegas cientistas apreciem esta traquinagem. Afinal de contas, aqui há pouco que não se conceba possível.

Já que, na história, cito cargos institucionais que efetivamente existem, tive atenção meticulosa para garantir que os personagens a eles associados não façam referência aos detentores efetivos desses cargos.

É lugar-comum identificar opiniões expressas impetuosamente por um personagem com as do autor. Sob risco de soar trivial, comento que essa associação pode ser descabida.

F. H.

Prólogo

O episódio da Nuvem Negra sempre me despertou grande fascínio. A tese que me valeu o Fellowship no Queens' College de Cambridge tratava de aspectos desse acontecimento épico. A obra foi publicada a posteriori, com devidas revisões, como capítulo de *A história da Nuvem Negra*, de Sir Henry Clayton, para meu enorme agrado.

Não foi de todo surpresa que Sir John McNeil, nosso finado Senior Fellow e renomado físico, ao falecer, tenha me legado uma volumosa coleção de documentos que tratavam de suas experiências com a Nuvem. O que surpreendeu, contudo, foi a carta que acompanhava os documentos. Ela dizia:

Queens' College
19 de agosto de 2020

Cara Blythe,

Creio que você há de perdoar um velho por ocasionais acessos de riso frente a suas especulações quanto à Nuvem Negra. Foi por acaso, devido à minha posição durante a crise, que fiquei sabendo da real natureza da Nuvem. Essa informação, por conta de vários motivos coercitivos, nunca veio a público e parece desconhecida dos autores das historiografias (*sic!*) oficiais. Decidir se meu conhecimento deveria ou não definhar comigo muito angustiou minha mente. Assim, decidi repassar a você minhas inconveniências e incertezas. Creio que ficará mais claro ao ler meu manuscrito, o qual, a propósito, escrevi na terceira pessoa para que eu não interfira sobremaneira na narrativa!

Além do manuscrito, deixo um envelope no qual se encontra um rolo de fita perfurada. Rogo que guarde esta fita com o máximo cuidado até que venha a compreender sua significância.

Atenciosamente,
John McNeil

1.
Cenas de abertura

Eram oito horas conforme o meridiano de Greenwich. Na Inglaterra, o sol invernal de 7 de janeiro de 1964 acabava de se erguer. Em toda latitude e longitude do país, o povo tiritava em casas mal arrefecidas enquanto lia seus jornais matutinos, sorvia seus cafés da manhã e resmungava quanto ao clima, o qual, verdade seja dita, andava pavoroso.

O meridiano de Greenwich passa, ao sul, pelo oeste da França e sobre os Pirineus nevados, assim como pela borda leste da Espanha. Depois, a linha passa a oeste das Ilhas Baleares, onde gente esperta do norte tinha vindo passar as férias de inverno — em qualquer praia de Minorca, provavelmente se avistaria um grupo risonho voltando do banho de mar matinal. E assim seguia pelo norte africano e pelo Saara.

Depois, o meridiano primordial chega ao equador, passa pelo Sudão Francês, pelo Império Axante e pela Costa Dourada, onde novas usinas de alumínio brotavam ao longo do rio Volta. Dali ele atravessa um vasto trecho de oceano, sem interrupções até a Antártida, onde acotovelavam-se expedições de uma dúzia de nações.

Todas as terras a leste dessa linha, até chegar à Nova Zelândia, estavam voltadas para o Sol. Na Austrália, a noite vinha chegando. Sombras compridas se projetavam sobre o campo de críquete de Sydney. Rolavam os últimos *overs* do dia na partida entre New South Wales e Queensland. Em Java, pescadores ocupavam-se dos preparativos para o trabalho noturno.

Na enorme amplitude do Pacífico, da América e do Atlântico, já era noite. Em Nova York, eram três da manhã. A cidade estava reluzente e ainda se via muito trânsito, independentemente da última nevasca e de um vento gelado que vinha do noroeste. E em nenhum lugar da Terra se via mais movimento do que em Los Angeles. Lá já era meia-noite: bulevares lotados, carros disparando pelas autoestradas, restaurantes cheios.

A cento e noventa quilômetros ao sul, os astrônomos do monte Palomar já haviam iniciado os trabalhos da noite. Mas embora o céu noturno estivesse desanuviado e as estrelas cintilassem de horizonte a zênite, do ponto de vista do astrônomo profissional as condições eram consideradas ruins — a "visibilidade" estava baixa, pois havia vento demais nos níveis mais altos. Portanto, ninguém se arrependeu de soltar os instrumentos para um lanche de meia-noite. Mais cedo, quando o prospecto já era bastante dúbio, eles haviam concordado em encontrar-se no domo do telescópio Schmidt de 1,22 metro.

Paul Rogers trilhou os quase quatrocentos metros do telescópio de 5,1 metros até o Schmidt para descobrir que Bert Emerson já havia iniciado os trabalhos, com seu prato de sopa. Andy e Jim, os assistentes da noite, estavam atentos ao fogareiro.

"Desculpe já ter iniciado", disse Emerson, "mas parece que a rodada da noite vai ser dispensável."

Emerson trabalhava em um levantamento especial dos céus, e apenas condições de visibilidade excelentes eram apropriadas a seu trabalho.

"Bert, você é um sujeito de sorte. Pelo jeito vai ganhar mais uma noite de folga."

"Vou ficar mais uma hora. Se não melhorar, largo mão e vou embora."

"Sopa, pão e geleia, sardinhas, café", disse Andy. "O que deseja?"

"Uma tigela de sopa e uma xícara de café, obrigado", disse Rogers.

"O que você vai fazer no 5,1? Vai usar a câmera Jiggle?"

"Sim, hoje eu consigo ficar bastante tempo. Quero dar conta de várias transferências."

Eles foram interrompidos por Knut Jensen, que havia trilhado um percurso um tanto maior, vindo desde o Schmidt de 46 centímetros.

Ele foi recebido por Emerson.

"Olá, Knut. Temos sopa, pão e geleia, sardinhas e o café do Andy."

"Acho que vou começar com sopa e sardinhas, por favor."

O jovem norueguês, que puxava levemente de uma perna, pegou uma tigela de creme de tomate e em seguida verteu uma dúzia de sardinhas para dentro. Os outros ficaram olhando, pasmos.

"Meu Judas, esse garoto tem fome", disse Jim.

Knut ergueu o olhar, um tanto surpreso.

"Vocês não gostam de sardinha assim? Ah, então não sabem comer sardinha. Provem, vocês vão gostar."

Depois de gerar certa comoção, ele complementou:

"Achei que senti cheiro de um gambá antes de entrar."

"Combina com essa mistura que você está comendo, Knut", disse Rogers.

Quando os risos cessaram, Jim perguntou:

"Ouviu falar do gambá de uns quinze dias atrás? Ele soltou o gás perto da entrada de ar do 5,1. Antes que alguém conseguisse parar o bombeamento, isso aqui se encheu de gás. Era fedor cem por cento. Devia ter uns duzentos visitantes dentro do domo na hora."

"Ainda bem que não cobramos entrada", riu Emerson, "se não, o Observatório ia se afundar em indenizações."

"Azar das lavanderias", Rogers complementou.

Na volta do Schmidt de 46 centímetros, Jensen parou para ouvir o vento contra as árvores na encosta norte da montanha. As semelhanças com os morros de sua terra desencadeavam um acesso irreprimível de saudade, de vontade de voltar à família, de ver Greta. Aos vinte e quatro, ele estava nos Estados Unidos para dois anos de bolsa. Seguiu caminhando, tentando livrar-se daquela ânsia que considerava absurda. Racionalmente, não tinha motivo algum para desânimo. Todos o tratavam com bondade imensa e ele tinha o trabalho ideal para um principiante.

A astronomia é gentil com principiantes. Há muitas funções a se cumprir, funções estas que podem levar a resultados de importância mas que não exigem grande experiência. A função de Jensen era uma dessas. Ele estava à procura de supernovas, de estrelas que explodem com violência espetacular. Tinha esperança razoável de encontrar uma ou duas ao longo do próximo ano. Já que não havia como prever um rompante, tampouco em que posição no céu estaria a estrela em explosão, a única coisa a fazer era continuar fotografando todo o céu, noite sim e noite também, mês sim e mês também. Um dia ele daria sorte. É certo que, caso encontrasse uma supernova localizada não muito distante nas profundezas do espaço, mãos mais experientes que as suas assumiriam a função. Em vez do Schmidt de 46 centímetros, toda a potência do colossal telescópio de 5,1 metros seria voltada a revelar os espetaculares segredos dessas peculiares estrelas. Todavia, a honra da descoberta seria dele. E a experiência que vinha adquirindo no maior observatório do mundo pesaria bastante a seu favor assim que ele voltasse para casa — havia grandes expectativas de um bom cargo. Aí, ele e Greta poderiam casar-se. Então, com o que diabos estava preocupado? Ele praguejou contra si, o tolo, por enervar-se com um vento na encosta.

Nisso ele já havia chegado à cabine que abrigava o pequeno Schmidt. Entrando, primeiro consultou o caderno para descobrir qual a próxima porção do céu que deveria fotografar. Configurou a devida orientação, ao sul da constelação de Órion: os meados do inverno eram a única época do ano em que se avistava essa região. O passo seguinte foi iniciar a exposição. Restava esperar até que o alarme sinalizasse o final. Não havia nada a fazer fora sentar e esperar, no escuro, deixando sua mente vagar por onde bem quisesse.

Jensen trabalhou até a alvorada, fazendo uma exposição atrás da outra. Mesmo assim seu trabalho ainda não havia acabado. Ele ainda tinha de revelar as chapas que haviam se acumulado ao longo da noite. Isso exigia muita atenção. Um deslize nessa etapa representaria perda de muito trabalho, o que não era algo a cogitar.

Normalmente ele se pouparia desta última e minuciosa tarefa. Normalmente se retiraria para o dormitório, dormiria cinco ou seis horas, tomaria o café da manhã ao meio-dia e só então encararia as revelações. Mas esse havia sido o fim de sua "rodada". A Lua subia, o que significava o fim das observações por uma quinzena, já que a busca por supernovas não podia ocorrer durante a metade do mês em que a Lua tomava o céu noturno — devido ao simples fato de que o satélite refletia tanta luz que as chapas sensíveis ficavam irremediavelmente embaçadas.

Portanto, nesse dia em particular, ele voltaria à sede administrativa do Observatório, em Pasadena, a duzentos quilômetros dali. O transporte para Pasadena saía às 11h30, de modo que a revelação teria de ser feita antes. Jensen decidiu que seria melhor fazê-la de imediato. Depois ele teria quatro horas de sono, um rápido café da manhã e estaria pronto para a viagem até a cidade.

Funcionou como ele havia planejado. Porém, quem fez o percurso norte no translado do Observatório naquele dia foi um jovem exausto. Estavam ali três: o motorista, Rogers e

Jensen. A rodada de Emerson ainda duraria duas noites. Os amigos de Jensen na ventosa e nevada Noruega ficariam surpresos se soubessem que ele dormiu enquanto o carro avançava pelos quilômetros de laranjais que ladeavam a estrada.

Jensen dormiu até tarde na manhã seguinte e só depois das onze chegou à sede administrativa do Observatório. Ele tinha mais ou menos uma semana de trabalho pela frente, examinando as chapas que havia obtido durante a última quinzena. O que precisava fazer era comparar suas últimas observações com as chapas correspondentes que havia feito no mês anterior. E tinha de fazer uma comparação para cada porção do céu.

Assim, em fins da manhã de 8 de janeiro de 1964, Jensen estava no porão dos prédios do Observatório montando um instrumento conhecido como "comparador de intermitência". Como sugere o nome, o "comparador de intermitência" era um aparelho que lhe possibilitava olhar primeiro uma chapa, depois outra, depois voltar à primeira e assim por diante em rápida sucessão. Quando se fazia isso, qualquer estrela que houvesse sofrido a mínima alteração durante o intervalo entre as tomadas das duas chapas destacava-se como um ponto de luz oscilante ou "piscante", enquanto a vasta maioria das estrelas que não haviam sofrido alteração alguma mantinham-se imóveis. Desse modo era possível distinguir com facilidade relativa a única estrela entre dez mil outras que havia sofrido alteração. Poupava-se, assim, um enorme trabalho porque não se precisava examinar cada estrela em separado.

Precisava-se de muita atenção para preparar as chapas para o "comparador de intermitência". Elas não só precisavam ter sido fotografadas com o mesmo instrumento, mas deviam, o máximo possível, ser fotografadas sob condições idênticas. Elas deviam ter o mesmo tempo de exposição, e sua revelação devia ser o mais similar que um astrônomo conseguisse dar conta. Isso explica por que Jensen tivera tanta meticulosidade em seus tempos de exposição e revelação.

A dificuldade atual de Jensen estava no fato de que estrelas explosivas não são as únicas que apresentam mudanças. Embora a grande maioria das estrelas não se altere, há vários tipos de estrelas variáveis, as quais "piscam" do modo aqui descrito. Essas variáveis comuns tinham de ser conferidas à parte e eliminadas da busca. Jensen estimara que provavelmente precisaria conferir e eliminar a maior parte das dez mil variáveis comuns até encontrar uma supernova. Ele costumava eliminar "piscantes" com uma vista rápida, mas às vezes havia casos de dúvida. Então teria de recorrer a um catálogo estelar, o que significaria medir a posição exata da estrela em questão. Assim, no geral, era bastante trabalho a fazer antes de ele dar conta da pilha de chapas — trabalho este que não era pouco tedioso.

Em 14 de janeiro, já tinha terminado toda a pilha. Naquela noite, decidiu voltar ao Observatório. Havia passado a tarde no California Institute of Technology, onde houvera um interessante seminário a respeito dos braços espiralados das galáxias. Após o seminário, houve longa discussão. Ele e seus amigos debateram o tema ao longo do jantar e durante a viagem de volta ao Observatório. Calculava que daria conta da última leva de chapas, as que havia tirado na noite do 7 de janeiro.

Terminou a primeira da leva. Foi um trabalho enjoado. Mais uma vez, cada uma das "possibilidades" mostrou-se uma estrela variável comum, já conhecida. Ele estava ansioso para que o serviço chegasse ao fim. Melhor estar na montanha na ponta do telescópio do que forçar os olhos com este instrumento danado, pensou ele, ao agachar-se para o visor. Ele apertou o interruptor e o segundo par brilhou no campo de visão. Um instante depois, Jensen estava remexendo as chapas, tirando-as dos suportes. Ele as levou à luz, inspecionou-as por um bom tempo, substituiu-as no "comparador de intermitência" e ligou de novo. Em um campo de estrelas abundante, havia uma mancha negra quase que perfeitamente circular. Mas o que achou espantoso foi o anel de estrelas que circundava a mancha. Lá estavam elas, oscilando, piscando, todas. Por quê? Ele não conseguia achar resposta satisfatória à pergunta, pois nunca tinha visto nem ouvido nada assim.

Jensen se viu incapaz de prosseguir com o trabalho. Estava muito empolgado com a descoberta. Pensou que precisava conversar com alguém a respeito daquilo. A pessoa óbvia seria o dr. Marlowe, um dos membros sênior da equipe do Observatório. A maioria dos astrônomos especializa-se em uma ou outra das diversas facetas do tema. Marlowe também tinha suas especialidades, mas era acima de tudo um homem de conhecimento geral abundante. Talvez fosse por isso que cometesse menos erros que a maioria. Estava sempre disposto a falar de astronomia, a qualquer hora do dia e da noite, e falava com todo entusiasmo com quem quer que fosse: um cientista de renome como ele ou um jovem em início de carreira. Foi natural, portanto, Jensen querer contar a Marlowe de sua curiosa descoberta.

Ele cuidadosamente colocou as duas chapas relevantes numa caixa, desligou o equipamento elétrico, apagou as luzes do porão e dirigiu-se ao quadro de avisos na frente da biblioteca. O passo seguinte seria consultar a lista de observações. Para sua satisfação, descobriu que Marlowe não estava em Palomar nem no monte Wilson. Mas, é claro, talvez não estivesse em casa. Jensen estava com sorte, porém, pois com um telefonema descobriu que Marlowe estava, sim, em casa. Quando lhe explicou que queria conversar porque havia surgido algo de esquisito, Marlowe disse:

"Venha já, Knut, estou te aguardando. Não, está tudo bem. Eu não estava fazendo nada de mais."

O fato de Jensen ter chamado um táxi para levá-lo à casa de Marlowe diz muito sobre o estado de espírito do jovem. Um estudante com bolsa anual de dois mil dólares não costuma se deslocar de táxi. Era o caso de Jensen. A parcimônia lhe era importante porque ele queria visitar diversos observatórios dos Estados Unidos antes de voltar à Noruega, e ainda tinha de comprar presentes. Mas, nessa ocasião, a questão do gasto nem passou pela sua cabeça. Ele foi até Altadena agarrado à caixa de chapas, perguntando-se se ia passar por tolo. Será que teria cometido algum erro imbecil?

Marlowe o aguardava.

"Pode entrar", ele disse. "Tome um drinque. Na Noruega vocês bebem coisa forte, não é?"

Knut sorriu.

"Não tão fortes quanto as suas, dr. Marlowe."

Marlowe conduziu Jensen a uma poltrona perto da lareira (tão adorada por aqueles que moram em casas com aquecimento central) e, depois de retirar um gato gordo de uma segunda poltrona, também se sentou.

"Que bom que você ligou, Knut. Minha esposa saiu e eu estava me perguntando o que fazer."

Então, como lhe era típico, ele lançou-se ao assunto: desconhecia a diplomacia e a finesse política.

"Bom, o que temos aí?", disse, apontando a caixa amarela que Jensen havia trazido.

Um tanto acanhado, Knut mostrou a primeira das duas fotos, a tirada em 9 de dezembro de 1963, e a entregou sem fazer comentários. Logo ficou satisfeito com a reação.

"Meu Deus!", Marlowe exclamou. "Tirada com o 46 centímetros, imagino. Sim, já vi que você anotou na lateral da chapa."

"O senhor acha que tem algo errado?"

"Até onde eu percebo, não." Marlowe puxou uma lupa do bolso e fez um exame minucioso da chapa.

"Me parece perfeita. Nenhum defeito na chapa."

"Conte-me por que se surpreendeu, dr. Marlowe."

"Ora, não foi isso que pediu para eu ver?"

"Não ela em si. O estranho está na comparação com a segunda chapa, que eu bati um mês depois."

"Mas esta aqui já é singular", disse Marlowe. "Você a deixou um mês na gaveta! Que pena que não me mostrou na hora. Mas não tinha como saber, é claro."

"Não entendi por que o senhor se surpreendeu tanto com essa chapa."

"Ora, perceba aqui esta mancha negra e circular. É óbvio que é uma nuvem escura ofuscando a luz das estrelas que estão além. Glóbulos assim não são de todo incomuns na Via Láctea, mas costumam ser coisinhas minúsculas. Meu Deus, veja isso! É imensa. A transversal deve ter no mínimo dois graus e meio!"

"Mas, dr. Marlowe, existem muitas nuvens maiores, principalmente na região de Sagitário."

"Se você olhar com atenção essas nuvens que parecem grandes, vai descobrir que são constituídas de várias nuvenzinhas. Isto que você tem aqui, por outro lado, parece ser uma só nuvem esférica. O que me surpreende de verdade é como eu pude deixar de ver algo tão grande."

Marlowe conferiu de novo as anotações na chapa.

"É fato que está no sul, e não damos muita bola para o céu do inverno. Mesmo assim, não vejo como eu poderia tê-la desconsiderado enquanto trabalhava no Trapézio de Órion. Faz só três ou quatro anos, e eu não teria esquecido uma coisa assim."

Marlowe não ter identificado a nuvem com antecedência — e não havia dúvida de que era uma nuvem — surpreendeu Jensen. Marlowe conhecia o céu e todos os objetos estranhos que se viam nele tão bem quanto conhecia as ruas e avenidas de Pasadena.

Marlowe foi até o aparador para recalibrar as bebidas. Quando voltou, Jensen lhe disse:

"O que me deixou intrigado foi a segunda chapa."

Marlowe não a havia conferido nem por dez segundos quando voltou à primeira chapa. Seu olho experiente não precisava de um "comparador de intermitência" para ver que, na primeira, a nuvem era cercada por um anel de estrelas que estava ou ausente ou quase ausente na segunda. Ele continuou a fitar as duas chapas, pensativo.

"Não houve nada de incomum no modo como você fotografou estas duas?"

"Até onde sei, não."

"Elas parecem bem fotografadas, mas o seguro morreu de velho."

Marlowe parou de repente e se levantou. Tal como sempre fazia quando estava animado ou agitado, ele soprou grandes nuvens de tabaco sabor anis, a variedade sul-africana de que gostava. Jensen ficou admirado de o bojo do cachimbo não ter pegado fogo.

"Deve ter acontecido alguma loucura. O melhor que podemos fazer é tirar outra chapa imediatamente. Quem será que está na montanha hoje à noite?"

"O senhor fala do monte Wilson ou de Palomar?"

"Monte Wilson. Palomar é muito longe."

"Bom, até onde eu lembro, um dos astrônomos visitantes está usando o de dois metros e meio. Acho que Harvey Smith está no de um e meio."

"Olha, acho que seria melhor ir eu mesmo. Harvey não vai se importar de emprestar por uns instantes. É claro que não vou conseguir captar toda a nebulosidade, mas consigo pegar os campos de estrelas na beirada. Sabe as coordenadas exatas?"

"Não. Telefonei assim que testei as chapas no 'comparador'. Não parei para medir."

"Bom, não há problema, podemos fazer isso no caminho. Mas não há motivo para você perder a noite de sono, Knut. Por que não vai para seu dormitório? Vou deixar um bilhete para Mary avisando que só volto amanhã."

Jensen estava empolgado quando Marlowe o deixou em seu alojamento. Antes de dormir, ele escreveu cartas para casa: uma para seus pais, contando em poucas palavras de sua descoberta incomum, e outra para Greta, dizendo que acreditava ter se deparado com algo importante.

Marlowe foi até a sede do Observatório. Sua primeira medida foi telefonar para o monte Wilson e conversar com Harvey Smith. Quando ouviu o sotaque sulista arrastado de Smith, ele disse:

"Aqui é Geoff Marlowe. Veja só, Harvey: apareceu uma coisa muito esquisita, tão esquisita que queria saber se hoje à noite você pode me emprestar o um e meio. O que é? Não sei o que é. É justamente o que eu quero descobrir. Tem a ver com o trabalho do jovem Jensen. Venha cá às dez horas amanhã e vou poder contar mais. Caso ache um tédio, eu lhe garanto uma garrafa de scotch. Assim fica bom pra você? Ótimo! Diga ao assistente da noite que eu chego por volta da uma, pode ser?"

A seguir, Marlowe fez outra ligação, para Bill Barnett, no Caltech.

"Bill, aqui é o Geoff Marlowe, ligando da sede do Observatório. Queria lhe dizer que amanhã teremos uma reunião muito importante aqui, às dez horas. Gostaria que você viesse e trouxesse uns teóricos. Não precisam ser astrônomos. Traga rapazes espertos, vários… Não, não posso explicar agora. Amanhã vou saber mais. Hoje vou para o um e meio. Mas vou lhe dizer que, se até a hora do almoço de amanhã você achar que eu o botei numa roubada, garanto uma caixa de scotch… Combinado!"

Ele ficou cantarolando de empolgação enquanto corria para o porão onde Jensen estivera trabalhando mais cedo. Passou por volta de quarenta e cinco minutos medindo as chapas de Jensen. Quando se satisfez de que saberia o ponto exato para apontar o telescópio, saiu, entrou no carro e partiu em direção ao monte Wilson.

Dr. Herrick, o diretor do Observatório, ficou pasmo ao encontrar Marlowe o esperando quando chegou a sua sala, às sete e meia da manhã seguinte. Era hábito do diretor começar o dia por volta de duas horas antes do corpo principal de funcionários, "para dar conta do serviço", como ele dizia. No outro extremo, Marlowe só costumava dar o ar de sua graça por volta das dez e meia, às vezes mais tarde. Naquele dia, contudo, Marlowe estava sentado na mesa dele, inspecionando meticulosamente uma pilha de chapas reveladas, mais ou menos uma dúzia. A surpresa de Herrick não passou quando ele ouviu o que Marlowe tinha a dizer. Os dois passaram a hora e meia seguinte em franca discussão. Por volta das nove horas, saíram para um rápido desjejum, e voltaram a tempo dos preparativos para a reunião que aconteceria às dez na biblioteca.

Quando a comitiva com Bill Barnett e mais quatro chegou, eles encontraram doze membros do Observatório já reunidos, incluindo Jensen, Rogers, Emerson e Harvey Smith. Havia um quadro-negro a postos, além de uma tela e um projetor de slides. O único integrante da comitiva de Barnett que teve de ser apresentado foi Dave Weichart. Marlowe, que já ouvira vários relatos sobre o potencial do brilhante físico de vinte e sete anos, comentou que Barnett havia cumprido com louvor a solicitação de trazer um garoto esperto.

"O melhor que eu posso fazer", principiou Marlowe, "é explicar as coisas de modo cronológico, começando pelas chapas que Knut Jensen trouxe à minha casa na noite passada. Quando eu as mostrar, vocês vão entender por que convoquei esta reunião de emergência."

Emerson, que trabalhava no projetor, colocou um slide que Marlowe havia feito da primeira chapa de Jensen, a tirada na noite de 9 de dezembro de 1963.

"O centro da bolha negra", prosseguiu Marlowe, "está na Ascensão Reta de 4 horas e 49 minutos. Declinação de menos 30 graus e 16 minutos, até onde posso avaliar."

"Um belo exemplar de glóbulo de Bok", disse Barnett.

"Qual é o tamanho?"

"Transversal aproximada de dois graus e meio."

Ouviram-se suspiros de vários astrônomos.

"Geoff, pode ficar com seu uísque", disse Harvey Smith.

"E com a minha caixa", complementou Bill Barnett, provocando gargalhada geral.

"Creio que vão precisar do uísque quando virem a próxima chapa. Bert, fique trocando as duas, vai e volta, para termos uma ideia de comparação", Marlowe prosseguiu.

"É fantástico", irrompeu Rogers. "Parece que há um anel de estrelas variáveis circundando a nuvem. Mas como pode?"

"Não pode", Marlowe respondeu. "Foi o que eu vi na mesma hora. Mesmo que admitamos a hipótese pouco provável de que esta nuvem seja cercada por um halo de estrelas variáveis, é inconcebível que elas oscilassem em sincronia, todas acesas no primeiro slide e todas apagadas no segundo."

"É, seria um absurdo", Barnett interveio. "Se aceitarmos que não houve deslize na fotografia, há apenas uma explicação possível. A nuvem está vindo na nossa direção. No segundo slide ela está mais próxima e, portanto, ofusca mais das estrelas distantes. Qual o intervalo entre as duas chapas?"

"Menos de um mês."

"Então deve haver algo de errado com as fotos."

"Foi exatamente o que eu pensei na noite passada. Mas, como não encontrei nada de errado com as chapas, o passo mais óbvio foi tirar novas fotos. Se um mês fez tanta diferença entre a primeira e a segunda chapa de Jensen, então o efeito seria detectável com clareza em uma semana — a última chapa de Jensen foi fotografada em 7 de janeiro. Ontem foi 14 de janeiro. Corri até o monte Wilson, tirei Harvey do um e meio e passei a noite fotografando as beiradas da nuvem. Tenho uma coleção de slides recém-batidos. É claro que não estão na mesma escala das chapas de Jensen, mas vocês vão observar muito bem o que está acontecendo. Pode colocar um por um, Bert, e fique voltando à chapa de 7 de janeiro do Jensen."

O silêncio dos quinze minutos seguintes foi praticamente mortal. Os campos de estrelas na beirada da nuvem eram comparados com extrema atenção pelos astrônomos consagrados. Ao final, Barnett disse:

"Desisto. Até onde sei, não há sombra de dúvida de que essa nuvem está se deslocando na nossa direção."

E estava evidente que ele havia expressado a convicção dos ali reunidos. As estrelas na beira da nuvem eram pouco a pouco apagadas conforme a nuvem avançava rumo ao Sistema Solar.

"Na verdade, não há dúvida nenhuma", prosseguiu Marlowe. "Quando discuti a questão com o dr. Herrick, hoje pela manhã, ele ressaltou que temos uma fotografia desta porção do céu tirada há vinte anos."

Herrick apresentou a fotografia.

"Não tivemos tempo de preparar um slide", disse ele, "então precisaremos passar de mão em mão. Vocês podem ver a nuvem negra, mas na foto ela ficou pequena. Um glóbulo. Eu apontei com uma seta."

Entregou a foto a Emerson, que, depois de passá-la a Harvey Smith, disse:

"É evidente que ela teve um crescimento descomunal ao longo destes vinte anos. Fico um pouco receoso quanto ao que ocorrerá nos próximos vinte. Parece que pode encobrir toda a constelação de Órion. Daqui a pouco os astrônomos vão perder o emprego."

Foi então que Dave Weichart pronunciou-se pela primeira vez.

"Gostaria de fazer duas perguntas. A primeira é sobre a posição da nuvem. Pelo que entendi do que vocês disseram, a nuvem está crescendo no tamanho aparente porque vem se aproximando de nós. Isso ficou claro. Mas o que eu gostaria de saber é se o centro dela está na mesma posição ou se parece estar se deslocando contra o pano de fundo das estrelas."

"Ótima pergunta. Parece que o centro da nuvem se movimentou muito pouco nos últimos vinte anos em relação ao campo de estrelas", Herrick respondeu.

"Então a nuvem está na rota direta do Sistema Solar."

Weichart estava acostumado a pensar mais rápido que outros, de modo que, quando viu que eles hesitavam para aceitar sua conclusão, passou ao quadro-negro.

"Posso esclarecer com um desenho. Aqui está a Terra. Vamos supor primeiro que a nuvem está em rota direta na nossa direção, assim, de A a B."

Terra   B   A

"Então, em B, a nuvem parecerá maior, mas seu centro estará na mesma direção. É a situação que parece corresponder ao observado."

Ouviu-se um burburinho geral de concordância, depois Weichart prosseguiu:

"Então vamos supor que a nuvem esteja vindo de lado e ao mesmo tempo na nossa direção, e vamos supor que o movimento lateral seja praticamente da mesma velocidade que o na nossa direção. Então a nuvem se movimentará mais ou menos assim. Se vocês pensarem no movimento de *A* a *B*, vão ver que há dois efeitos: a nuvem parecerá maior em *B* do que estava em *A*, exatamente como na situação anterior, mas agora o centro terá se deslocado. E ela vai se movimentar conforme o ângulo *AEB*, que deve ser da ordem dos trinta graus."

"Não creio que o centro tenha se movimentado em um ângulo de mais que um quarto de grau", Marlowe observou.

"Então o movimento lateral não pode ser de mais que um por cento do movimento na nossa direção. Parece que a nuvem está vindo ao Sistema Solar como uma bala em direção ao alvo."

"Então, Dave, você diz que não há chance de a nuvem errar o Sistema Solar, ou de, digamos, 'passar raspando'?"

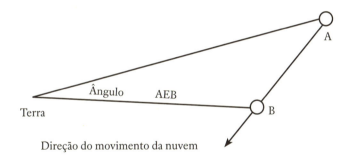

"Dados os fatos que temos, a nuvem vai nos acertar em cheio, bem no meio do alvo. Lembrem que ela já tem dois graus e meio de diâmetro. A velocidade transversal teria de ser no máximo por volta de dez por cento da velocidade radial para não nos acertar. E isso significaria um movimento angular do centro muito maior do que o que o dr. Marlowe disse que ocorre. A outra pergunta que eu gostaria de fazer é a seguinte: por que esta nuvem não foi detectada antes? Não quero ser grosseiro, mas me surpreende que ela não tenha sido captada há um bom tempo. Há uns dez anos, digamos."

"Essa foi a primeira pergunta que me veio à mente, é claro", Marlowe respondeu. "Fiquei tão abismado que mal pude dar o crédito ao trabalho de Jensen. Mas depois percebi uma série de motivos. Se uma nova ou supernova forte piscasse no céu, imediatamente ela seria detectada por milhares de leigos, sem falar nos astrônomos. Mas como não é algo que brilha, e sim uma coisa escura, não se tem algo fácil de captar — uma mancha negra fica camuflada no céu. Claro que, se uma das estrelas ocultadas pela nuvem fosse das que brilham forte, teríamos notado. O desaparecimento de uma estrela brilhante não é tão fácil de detectar quanto o surgimento de uma nova estrela brilhante, mas, não obstante, ela teria sido notada por milhares de astrônomos profissionais e amadores. Ocorreu, contudo, de todas as estrelas próximas à nuvem serem telescópicas, e nenhuma mais brilhante que as de oitava magnitude. Foi o primeiro infortúnio. Depois, vocês hão de saber que, para conseguir boas condições de visibilidade, preferimos trabalhar com objetos próximos ao zênite, e essa nuvem fica bem baixa no nosso céu. Por isso era natural para nós evitar essa porção do céu, fora quando acontecia de ela conter algum material de interesse particular, o que, por um segundo infortúnio (se excluirmos a situação da nuvem), não acontece. É verdade que nos observatórios no hemisfério sul a nuvem ficaria mais alta no céu, mas os observatórios do hemisfério sul penam com o baixo efetivo para lidar com uma série de problemas importantes, ligados às Nuvens de Magalhães e ao núcleo da galáxia. A nuvem tinha de ser detectada mais cedo ou mais tarde. Acabou sendo mais tarde, mas poderia ter sido antes. É tudo que tenho a dizer."

"É tarde para se preocupar com isso", disse o diretor. "Nosso próximo passo deve ser medir a velocidade com que a nuvem vem em nossa direção. Marlowe e eu conversamos longamente e achamos que é possível fazer isso. As estrelas na margem da nuvem ficam parcialmente obscuras, como mostram as chapas que Marlowe fez na noite passada. O espectro delas deve mostrar linhas de absorção causadas pela nuvem, e o efeito Doppler vai nos dizer a velocidade."

"Aí talvez consigamos calcular quanto tempo a nuvem levará para nos alcançar", Barnett entrou na conversa. "Devo dizer que não estou gostando disso. Pelo modo como a nuvem aumentou seu diâmetro angular nos últimos vinte anos, parece que estará em cima de nós em questão de cinquenta ou sessenta anos. Quanto tempo você acha que vai levar para conseguir um efeito Doppler?"

"Uma semana, quem sabe. Não deve ser difícil."

"Desculpem, não entendi", Weichart os interrompeu. "Não entendo por que precisariam saber a velocidade da nuvem. Vocês podem calcular de imediato quanto tempo a nuvem vai levar para nos alcançar. Deixem que eu faço. Aposto que a resposta será bem abaixo de cinquenta anos."

Pela segunda vez, Weichart deixou sua cadeira, foi até o quadro-negro e apagou seus desenhos de antes.

"Poderia exibir os dois slides de Jensen de novo, por favor?"

Quando Emerson os exibiu, primeiro um e depois o outro, Weichart perguntou: "Vocês têm como estimar o quanto a nuvem está maior no segundo slide?".

"Eu diria que uns cinco por cento. Pode ser um pouco mais ou um pouco menos, mas é certo que não será muito distante de cinco por cento", Marlowe respondeu.

"Certo", Weichart prosseguiu, "vamos começar definindo símbolos."

Depois se seguiu um cálculo um tanto quanto complexo, ao fim do qual Weichart proclamou:

"E assim vemos que a nuvem negra chegará aqui em agosto de 1965, talvez antes se as estimativas atuais tiverem de sofrer correção."

Então ele voltou ao quadro-negro, conferindo seu argumento matemático.

"Parece tudo certo. Muito claro, aliás", disse Marlowe, baforando grandes volumes de fumaça.*

"Sim, parece incontestável", respondeu Weichart. Ao final dos espantosos cálculos de Weichart, o diretor achou sapiente alertar a todos reunidos que deveriam manter sigilo. Estivessem certos ou errados, nada de bom adviria de comentar o assunto fora do Observatório, nem mesmo em casa. Assim que se acendesse a fagulha, a história ia se espalhar como um incêndio e no instante seguinte estaria nos jornais. O diretor nunca tivera motivo para prezar jornalistas, sobretudo quanto à precisão científica deles.

Do meio-dia às duas horas, ficou sozinho no escritório, digladiando-se com a situação mais difícil que já vivera. Seria absolutamente avesso a sua natureza anunciar qualquer resultado

---

* Detalhes dos comentários e das contas de Weichart no quadro-negro: Considere α para tratar do diâmetro angular atual da nuvem, medido em radianos,
d para o diâmetro linear da nuvem,
D para distância da Terra,
V para velocidade de aproximação,
T para o tempo exigido para ela chegar ao sistema solar.
Para começar, evidentemente, temos que $\alpha = d/D$
Derive essa equação no que diz respeito ao tempo t e temos que $\frac{d\alpha}{dt} = \frac{-d}{D^2} \frac{dD}{dt}$.

Mas $V = -\frac{dD}{dt}$, de modo que podemos escrever $\frac{d\alpha}{dt} = \frac{d}{D^2} V$.

Também temos $\frac{D}{V} = T$. Assim podemos nos livrar de V, chegando em $\frac{d\alpha}{dt} = \frac{d}{DT}$.

Está ficando mais fácil do que eu imaginava. Aqui já temos a resposta: $T = \alpha \frac{dt}{d\alpha}$.

O último passo é fazer uma aproximação $\frac{dt}{d\alpha}$ em intervalos finitos, $\frac{\Delta t}{\Delta \alpha}$, no qual $\Delta t = 1$ mês, correspondendo à diferença temporal entre as duas chapas do dr. Jensen; e, conforme a estimativa do dr. Marlowe, $\Delta \alpha$ é aproximadamente 5 % de α, ou seja, $\frac{\alpha}{\Delta \alpha} = 20$. Desse modo, $T = 20\Delta T = 20$ meses.

ou tomar alguma medida com base no resultado até ele ser verificado repetidas vezes e passar por verificação cruzada. Mas seria certo de sua parte manter silêncio durante quinze dias, quem sabe mais? Seriam duas ou três semanas, no mínimo, até que se investigasse por completo cada faceta do problema. Ele teria todo esse tempo? O diretor analisou o argumento de Weichart pela décima vez. Não encontrou nenhuma falha.

Por fim, ligou para a secretária.

"Por favor, pode pedir ao Caltech para me conseguir um assento no voo noturno para Washington, o que sai pelas 21h? Depois ligue para o dr. Ferguson."

James Ferguson era grandes coisas na National Science Foundation, responsável por todas as atividades da Fundação em temas de física, astronomia e matemática. Ficara muito surpreso com a ligação de Herrick no dia anterior. Não era nem um pouco do feitio de Herrick marcar reuniões com apenas um dia de antecedência.

"Nem imagino que bicho mordeu o Herrick", ele contara à esposa no café da manhã, "para vir correndo desse jeito até Washington. Insistiu muito. Parecia nervoso, então falei que ia buscá-lo no aeroporto."

"Bom, um mistério de vez em quando faz bem ao corpo", dissera a esposa. "Em breve você vai saber."

No caminho do aeroporto à cidade, Herrick deteve-se em trivialidades. Foi só quando estava no escritório de Ferguson que entrou no assunto.

"Posso confiar que não há perigo de nos ouvirem?"

"Pelo Divino, homem, é tão sério assim? Espere um minuto."

Ferguson pegou o telefone.

"Amy, por favor, cuide para que não me interrompam — não, nenhum telefonema — durante uma hora, talvez duas, não sei."

Herrick então passou a explicar a situação com calma e lógica. Depois de Ferguson passar algum tempo conferindo as fotografias, Herrick disse:

"Você entende a situação. Se anunciarmos e acontecer de estarmos errados, vamos passar por imbecis. Se passarmos um mês testando cada minúcia e descobrirmos que estamos certos, aí merecemos a culpa por procrastinação e atraso."

"Com certeza. Tal como uma galinha velha chocando um ovo podre."

"Bom, James, imaginei que você teria experiência de sobra em lidar com gente. Achei que você seria uma pessoa para me aconselhar. O que sugere que eu faça?"

Ferguson ficou algum tempo em silêncio. Depois disse:

"Percebo que isso pode degringolar e ficar grave. Não gosto de tomar decisões graves, tanto quanto você não gosta, Dick, e é certo que não gosto de tomá-las de forma impulsiva. O que eu sugiro é o seguinte: volte para seu hotel e durma hoje à tarde — imagino que não tenha dormido muito na noite passada. Podemos nos encontrar para jantar bem cedo, e aí eu já terei tido oportunidade de matutar. Tentarei chegar a uma conclusão."

Ferguson foi fiel ao que disse. Quando ele e Herrick começaram sua refeição noturna, num restaurante sereno que ele mesmo escolheu, Ferguson começou falando:

"Creio que já consegui esclarecer as coisas. Me parece que não faz sentido gastar mais um mês me certificando de sua posição. O caso parece fiável tal como está, e nunca se tem cem por cento de certeza — seria mera questão de converter noventa e nove por cento de certeza em noventa e nove vírgula nove por cento. Não vale a perda de tempo. Por outro lado, você está despreparado para ir à Casa Branca. Segundo o que você mesmo disse, seus homens dedicaram menos de um dia ao assunto. É certo que vão ter várias outras ideias. Para ser mais exato: quanto tempo a nuvem levará para chegar aqui? E quais serão os efeitos quando ela chegar? Esse tipo de pergunta.

"Meu conselho é que você volte logo a Pasadena, reúna sua equipe e tenham como meta escrever um relatório em uma semana, explicando a situação tal como a entendem. Bote todos seus homens para assinar — para que não saiam falando por aí de um cientista louco. E depois volte a Washington.

"Até lá, vou agitar as coisas por aqui. Não faz bem nenhum um caso desses começar de baixo, com cochichos para um deputado. A única coisa a fazer é ir direto ao Presidente. Vou tentar amaciar sua entrada por lá."

2.
Uma reunião em Londres

Quatro dias antes, uma reunião excepcional se dera nas salas da Royal Astronomical Society, em Londres. Fora convocada não pela própria Royal Astronomical Society, mas pela Associação Astronômica Britânica, um grupo composto basicamente de astrônomos amadores.

Chris Kingsley, catedrático de astronomia na Universidade de Cambridge, pegou o trem para Londres no início da tarde para comparecer ao encontro. Era incomum para sua pessoa, o mais teórico dos teóricos, participar de uma reunião de amadores, mas corriam boatos a respeito de discrepâncias inexplicáveis nas posições dos planetas Júpiter e Saturno. Kingsley não acreditava, mas era da opinião de que o ceticismo deve ter base sólida, e por isso queria ouvir o que os colegas tinham a dizer.

Quando ele chegou na Burlington House, a tempo do chá das dezesseis, ficou surpreso em ver que um bom número de profissionais já estava lá, incluindo o Astrônomo Real. "Nunca ouvi falar de nada assim na Associação Astronômica Britânica. Essa boataria deve ser coisa de um novo assessor de imprensa", pensou.

Quando Kingsley entrou na sala de reuniões, aproximadamente meia hora depois, viu uma cadeira vaga na fileira da frente, próxima ao Astrônomo Real. Tão logo se sentou, um tal de dr. Oldroyd, que estava presidindo a sessão, iniciou os trabalhos nos seguintes termos:

"Senhoras e senhores, hoje estamos reunidos para discutir resultados inéditos e empolgantes. Mas antes de eu chamar o primeiro orador, gostaria de expressar o quanto ficamos contentes em ver tantos visitantes distintos. Tenho confiança de que o tempo que consentiram em passar conosco não será desperdiçado e sinto que o papel relevante do amador na astronomia será demonstrado mais uma vez."

Dito isso, Kingsley sorriu em seu íntimo, e vários outros se remexeram nos assentos. O dr. Oldroyd prosseguiu:

"Tenho o enorme prazer de convidar o sr. George Green para se dirigir a nós."

O sr. George Green saltou de sua cadeira, a meio caminho na sala. Então apressou-se até a tribuna, agarrado a uma pilha de papéis na mão direita.

Durante os primeiros dez minutos, Kingsley escutou com educação enquanto o sr. Green apresentava slides de seu equipamento telescópico particular. Mas quando os dez minutos se espicharam a quinze, ele começou a se inquietar. A meia hora seguinte foi um tormento. Primeiro cruzou as pernas de um jeito. Depois, de outro. Depois, remexeu-se praticamente a cada minuto para conferir o relógio na parede. Tudo em vão, pois o sr. George Green seguia em frente e sempre em frente. O Astrônomo Real não parava de olhar para Kingsley, com um sorriso mudo no rosto. Os outros profissionais abraçavam-se de alegria. Em nenhum momento perderam Kingsley de vista. Estavam calculando quando viria o rompante.

O rompante não veio, pois de repente aconteceu de o sr. Green lembrar-se do propósito de sua fala. Encerrando a descrição de seu adorado equipamento, começou a disparar seus resultados tal como um cachorro que se sacode após o banho. Ele havia observado Júpiter e Saturno, medido suas posições com toda atenção, e encontrado discrepâncias em relação ao

Almanaque Náutico. Correndo ao quadro-negro, anotou os seguintes números, depois sentou-se:

	Discrepância de longitude	Discrepância de declinação
Júpiter	+1 minuto 29 segundos	−49 segundos
Saturno	+42 segundos	−17 segundos

Kingsley não chegou a ouvir os aplausos que foram oferecidos ao sr. Green em retribuição pela fala, pois Kingsley estava sufocado pela fúria. Ele tinha vindo à reunião esperando ouvir sobre discrepâncias que somassem não mais que alguns décimos de segundo, no máximo, o que poderia atribuir a medidas imprecisas e incompetentes. Ou um erro tênue, de natureza estatística. Mas os números que o sr. Green havia anotado no quadro-negro eram disparates, fantasias, tão grandes que nem um cego acreditaria, tão grandes que o sr. George Green só poderia ter cometido uma gafe escandalosa.

Não se deve pensar que Kingsley fosse um intelectual esnobe, que se opunha ao amador por princípio. Menos de dois anos antes, naquela mesma sala, ele assistira à palestra de um autor totalmente desconhecido. Kingsley logo percebera a qualidade e competência do trabalho e fora a primeira pessoa a elogiá-lo em público. Incompetência era, para Kingsley, um enorme tormento. Não a incompetência que se executava em privado, mas a incompetência que se desfilava em público. Nesse sentido, sua indignação podia ser despertada tanto na arte como na música ou na ciência.

Nessa ocasião, ele se tornou um caldeirão fervilhante de raiva. Tantas ideias piscaram na sua cabeça que ele se viu incapaz de decidir por um comentário específico, pois desperdiçar os outros seria uma pena. Antes que pudesse chegar à decisão, o dr. Oldroyd brotou com uma surpresa:

"Tenho grande prazer", disse, "de chamar nosso próximo orador, o Astrônomo Real."

A intenção inicial do Astrônomo Real fora de falar de maneira breve e sem rodeios. Agora, ele não conseguia resistir à tentação de discorrer pormenorizadamente, apenas pelo prazer de ver a expressão de Kingsley. Nada poderia ser mais pensado para atormentar Kingsley do que uma repetição da performance do sr. George Green, e foi isso mesmo o que o Astrônomo Real providenciou. Primeiro ele mostrou slides dos equipamentos do Observatório Real, slides de observadores operando o equipamento, slides do equipamento desmontado; depois, passou a explicar com detalhes a operação do equipamento com palavras que se utilizaria com uma criança com dificuldades cognitivas. Mas fez tudo isso em tom comedido, confiante, não à maneira hesitante do sr. Green. Depois de mais ou menos trinta e cinco minutos nisso, começou a achar que Kingsley podia estar correndo risco à saúde, então decidiu parar de bobagem.

"Grosso modo, nossos resultados confirmam o que o sr. Green já lhes disse. Júpiter e Saturno estão fora de posição, em proporções da mesma ordem exibida pelo sr. Green. Há discrepâncias mínimas entre os resultados dele e o nosso, mas as características principais se mantêm.

"No Observatório Real, também observamos que os planetas Urano e Netuno estão fora de posição, embora não, de fato, na mesma proporção que Júpiter e Saturno, mas, não obstante, em proporção considerável.

"Por fim, devo complementar que recebi uma carta de Grottwald, do Observatório de Heidelberg, na qual ele diz que Heidelberg obteve resultados muito próximos aos do Observatório Real."

Foi quando o Astrônomo Real voltou a seu assento. O dr. Oldroyd imediatamente dirigiu-se aos congregados:

"Os senhores ouviram hoje resultados que, ouso sugerir, são de primeiríssima importância. A reunião de hoje pode virar um marco na história da astronomia. Não é da minha intenção tomar mais do tempo de vocês, pois imagino que tenham muito a falar. Gostaria de iniciar a discussão perguntando ao professor Kingsley se deseja fazer algum comentário."

"Não enquanto a lei da calúnia estiver em vigor", um profissional cochichou com outro.

"Sr. Presidente", Kingsley principiou. "Enquanto os dois oradores se dirigiam a nós, tive larga oportunidade de executar um cálculo extenso."

Os dois profissionais sorriram entre si; o Astrônomo Real sorriu consigo.

"A conclusão a que cheguei pode ser de interesse a esta reunião. Penso que, se os resultados que nos foram apresentados esta tarde estão corretos — e repito: *se* estiverem corretos —, tem-se que um corpo até então desconhecido encontra-se nas imediações do Sistema Solar. E a massa desse corpo desconhecido deve ser comparável à massa de Júpiter ou maior. Embora se deva considerar implausível supor que os resultados que nos foram dados venham de meros erros de observação — e repito: meros erros de observação —, também deve-se considerar implausível que um corpo de tal massa, dentro do Sistema Solar ou em sua periferia, não teria sido detectado até agora."

Kingsley sentou-se. Os profissionais que entenderam as linhas gerais de seu argumento, ou o que subjazia a ele, acharam que ele fora claro.

Kingsley fez uma carranca para o agente ferroviário que pediu para ver sua passagem no trem das 20h56, de Liverpool Street com direção a Cambridge. O homem recuou um ou dois passos, como bem devia, pois a raiva de Kingsley não fora abatida pela refeição que acabara de fazer, refeição esta que consistira em comida ruim e mal preparada, servida de forma condescendente em condições pretensiosas e desleixadas. Só o preço havia sido magnânimo. Kingsley marchou pelo trem à procura de um compartimento onde pudesse extravasar sua ira em fulgor solitário. A passos rápidos pelo vagão da primeira classe, ele teve o vislumbre de uma nuca que achou reconhecer. Ao entrar no compartimento, sentou-se ao lado do Astrônomo Real.

"Primeira classe e muito à vontade. Nada como trabalhar para o governo, hein?"

"Pelo contrário, Kingsley. Vou a Cambridge para o banquete do Trinity College."

Kingsley, ainda com lembrança nítida do jantar execrável que acabara de consumir, fez uma careta.

"Sempre me surpreendo com aqueles pedintes do Trinity e como se empanturram", disse. "Banquetes toda segunda, quarta e sexta e quatro refeições completas em todos os outros dias da semana."

"Não creio que seja de todo mal. Parece muito cansado, Kingsley. Algum problema?"

Em termos metafóricos, o Astrônomo Real estava abraçando-se de contente.

"Cansado! O que eu quero saber é quem não está cansado. Oras, A.R.! De quem foi a ideia daquele teatro hoje à tarde?"

"Tudo que foi dito nesta tarde não passa de fatos claros e lúcidos."

"Fatos lúcidos, até parece! Você subir na mesa e fazer um sapateado seria muito mais lúcido. Planetas um grau e meio fora do prumo! Que asneira!"

O Astrônomo Real baixou sua maleta do compartimento superior e retirou uma grande pasta, na qual se registrara uma miríade de observações.

"Os fatos são os seguintes", ele disse. "Nas primeiras cinquenta páginas você encontrará observações cruas de todos os planetas, números diários dos últimos meses. Na segunda tabela você encontrará as observações reduzidas a coordenadas heliocêntricas."

Kingsley analisou os documentos em silêncio durante quase uma hora, até o trem chegar a Bishop's Stortford. Depois disse:

"Percebe, A.R., que não há a mínima chance de se safar com esta farsa? Tem tanta coisa aqui que eu poderei falar tranquilamente se é genuíno ou não. Pode me emprestar estas tabelas por uns dias?"

"Kingsley, se você imagina que eu me daria ao trabalho de armar uma... farsa, como você diz, e tão elaborada, com o objetivo primário de enganá-lo, de tomar seu tempo, então só posso dizer que você se considera mais importante do que deveria."

"Tratemos da seguinte forma", Kingsley respondeu. "Posso propor duas hipóteses. Ambas parecem implausíveis à primeira vista, mas uma delas deve estar certa. Uma das hipóteses é de que um corpo até então desconhecido, com massa da mesma ordem que Júpiter, invadiu o Sistema Solar. A segunda hipótese é de que o Astrônomo Real abdicou do juízo. Não quero ofender, mas, francamente, a segunda alternativa me parece mais crível que a primeira."

"O que admiro em você, Kingsley, é como se recusa a poupar palavras. Gostei da expressão." O Astrônomo Real parou um instante para refletir. "Você deveria entrar na política."

Kingsley sorriu. "Posso ficar com estas tabelas por uns dias?"

"Você propõe fazer o quê?"

"Bem, duas coisas. Posso conferir a consistência geral e depois descobrir onde se localiza o corpo intruso."

"E vai descobrir como?"

"Primeiro vou trabalhar de trás para a frente, a partir de observações de um dos planetas. Saturno provavelmente será a melhor opção. Isso determinará a distribuição do corpo intruso — ou da matéria intrusa, se não estiver na forma de um corpo discreto. Será muito similar à determinação da posição de Netuno feita por J. C. Adams e Le Verrier. Então, uma vez fixada a matéria intrusa, farei os cálculos dali em diante. Vou elaborar as perturbações dos outros planetas: Júpiter, Urano, Netuno, Marte etc. Feito isso, vou comparar meus resultados às observações que você fez dos demais planetas. Se meus resultados coadunarem-se com as observações, então terei certeza de que não há farsa. Mas caso não se coadunem... veremos!"

"Será muito bom", disse o Astrônomo Real, "mas como pretende fazer isso em alguns dias?"

"Ah, usarei um computador eletrônico. Felizmente já tenho um programa compilado para o computador de Cambridge. Levarei um dia inteiro para fazer algumas modificações e para compilar rotinas auxiliares que tratem deste problema. Devo estar pronto para iniciar os cálculos amanhã à noite. A.R., por que não vem ao laboratório após o banquete? Se trabalharmos até amanhã à noite, podemos resolver o assunto com celeridade."

O dia seguinte foi dos mais desagradáveis: frio, chuva e uma névoa fina cobriram a cidade de Cambridge. Kingsley trabalhou durante toda a manhã e até o meio da tarde diante de uma lareira ardente nos seus aposentos do College. Ficou compenetrado, compilando uma garatuja impressionante de símbolos, dos quais aqui se apresenta uma pequena amostra, um recorte do código através do qual se instruiu o computador a executar os cálculos e operações:

	T		z
0	A	23	⊖
1	U	11	⊖
2	A	2	F
3	U	13	⊖

Por volta das 15h30, ele saiu do College, completamente camuflado e abrigando sob o guarda-chuva uma volumosa resma de papéis. Fez o menor trajeto até a Corn Exchange Street e dali ao prédio onde se abrigava a máquina de computar, a qual faria cinco anos de cálculos em uma só noite. O prédio já havia sido a antiga Escola de Anatomia e havia rumores de que era assombrado, mas isso passava longe de sua mente ao sair da rua estreita para a porta lateral.

Seu primeiro movimento não foi em direção à máquina em si, a qual, de qualquer modo, naquele instante estava sob operação de outros. Ainda precisava converter as cartas e números que havia escrito em uma forma que a máquina pudesse interpretar. Foi o que ele fez usando uma máquina de escrever especial, que produzia uma tira de papel na qual se faziam perfurações, um padrão de furos que correspondia aos símbolos digitados. Eram os furos no papel que constituíam as instruções finais ao computador. Nem um único furo entre os milhares poderia estar fora de lugar, se não, a máquina computaria de maneira incorreta. A datilografia tinha de ser feita com precisão meticulosa, literalmente com exatidão de cem por cento.

Foi só por volta das dezoito horas que Kingsley ficou satisfeito em ver tudo satisfatoriamente em ordem, conferiu e conferiu de novo. Dirigiu-se ao andar mais alto do prédio, onde a máquina era abrigada. O calor das milhares de válvulas deixava a sala da máquina com um calor agradável e seco naquele dia úmido e gelado de janeiro. Ouvia-se o ruído familiar de motores eletrônicos e o chocalhar do teletipo.

O Astrônomo Real havia passado um dia agradável visitando velhos amigos e uma noite prazerosa no banquete do Trinity. Agora, por volta da meia-noite, tinha mais vontade de dormir do que de ir ao Laboratório de Matemática e ficar sentado. Ainda assim, talvez fosse melhor comparecer e ver o que o colega doido andava fazendo. Um amigo ofereceu-se para levá-lo de carro ao laboratório, de modo que agora ele estava ali, na chuva, aguardando que abrissem a porta. Muito depois, Kingsley apareceu.

"Ah, olá, A.R.", ele disse. "Chegou no momento certo."

Eles subiram vários lances de escada até chegar no computador.

"Já tem algum resultado?"

"Não, mas creio que coloquei tudo para funcionar. Havia diversos equívocos nas rotinas que escrevi pela manhã, e passei as últimas horas localizando-os. Espero ter encontrado todos. Creio que sim. Desde que nada dê errado com a máquina, teremos resultados palatáveis em uma ou duas horas. Foi bom o banquete?"

Eram por volta de duas da manhã quando Kingsley disse:

"Bom, estamos quase lá. Pode ser que tenhamos resultados em um ou dois minutos."

Como anunciado, cinco minutos depois ouviu-se um novo som no recinto: o matraquear de um perfurador de alta velocidade. Do perfurador saiu uma fita de papel de mais ou menos dez metros. Os furos no papel traziam os resultados do cálculo que um ser humano desamparado teria levado um ano para calcular.

"Vamos dar uma olhada", disse Kingsley enquanto inseria o papel no teletipo. Os dois homens assistiram a filas e filas de números serem datilografados.

"A disposição não é ideal, infelizmente. Talvez seja melhor eu interpretar. As primeiras três filas dão os valores do conjunto de parâmetros que inseri nos cálculos para levar suas observações em consideração."

"E quanto à posição do intruso?", perguntou o Astrônomo Real.

"Sua posição e massa estão nas quatro fileiras seguintes. Mas não estão num formato muito conveniente — eu disse que a disposição não é das melhores. Agora quero utilizar estes resultados para calcular qual influência o intruso pode ter sobre Júpiter. Para isso, esta fita está na forma certa."

Kingsley apontou a fita de papel que acabara de sair da máquina.

"Mas terei de fazer alguns cálculos por minha conta antes de reduzir os números tabulados a um formato conveniente. Antes disso, vamos iniciar a máquina para descobrir mais sobre Júpiter."

Kingsley apertou vários botões. Então inseriu um grande rolo de fita de papel no "leitor" da máquina. Depois que ele apertou outro botão, o leitor começou a desenrolar a fita.

"Veja como se dá", disse Kingsley. "Conforme a fita é desenrolada, uma luz brilha pelas perfurações. A luz então entra nesta caixa aqui e cai em um sensor fotossensível. Assim se insere uma série de pulsos na máquina. Esta fita que acabo de colocar dá instruções à máquina em relação a como deve calcular a perturbação na posição de Júpiter, mas a máquina ainda não recebeu todas as instruções. Ela ainda não sabe onde o intruso está, nem de que tamanho é, nem a que velocidade se desloca. Por isso ainda não começou a trabalhar."

Kingsley tinha razão. A máquina parou assim que chegou ao fim do longo rolo de fita. Kingsley apontou uma pequena luz vermelha.

"Isto mostra que a máquina parou porque as instruções não estão completas. Onde está aquele papel que tiramos por último? Na mesa ao seu lado."

O Astrônomo Real lhe entregou a longa fita de papel.

"E isto nos dá a informação faltante. Depois que isto aqui entrar, a máquina também saberá do intruso."

Kingsley apertou um botão e o segundo rolo de papel entrou. Assim que passou pelo leitor, tal como a primeira fita havia feito, luzes começaram a piscar numa série de tubos de raios catódicos.

"Lá vai ela. De agora em diante, por uma hora, a máquina vai multiplicar cem mil números de dez dígitos por minuto.

Enquanto isso, vamos preparar um café. Estou com uma fome avassaladora, não como nada desde as dezesseis horas de ontem."

Assim os dois trabalharam noite adentro. Era a alvorada cinza de uma manhã de janeiro desgraçada quando Kingsley disse:

"Bom, é isso. Temos todos os resultados, mas precisamos fazer conversões antes de podermos comparar com suas observações. Vou mandar uma das meninas fazer isso hoje. A.R., sugiro que jante comigo à noite e depois passemos um pente-fino. Imagino que queira retirar-se agora para cochilar. Ficarei aqui até a equipe do laboratório chegar."

Depois do jantar naquela noite, o Astrônomo Real e Kingsley encontraram-se mais uma vez na sala deste no Erasmus College. O jantar fora particularmente bom e os dois estavam à vontade quando se postaram diante da lareira.

"Hoje em dia se fala muita besteira sobre estes fornos fechados", disse o Astrônomo Real, acenando para o fogo. "Deviam ser altamente científicos, mas não têm nada de ciência. O melhor calor é o que é irradiado da lareira aberta. Fornos fechados só produzem ar quente, que é muitíssimo desagradável de respirar. Eles sufocam sem aquecer."

"Faz todo sentido", complementou Kingsley. "Nunca dei atenção a esses aparelhos. Mas quem sabe um vinho do Porto antes de descermos aos trabalhos? Ou madeira, *claret*, *burgundy*?"

"Ótimo, acho que vou querer o *burgundy*, por favor."

"Que bom, tenho um belo Pommard 57."

Kingsley serviu duas taças avantajadas, voltou a seu assento e prosseguiu:

"Bom, está tudo aqui. Tenho os valores calculados para Marte, Júpiter, Urano e Netuno. Coadunaram-se com suas observações de modo fantástico. Fiz uma espécie de sinopse dos resultados principais aqui, nestas quatro folhas, uma para cada planeta. Pode ver você mesmo."

O Astrônomo Real repassou as folhas por vários minutos.

"É impressionante, Kingsley. Esse seu computador é mesmo uma ferramenta fantástica. Bom, agora está satisfeito? Tudo se encaixa. Tudo corrobora a hipótese de um corpo externo que está invadindo o Sistema Solar. A propósito, tem detalhes da massa, posição e movimento? Aqui não estão dados."

"Sim, tenho também", respondeu Kingsley, pegando outra folha de uma pasta maior.

"E é aqui que surge o problema. A massa é de quase dois terços a de Júpiter."

O Astrônomo Real sorriu.

"Creio que você havia estimado na reunião da AAB que seria no mínimo *igual* a Júpiter."

Kingsley grunhiu.

"Considerando as distrações, a estimativa não foi ruim, A.R. Mas veja a distância heliocêntrica: 21,3 unidades astronômicas, apenas 21,3 vezes a distância da Terra ao Sol. É impossível."

"Não vejo por quê."

"A esta distância deve ser facilmente visível a olho nu. Milhares de pessoas teriam visto."

O Astrônomo Real fez que não.

"Não há como essa coisa ser um planeta como Júpiter ou Saturno. Pode ter densidade muito maior e albedo menor. Pode ser um objeto muito difícil de enxergar a olho nu."

"Mesmo assim, A.R., um bom levantamento telescópico do céu teria captado. Veja que está no céu noturno, em algum ponto ao sul de Órion. Aqui estão as coordenadas: Ascensão Reta de 5 horas e 46 minutos, Declinação de menos 30 graus e 12 minutos. Não sei muitos detalhes do panorama celeste, mas isto fica ao sul de Órion, não fica?"

O Astrônomo Real sorriu de novo.

"Quando foi a última vez que observou por um telescópio, Kingsley?"

"Ah, creio que há uns quinze anos."

"Qual foi a ocasião?"

"Tive de levar uma comitiva de visitantes ao Observatório."

"Não acha que deveríamos subir até o Observatório agora mesmo e vermos o que se puder ver, em vez de ficar discutindo? Parece-me que esse intruso, como o chamamos, pode não ser um corpo sólido."

"Está dizendo que pode ser uma nuvem de gás? Bom, em certo sentido seria melhor. Ele não seria visto facilmente como corpo condensado. Mas a nuvem teria de ser bem localizada, com um diâmetro não muito maior que o da órbita da Terra. Também teria de ser uma nuvem do tipo muito densa, de 10^{-10} gm por cm³. Uma estrela em formação, quem sabe?"

O Astrônomo Real assentiu.

"Sabemos que as maiores nuvens de gás, como as da nebulosa de Órion, têm densidade média de quem sabe 10^{-21} gm por cm³. Por outro lado, estrelas como o Sol, com densidade de 1 gm por cm³, estão em formação constante dentro das grandes nuvens de gás. Isto só pode significar que deve haver manchas de gás em todas as densidades que variam de, digamos, 10^{-21} gm por cm³ em um extremo até densidades estelares na outra. Sua proposta de 10^{-10} gm por cm³ ficaria exatamente no meio dessa gama e me parece bastante plausível."

"Nisso há boa dose de verdade, A.R. Creio que existem nuvens com essa densidade. Mas penso que você estava correto quanto a subir ao Observatório. Vou telefonar para Adams enquanto você termina seu vinho e então chamo um táxi."

Quando os dois chegaram ao Observatório Universitário, o céu estava nublado e, embora tenham esperado até as horas mais frias e úmidas, não houve sinal de estrelas naquela noite. E assim foi na noite seguinte e na posterior. De modo que Cambridge perdeu a honra da primeira detecção da Nuvem

Negra, assim como, mais de um século antes, perdera a honra de primeira detecção do planeta Netuno.

Em 17 de janeiro, um dia após a visita de Herrick a Washington, Kingsley e o Astrônomo Real jantaram de novo no Erasmus College. Mais uma vez dirigiram-se aos aposentos de Kingsley após o jantar. Mais uma vez sentaram-se diante da lareira e beberam do Pommard 57.

"Ainda bem que não teremos de ficar mais uma noite parados esperando. Podemos confiar que Adams nos telefonará se o céu desanuviar."

"Amanhã preciso muito voltar a Herstmonceux", disse o Astrônomo Real. "Afinal, lá também temos telescópios."

"Evidentemente, este clima maldito o afetou tanto quanto a mim. Veja bem, A.R., voto por jogar a toalha. Preparei um telegrama para enviar a Marlowe, em Pasadena. Aqui está. Lá eles não são incomodados pelo céu nublado."

O Astrônomo Real passou os olhos pela folha de papel na mão de Kingsley.

FAVOR INFORMAR SE OBJETO INCOMUM PRESENTE A ASCENSÃO RETA 5H46, DECLINAÇÃO −30°12'. MASSA DO OBJETO DOIS TERÇOS JÚPITER, VELOCIDADE SETENTA QUILÔMETROS POR SEGUNDO EM DIREÇÃO TERRA. DISTÂNCIA HELIOCÊNTRICA 21,3 UNIDADES ASTRONÔMICAS.

"Posso enviar?" Kingsley perguntou, ansioso.

"Envie. Estou com sono", disse o Astrônomo Real, bondosamente escondendo um bocejo.

Kingsley tinha aula às nove horas da manhã seguinte, então tomou um banho, vestiu-se e barbeou-se antes das oito. Seu "servente" colocara a mesa para o café da manhã.

"Telegrama para o senhor", ele disse.

Uma rápida espiada mostrou que o "telegrama" era um cabograma. Como era incrível, pensou Kingsley, ter uma resposta tão rápida de Marlowe. Ficou ainda mais abismado quando abriu a mensagem.

IMPERATIVO VOCÊ E ASTRÔNOMO REAL VIREM IMEDIATAMENTE REPITO IMEDIATAMENTE PARA PASADENA. PEGUEM VOO 15H PARA NOVA YORK. PASSAGENS NA PAN AMERICAN, TERMINAL VICTORIA AIR. VISTOS NA EMBAIXADA AMERICANA. CARRO AGUARDA NO AEROPORTO DE LOS ANGELES. HERRICK.

A aeronave subiu devagar e tomou rumo oeste. Kingsley e o Astrônomo Real relaxaram nos assentos. Era o primeiro momento de descanso desde que Kingsley abrira o cabograma naquela manhã. Primeiro ele tivera de adiar a aula, depois discutiu o tema com a Secretaria das Faculdades. Não era tranquilo abandonar a Universidade tão em cima da hora, mas depois de algum tempo tudo ficara combinado. Já eram onze da manhã. Ainda restavam três horas para chegar a Londres, resolver o visto, pegar as passagens e embarcar no ônibus de Victoria ao aeroporto de Londres. Fora um tanto corrido. As coisas haviam sido um pouco mais fáceis para o Astrônomo Real, que viajava tanto ao exterior que sempre tinha passaportes e vistos de prontidão para calamidades como aquela.

Os dois pegaram livros para ler na viagem. Kingsley espiou o livro do Astrônomo Real e viu uma capa intensa, com um tiroteio entre bandoleiros.

"Sabe-se lá o que ele vai ler a seguir", Kingsley pensou.

O Astrônomo Real conferiu o livro de Kingsley e viu que era o *Histórias* de Heródoto.

"Meu Deus, daqui a pouco ele vai ler Tucídides", pensou o Astrônomo Real.

3.
A cena californiana

Agora se faz necessário descrever a consternação que o cabograma de Kingsley provocou em Pasadena. Houve uma reunião na sala de Herrick naquela manhã, assim que ele voltou de Washington. Estavam Marlowe, Weichart e Barnett. Herrick explicou a importância de alcançar rapidamente uma visão equilibrada dos efeitos que acarretaria a chegada da Nuvem Negra.

"A posição a que chegamos é a seguinte: nossas observações demonstram que a Nuvem levará por volta de dezoito meses para nos alcançar, ou, seja como for, é o que parece provável. Então, o que podemos dizer da nuvem em si? Haverá absorção significativa da radiação solar quando ela ficar entre nós e o Sol?"

"Muito difícil de dizer sem mais informações", disse Marlowe, às baforadas. "No momento não sabemos se a Nuvem é apenas um camaradinha minúsculo perto de nós ou se é um volume avantajado e distante. E não temos ideia alguma da densidade da matéria lá dentro."

"Se soubéssemos a velocidade da Nuvem, aí saberíamos que tamanho ela tem e a que distância está", comentou Weichart.

"Sim, eu venho pensando nisso", prosseguiu Marlowe. "Os caras da radioastronomia na Austrália podiam conseguir essa informação pra nós. É bem provável que a Nuvem seja mais hidrogênio do que nada, e devemos conseguir um efeito Doppler na linha dos vinte e um centímetros."

"Isso é importante", disse Barnett. "O mais óbvio a se contatar é Leicester, em Sydney. Temos de mandar um cabo para ele imediatamente."

"Acho que não é nossa função, Bill", Herrick explicou. "Vamos nos ater ao que podemos fazer por conta. Depois que enviarmos nosso relatório, será função de Washington entrar em contato com os australianos a respeito das medidas por rádio."

"Mas podemos fazer uma recomendação quanto a conseguir que o grupo de Leicester participe?"

"Com certeza podemos, e acho que devemos. O que eu quis dizer é que tal atitude não pode partir de nós. Esse negócio deve ter implicações políticas sérias, e acho que devemos nos manter à parte desse tipo de coisa."

"Pois bem", interveio Marlowe; "política é a última coisa em que eu quero me envolver. Mas é óbvio que precisamos dos rapazes da rádio para obter a velocidade. A massa da Nuvem é que será mais difícil. Até onde vejo, a melhor maneira, talvez a única, seria via perturbações planetárias."

"Isso é muito arcaico, não?", Barnett perguntou. "Quem faz isso? Os britânicos, imagino."

"Sim, hmm", Herrick murmurou, "talvez seja melhor não enfatizar esse aspecto. Mas o Astrônomo Real seria a melhor pessoa com quem tratar. Vou ressaltar isso no relatório, que devo iniciar assim que possível. Creio que concordamos quanto aos pontos principais. Alguém quer levantar algo mais?"

"Não, nós repassamos o assunto com toda minúcia", Marlowe respondeu. "Até onde podemos chegar, no caso. Acho que vou voltar às funções que deixei de lado nos últimos dias. Imagino que queiram terminar esse relatório. Ainda bem que não sou eu quem vai escrever."

E então saíram em fila da sala de Herrick, deixando-o concentrar-se na redação, o que ele fez sem demora. Barnett e Weichart voltaram ao Caltech. Marlowe foi para o próprio escritório.

Mas, como estava impossível trabalhar, ele saiu para um passeio até a biblioteca, onde encontrou vários de seus colegas. Uma conversa vivaz sobre o diagrama por magnitude de cor das estrelas do núcleo galáctico o ajudou a passar o tempo até chegar-se ao consenso de que era hora do almoço.

Quando Marlowe retornou do almoço, a secretária o procurou. "Cabograma para o senhor, dr. Marlowe."

Foi como se as palavras no papel inchassem até ficarem descomunais:

FAVOR INFORMAR SE OBJETO INCOMUM PRESENTE A ASCENSÃO RETA 5H46, DECLINAÇÃO $-30°12$. MASSA DO OBJETO DOIS TERÇOS JÚPITER, VELOCIDADE SETENTA QUILÔMETROS POR SEGUNDO EM DIREÇÃO TERRA. DISTÂNCIA HELIOCÊNTRICA 21,3 UNIDADES ASTRONÔMICAS.

Com um grito de assombro, Marlowe correu até a sala de Herrick e entrou sem a formalidade de bater antes.

"Consegui", ele berrou. "Tudo que queríamos saber."

Herrick analisou o cabograma. Então deu um sorriso meio torto, antes de dizer:

"Isso muda as coisas. Parece que teremos de consultar Kingsley e o Astrônomo Real."

Marlowe continuava empolgado.

"É fácil diagnosticar o que houve. O Astrônomo Real forneceu material observacional sobre movimentos planetários e Kingsley fez os cálculos. Se eu conheço essas duas figuras, as chances de erro são poucas."

"Bom, é fácil conferir. Se o objeto está a 21,3 unidades astronômicas de distância e vem na nossa direção a setenta quilômetros por segundo, conseguimos calcular quanto tempo vai levar para chegar aqui e podemos comparar a resposta com a estimativa de dezoito meses que Weichart deu."

"Tem toda razão", disse Marlowe. Ele então anotou os seguintes comentários e números numa folha:

Distância 21,3 un. astr. = aprox. 3×10^{14} cm
Tempo para percorrer esta distância à velocidade de 70 km por seg. = $\dfrac{3 \times 10^{14}}{7 \times 10^{6}}$ = $4,3 \times 10^{7}$ segundos = 1,4 ano = aprox. 17 meses

"Concordância exata", Marlowe exclamou. "E além disso, a posição que eles dão é quase exatamente a que temos. Tudo fecha."

"O que torna o relatório um assunto muito mais complicado", Herrick disse, franzindo o cenho. "Ele deveria ser escrito em consulta com o Astrônomo Real. Creio que devemos trazer ele e Kingsley para cá assim que possível."

"Com certeza", Marlowe concordou. "Mande a secretária tratar disso agora mesmo. Creio que podemos tê-los aqui em trinta e seis horas, depois de amanhã, pela manhã. Melhor ainda: que nossos amigos de Washington cuidem dos preparativos. Quanto ao relatório, não seria bom escrever em três partes? A parte um pode tratar das descobertas no nosso Observatório. A parte dois teria as contribuições de Kingsley e do Astrônomo Real. E a parte três seria um relato de nossas conclusões, sobretudo aquelas a que chegarmos quando os britânicos estiverem aqui."

"Tem muita coisa no que você disse, Geoff. Consigo encerrar a parte um até nossos amigos chegarem. Podemos deixar a parte dois com eles e depois nós repassamos nossas conclusões."

"Excelente. Calculo que você deve dar conta até amanhã. Que tal levar Allison para jantar amanhã à noite?"

"Seria um prazer e ficaríamos encantados, mas só se eu conseguir terminar até amanhã à tarde. Posso deixar para combinarmos depois?"

"Claro, sem problemas. Só me avise amanhã", disse Marlowe, levantando-se.

Quando Marlowe estava saindo, Herrick disse:

"É muito sério, não é?"

"Com certeza. Eu tive como que uma premonição ao ver as imagens de Knut Jensen pela primeira vez. Não percebi como era sério até este cabo chegar. A densidade está por volta de 10^{-9} a 10^{-10} gm por cm³. Assim ela vai tapar totalmente o Sol."

Kingsley e o Astrônomo Real chegaram a Londres no início da manhã de 20 de janeiro. Marlowe os aguardava no aeroporto. Depois de um rápido desjejum numa farmácia, pegaram a autoestrada para Pasadena.

"Meu Deus, que diferença de Cambridge", Kingsley resmungou. "Cem quilômetros por hora e não vinte e cinco, céu azul e não chuva e garoa incessantes, temperatura nos quinze graus já no início do dia."

Ele estava muito cansado depois do longo voo, que primeiro cruzou o Atlântico e depois incluiu algumas horas de espera em Nova York — tempo muito curto para fazer algo de interessante, mas longo o bastante para tornar-se cansativo, o epítome da viagem aérea; por fim, no último trecho cruzaram os Estados Unidos durante a noite. Ainda assim foi melhor negócio do que um ano ao mar contornando o Cabo Horn, que é o que as pessoas tinham de fazer um século antes. Teria apreciado um bom cochilo, mas se o Astrônomo Real se dispunha a ir direto ao Observatório, ele imaginou que tinha de ir junto.

Depois que Kingsley e o Astrônomo Real foram apresentados aos integrantes do Observatório que ainda não conheciam, e depois de cumprimentar amigos de longa data, a reunião na biblioteca começou. Fora o acréscimo dos visitantes britânicos, era a mesma comitiva que havia se reunido para discutir a descoberta de Jensen na semana anterior.

Marlowe fez um relato sucinto da descoberta, das suas observações, do argumento e da conclusão alarmante de Weichart.

"E assim se percebe", ele concluiu, "por que ficamos tão interessados ao receber seu cabograma."

"Sim, percebemos", respondeu o Astrônomo Real. "Estas fotografias são mesmo notáveis. Vocês dão a posição do centro da Nuvem como sendo Ascensão Reta equivalente a 5 horas e 49 minutos, Declinação de menos 30 graus e 16 minutos. Acho que isso concorda perfeitamente com os cálculos de Kingsley."

"Poderiam nos dar um breve relato das investigações que fizeram?", disse Herrick. "Quem sabe o Astrônomo Real poderia nos contar do aspecto observacional e depois o dr. Kingsley poderia falar dos cálculos?"

O Astrônomo Real fez uma descrição dos deslocamentos que haviam sido descobertos na posição dos planetas, em especial de planetas externos. Discorreu a respeito de como as observações haviam sido conferidas meticulosamente para se certificar de que não houvesse erros. Não deixou de dar crédito ao trabalho do sr. George Green.

"Céus, ele voltou nisso", pensou Kingsley.

O restante da comitiva, contudo, ouviu o Astrônomo Real com muito interesse.

"E então", concluiu ele, "passarei ao dr. Kingsley, e deixarei que ele trace a base dos cálculos."

"Não há muito a dizer", Kingsley começou a falar. "Dada a precisão das observações que o Astrônomo Real acaba de nos contar — e admito que, à primeira vista, tive certa relutância em aceitá-las —, ficou claro que os planetas estavam sendo perturbados pela influência gravitacional de algum corpo, ou matéria, que está de intruso no Sistema Solar. O problema estava em usar as perturbações observadas para calcular a posição, a massa e a velocidade da matéria intrusa."

"Você partiu do pressuposto de que a matéria agia como centro de massa?", Weichart perguntou.

"Sim, parece que é o melhor a se fazer, ao menos de início. O Astrônomo Real comentou a possibilidade de uma nuvem espaçada. Mas devo confessar que, na minha mente, tenho pensado em termos de um corpo condensado de tamanho comparavelmente menor. Só agora que vi estas fotos comecei a assimilar a ideia da nuvem."

"Até que ponto você diria que sua suposição errônea afetou os cálculos?", perguntou-se a Kingsley.

"Praticamente em nada. Até onde se diz respeito a render perturbações planetárias, a diferença entre sua nuvem e um corpo muito mais condensado seria minúscula. Talvez a mínima diferença entre meus resultados e suas observações provenha dessa causa."

"Sim, isso é bem claro", Marlowe entrou na conversa em meio às baforadas de anis. "De quanta informação você precisou para chegar a seus resultados? Usou as perturbações de todos os planetas?"

"Um planeta só já bastou. Usei as observações de Saturno para fazer os cálculos sobre a Nuvem — se é que posso chamá-la assim. Depois de determinar a posição, massa etc. da Nuvem, inverti o cálculo com os outros planetas e assim determinei quais deviam ser as perturbações de Júpiter, Marte, Urano e Netuno."

"Para poder comparar seus resultados com as observações?"

"Isso mesmo. A comparação que se dá nestas tabelas que tenho aqui. Vou distribuí-las. Vocês podem conferir que elas estão em perfeita concordância. Por isso nos sentimos razoavelmente confiantes quanto a nossas deduções e por isso vimos justificativa em enviar o cabo."

"Agora eu gostaria de saber como as suas estimativas comparam-se com as minhas", Weichart perguntou. "Me pareceu que a Nuvem levaria por volta de dezoito meses para chegar à Terra. Que resposta você teve?"

"Eu já conferi, Dave", Marlowe comentou. "Fecha muito bem. Os valores do dr. Kingsley batem em mais ou menos dezessete meses."

"Quem sabe um pouco menos", Kingsley observou. "Fecha dezessete meses caso não se inclua a aceleração da Nuvem conforme aproxima-se do Sol. No momento, ela se desloca a mais ou menos setenta quilômetros por segundo, mas quando chegar à Terra já terá acelerado e estará por volta dos oitenta. O tempo para a Nuvem chegar à Terra fecha em cerca de dezesseis meses."

Herrick calmamente tomou o controle da discussão.

"Bem, agora que um entende o ponto de vista do outro, a que conclusões podemos chegar? Me parece que ambos estávamos trabalhando com um equívoco. Da nossa parte, pensamos em uma nuvem muito maior e que estava consideravelmente longe do Sistema Solar, enquanto, como diz o dr. Kingsley, ele pensou em um corpo condensado dentro do Sistema Solar. A verdade está em algum ponto entre essas duas posições. Teremos de ficar com uma nuvem pequena que já está dentro do Sistema Solar. O que podemos dizer a respeito?"

"Bastante", Marlowe respondeu. "Nossa medida do diâmetro angular da Nuvem é de cerca de dois graus e meio. Combinando à distância calculada pelo dr. Kingsley, de aproximadas vinte e uma unidades astronômicas, temos que a Nuvem tem um diâmetro mais ou menos igual à distância do Sol à Terra."

"Sim, e com este tamanho obtemos de imediato uma estimativa da densidade da matéria na Nuvem", Kingsley prosseguiu. "Me parece que o volume da nuvem é de aproximadamente 10^{40} c.c. Sua massa é de aproximadamente $1,3 \times 10^{30}$ gm, o que resulta em densidade de $1,3 \times 10^{-10}$ gm por cm^3.

O silêncio se abateu sobre o grupelho. Foi interrompido por Emerson.

"É uma densidade altíssima. Se o gás ficar entre nós e o Sol, vai encobrir toda a luz solar. Me parece que vai provocar frio intenso aqui na Terra!"

"Não necessariamente", Barnett interrompeu. "O gás em si pode aquecer e o calor pode se conduzir por ele."

"Depende da quantidade de energia necessária para aquecer a Nuvem", Weichart comentou.

"E de sua opacidade, e de outros cento e tantos fatores", Kingsley complementou. "Devo dizer que me parece muitíssimo improvável que muito calor passe pelo gás. Vamos calcular a energia exigida para aquecê-la até uma temperatura ordinária."

Ele foi até o quadro-negro e escreveu:

Massa da Nuvem $1,3 \times 10^{30}$ gramas.
Composição da Nuvem provavelmente hidrogênio em gás, na maior parte em estado neutro.
Energia exigida para aumentar temperatura do gás em T graus é de
$$1,5 \times 1,3 \times 10^{30} \text{ RT ergs}$$
em que R é a constante do gás. Tendo L como energia total emitida pelo Sol, o tempo para aumentar a temperatura é de
$$1,5 \times 1,3 \times 10^{30} \text{ RT/L segundos}$$
Sendo $R = 8,3 \times 10^7$, $T = 300$, $L = 4 \times 10^{33}$ ergs por segundo, chegamos a um período de aprox. $1,2 \times 10^7$ segundos, ou seja, por volta de 5 meses.

"Parece um número fiável", comentou Weichart. "E eu diria que o que você tem aí é uma estimativa mínima."

"Isso mesmo", Kingsley assentiu. "E meu mínimo já é muito mais comprido do que o tempo que a Nuvem vai levar para passar por nós. À velocidade de oitenta quilômetros por segundo, ela vai passar pela órbita da Terra em aproximadamente um mês. Então me parece bastante certo que, se a Nuvem ficar entre nós e o Sol, ela vai cortar o calor do Sol quase por completo."

"Você fala *se* a Nuvem ficar entre nós e o Sol. Acredita que há chance de ela *não* chegar a nós?", Herrick perguntou.

"Com certeza há uma chance, eu diria uma grande chance. Olhe aqui."

Kingsley passou de novo ao quadro-negro.

"Aqui está a órbita da Terra em torno do Sol. No momento estamos aqui. E a Nuvem, desenhada em escala, está aqui. Se ela se movimentar assim, em linha reta rumo ao Sol, então com certeza ela encobrirá o Sol. Mas se estiver se movimentando deste outro jeito, pode passar totalmente ao largo."

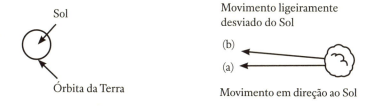

Desenho de Kingsley da situação atual

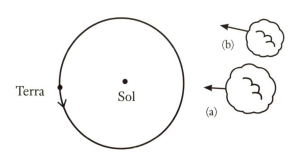

Desenho de Kingsley da situação em dezesseis meses

"Parece que estamos com muita sorte", Barnett riu, constrangido. Devido ao movimento da Terra em torno do Sol, quando a Nuvem chegar, daqui a dezesseis meses, a Terra estará do outro lado do Sol."

"Isso significa apenas que a Nuvem chegará ao Sol antes de chegar à Terra. Não impede que a luz solar seja encoberta se o Sol for encoberto, como na situação (*a*) de Kingsley", Marlowe comentou.

"A questão com os casos (*a*) e (*b*)", disse Weichart, "é que só temos (*a*) se a Nuvem tiver momento angular praticamente zero em relação ao Sol. Ela só precisa de um momento angular leve para termos a situação (*b*)."

"Exato. É claro que minha situação (*b*) não passou de exemplo. A Nuvem poderia também passar pelo Sol e pela Terra pelo outro lado, assim:"

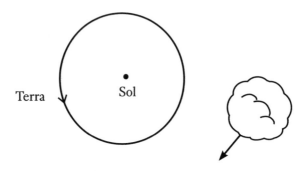

"Temos algo a comentar sobre a Nuvem estar vindo em linha reta na direção do Sol ou não?", Herrick perguntou.

"Não do ponto de vista observacional", Marlowe respondeu. "Veja o desenho de Kingsley da situação atual. Apenas uma diferença mínima de velocidade faz grande diferença, toda a diferença, entre a Nuvem atingir e passar longe. Ainda não sabemos ao certo qual será, mas podemos descobrir se a Nuvem passará perto."

"É uma coisa importante a se fazer", Herrick concluiu.
"Pode-se dizer algo mais a partir da teoria?"
"Não, não creio; os cálculos ainda não estão precisos."
"É chocante ouvir você desconfiar de cálculos, Kingsley", comentou o Astrônomo Real.
"Meus cálculos se basearam nas suas observações, A.R.! Enfim, concordo com Marlowe. O que precisamos é ficar de olho na Nuvem. Assim será possível ver se teremos um acerto ou um escape sem grandes problemas. Um mês ou dois devem dar conta, imagino eu."
"Certo!", Marlowe respondeu. "De agora em diante, podem contar conosco para ficar de olho nessa belezinha, como se ela fosse feita de ouro."

Depois do almoço, Marlowe, Kingsley e o Astrônomo Real estavam no escritório de Herrick. Este havia explicado o plano de escrever um relatório conjunto.

"E creio que nossas conclusões são muito claras. Posso delineá-las para vocês?"

1. Uma nuvem de gás invadiu o Sistema Solar, vinda do espaço sideral.
2. Ela se movimenta mais ou menos em linha reta na nossa direção.
3. Ela chegará nas redondezas da Terra daqui a aproximadamente dezesseis meses.
4. Ela continuará nas nossas redondezas por um período de aproximadamente um mês.

"Portanto, se a matéria da Nuvem se interpuser entre o Sol e a Terra, o planeta será lançado nas trevas. As observações ainda não são suficientes para definir se isso ocorrerá ou não, mas novas observações nos tornarão aptos a dirimir esta questão."

"E creio que podemos ir um pouco mais longe em relação a observações futuras", Herrick prosseguiu. "Aqui procederemos com observações ópticas com todo empenho. E creio que o trabalho dos radioastrônomos na Austrália será complementar ao nosso, particularmente em relação a ficar de olho no movimento da Nuvem dentro do campo de visão deles."

"Creio que isso resume a situação de modo admirável", concordou o Astrônomo Real.

"Proponho que prossigamos com o relatório a toda velocidade, que nós quatro assinemos, e que em seguida ele seja comunicado a nossos respectivos governos. Mal preciso dizer que toda esta questão é altamente confidencial ou que ao menos é assim que deveríamos tratá-la. É uma infelicidade que tantos estejam cientes da posição, mas creio que podemos confiar que todos procederão com grande discrição."

Kingsley não concordou com Herrick nesse ponto. Também estava se sentindo muito cansado, o que sem dúvida o fez expressar seu ponto de vista de modo mais coercitivo do que faria em outra situação.

"Sinto muito, dr. Herrick, mas não o entendi neste ponto. Não vejo motivo para os cientistas se voltarem aos políticos como um bando de cães abanando o rabo, para dizer: 'Por favor, senhor, aqui está nosso relatório. Por favor, queremos um tapinha nas costas e um biscoitinho, se o senhor puder'. Não vejo a mínima razão em ter de lidar com um bando de gente que nem sabe gerenciar uma sociedade em tempos normais, quando não há estresse sério. Os políticos vão fazer o quê, promulgar decretos para a Nuvem não vir? Vão impedir que ela tape a luz do Sol? Se eles conseguem isso, então, por favor, consulte-os. Mas, se não, vamos deixá-los totalmente de fora desse assunto."

Dr. Herrick foi tranquilo, mas firme.

"Sinto muito, Kingsley, mas do meu ponto de vista o governo dos Estados Unidos e o governo da Grã-Bretanha são representantes de nossos respectivos povos e eleitos de maneira democrática. Entendo que seja nosso dever óbvio produzir este relatório e manter sigilo até que nossos governos tenham se pronunciado a respeito."

Kingsley levantou-se.

"Desculpem se pareço grosseiro. Estou cansado. Quero ir embora e dormir. Enviem o relatório, se assim quiserem, mas por favor entendam que, se eu resolver não me pronunciar em público por enquanto, será porque não desejo falar, não porque tenho algum tipo de compulsão ou dever. Agora, se me dão licença, gostaria de ir para meu hotel."

Depois que Kingsley saiu, Herrick olhou para o Astrônomo Real.

"O dr. Kingsley parece um tanto... hã..."

"Um tanto instável?", disse o Astrônomo Real. Ele sorriu e prosseguiu:

"Não é uma coisa fácil de se falar. Quando conseguimos seguir o raciocínio dele, Kingsley é muito seguro e geralmente faz deduções brilhantes. E sou inclinado a dizer que é sempre assim. Creio que ele parece um tanto estranho agora porque estava discutindo a partir de premissas incomuns, e não porque sua lógica era falha. Tudo indica que Kingsley pensa a sociedade de uma forma muito distinta de nós."

"De qualquer modo, acho que, enquanto trabalharmos neste relatório, seria bom se Marlowe cuidasse de Kingsley", comentou Herrick.

"Tudo bem", Marlowe concordou, ainda digladiando com seu cachimbo, "temos bastante astronomia a discutir."

Quando Kingsley desceu para o café na manhã seguinte, encontrou Marlowe à sua espera.

"Achei que fosse gostar de um passeio de carro pelo deserto."
"Magnífico, não há nada de que eu gostaria mais. Estarei pronto em minutos."

Eles dirigiram até Pasadena, fizeram uma curva acentuada para a direita na Rodovia 118 em La Canada, aí cortaram caminho pelos morros, passando a estradinha até o monte Wilson e dali até o deserto de Mojave. Mais três horas de carro os levaram ao paredão de Sierra Nevada, onde enfim conseguiram ver o monte Whitney emplastrado de neve. O deserto ao longe que se estendia até o Vale da Morte estava coberto por uma névoa azulada.

"Há cento e tantas histórias", disse Kingsley, "a respeito de como um sujeito se sente quando lhe dizem que só tem mais um ano de vida — de doenças incuráveis e assim por diante. Bom, é estranho pensar que cada um de nós deve ter pouco mais de um ano de vida. Daqui a alguns anos, as montanhas e o deserto estarão praticamente iguais ao que são hoje, mas não haverá nem eu nem você, nenhuma pessoa cruzando este espaço."

"Meu Deus, como é pessimista", Marlowe resmungou. "Como você mesmo disse, há grande chance de a Nuvem passar por um lado ou outro do Sol e nos deixar ao largo."

"Veja bem, Marlowe. Ontem não quis pressioná-lo demais, mas se tiver uma foto de alguns anos atrás você terá uma ótima noção se houve ou não o devido deslocamento. Encontrou alguma?"

"Nenhuma em que eu pudesse me fiar."

"Então decerto é grande evidência de que a Nuvem está vindo em linha reta na nossa direção ou, de qualquer modo, em linha reta na direção do Sol."

"Pode-se dizer que sim, mas eu não teria tanta certeza."

"Então o que você quer dizer é que a Nuvem provavelmente vai nos atingir, mas ainda há chance de que não atinja."

"Ainda acho que você está sendo indevidamente pessimista. Teremos de ver o que descobrimos ao longo do próximo mês. De qualquer modo, mesmo que o Sol fique encoberto, você não acha que temos como superar? Afinal de contas, será apenas por cerca de um mês."

"Bom, vamos começar do zero", Kingsley principiou. "Depois do pôr do sol normal, a temperatura cai. Mas o declínio é limitado por dois efeitos. Um é o calor acumulado na atmosfera, que serve de reservatório para nos manter aquecidos. Mas calculo que esse reservatório vai se exaurir rápido, imagino que em menos de uma semana. Basta lembrar como faz frio à noite aqui no deserto."

"Como você explica isso no caso da noite ártica, quando o Sol pode ficar mais de um mês longe da vista? Imagino que aconteça de o Ártico receber ar constantemente das latitudes inferiores; e que esse ar tenha sido aquecido pelo Sol."

"É claro. O Ártico é constantemente aquecido pelo ar que sobe de regiões tropicais e temperadas."

"Qual era sua outra questão?"

"Bem, o vapor da água na atmosfera tende a reter o calor da Terra. No deserto, onde há pouquíssimo vapor d'água, a temperatura cai muito à noite. Mas em lugares onde há muita umidade, como Nova York no verão, há pouquíssimo resfriamento à noite."

"E isso leva a quê?"

"Pode-se prever o que acontecerá", Kingsley prosseguiu. "No primeiro ou segundo dia depois que o Sol ficar oculto — *se* ele for ofuscado, no caso — não haverá grande resfriamento, em parte porque o ar ainda estará quente e em parte por causa do vapor d'água. Mas, conforme o ar esfriar, a água vai aos poucos se transformar, primeiro em chuva, depois em neve, que vão cair. Assim o vapor d'água vai sair do ar. Pode levar quatro ou cinco dias para isso acontecer, quem sabe até uma semana, dez dias. Mas aí a temperatura vai cair com tudo. Em questão de uma quinzena, serão cinquenta e cinco graus negativos e, em um mês, cento e quarenta graus negativos, se não menos."

"Está dizendo que a situação aqui ficará tão ruim quanto na Lua?"

"Sim, sabemos que ao pôr do sol na Lua a temperatura cai cento e cinquenta graus em uma hora. Será praticamente o mesmo aqui, fora que levará mais tempo por causa da nossa atmosfera. Mas no fim das contas será a mesma coisa. Não, Marlowe, não creio que iremos durar um mês, mesmo que não pareça muito tempo."

"Você rejeita a possibilidade de que ficaremos aquecidos do mesmo modo que as pessoas se aquecem no inverno nas pradarias do Canadá, nas casas com aquecimento central eficiente?"

"É possível que algumas construções tenham o devido isolamento e suportem os gradientes de temperatura tremendos que teremos. Mas são pontos fora da curva, pois quando construímos escritórios, casas e assim por diante, não construímos com essas condições de temperatura em mente. Ainda assim reconheço que algumas pessoas vão sobreviver, como as que têm prédios com arquitetura especial em regiões frias. Mas creio que não há chance alguma para os outros. Os povos dos trópicos, com suas casas periclitantes, vão se ver numa situação terrível."

"Assustador, não é?"

"Creio que o melhor será encontrar uma caverna onde possamos entrar fundo no subsolo."

"Mas precisamos de ar. O que faremos quando ficar muito frio?"

"Uma usina térmica. Não seria tão difícil. É só aquecer o ar que entra numa caverna profunda. É o que vão fazer todos os governos em que Herrick e o A.R. tanto confiam. Vão conseguir cavernas quentinhas e confortáveis, enquanto eu e você, meu garoto, ficaremos com as estalactites de gelo."

"Não creio que eles sejam tão malvados", Marlowe riu.

Kingsley prosseguiu, sério:

"Ah, concordo que não serão descarados. Haverá bons motivos para tudo que fizerem. Quando ficar evidente que só se poderá salvar um núcleo minúsculo de pessoas, aí vão defender que os sortudos devem ser os mais importantes para a sociedade; depois de tudo bem resumido e bem destilado, isso quer dizer a fraternidade política, marechais, reis, arcebispos e assim por diante. Quem é mais importante que eles?"

Marlowe percebeu que tinha de mudar de assunto.

"Vamos esquecer os humanos só um pouquinho. E quanto aos outros animais e às plantas?"

"É evidente que todas as plantas em fase de crescimento vão morrer. Mas as sementes devem ficar bem. Elas suportam frio intenso e ainda são aptas a germinar assim que as temperaturas normais voltarem. É provável que haja sementes para garantir que a flora do planeta continue essencialmente ilesa. Com os animais a situação será outra. Não vejo como os de grande porte poderão sobreviver, fora um pequeno número de humanos e quem sabe alguns animais que as pessoas abriguem consigo. Talvez os roedores que cavam tocas consigam chegar à profundidade que suporte o frio e, se hibernarem, talvez poupem-se da extinção por falta de alimento.

"Os animais marinhos se sairão melhor. Assim como a atmosfera é uma reserva de calor, o mar é um reservatório muito mais vasto. A temperatura dos mares não cairá tanto, então provavelmente os peixes ficarão bem."

"Mas não há uma falácia nesse seu argumento?", Marlowe exclamou, com animação considerável. "Se os mares continuarem quentes, então o ar sobre os mares continuará quente. Assim sempre haverá uma reserva de ar quente para repor o ar gelado sobre as superfícies!"

"Com isso não concordo", Kingsley respondeu. "Não é certo que o ar sobre os mares ficará quente. Os mares vão arrefecer o bastante para congelar na superfície, mesmo que a água mais abaixo se mantenha quente. E assim que os mares congelarem, não haverá grande diferença entre o ar sobre a superfície e sobre o mar. Tudo ficará frio ao extremo."

"Infelizmente, o que você diz soa correto. Parece que o lugar certo para se estar será um submarino!"

"Bom, por causa do gelo o submarino não conseguiria subir à superfície, então precisaria de um suprimento de ar para toda a viagem, o que não seria fácil. Navios também não dariam conta, por conta do gelo. E há outra objeção ao seu argumento. Mesmo que o ar sobre os mares se mantivesse quente, ele não supriria calor para o ar sobre a superfície, o qual, estando frio e denso, formaria tremendos anticiclones estáveis. O ar gelado ficaria sobre a terra e o ar quente, sobre o mar."

"Olha, Kingsley", riu Marlowe, "não vou deixar seu pessimismo sufocar meu otimismo. Já pensou no seguinte? Pode haver uma temperatura de radiação considerável dentro da própria Nuvem. A Nuvem pode ter calor significativo por si só, e isso pode compensar nossa perda de luz solar, sempre supondo — como insisto em dizer — que cheguemos a nos ver dentro da Nuvem!"

"Mas achei que a temperatura dentro das nuvens interestelares sempre fosse muito baixa."

"Nas nuvens comuns, sim, mas esta é tão mais densa e tão menor que o comum que sua temperatura, até onde sabemos, é imprevisível. Claro que não pode ser extremamente alta, senão a Nuvem estaria brilhando forte, mas pode ser alta a ponto de nos dar o calor que queremos."

"Otimismo, você disse? Então o que impede a Nuvem de ser tão quente a ponto de nos fritar? Não percebi que havia incerteza quanto à temperatura. Sinceramente, gosto ainda menos dessa possibilidade. Se a Nuvem for quente demais, será um desastre total."

"Então teremos de entrar em cavernas e refrigerar o estoque de ar!"

"Mas isso não é bom. Sementes aguentam frio, mas não calor em excesso. Não será muito melhor para a humanidade sobreviver se toda a flora for destruída."

"As sementes podem ser armazenadas em cavernas, junto às pessoas, animais e refrigeradores. Meu Deus, Noé ficaria no chinelo, não é?"

"Sim, quem sabe os Saint-Saëns do futuro componham músicas a respeito disso."

"Bem, Kingsley, mesmo que este papo não tenha sido exatamente consolador, pelo menos ressaltou um ponto importantíssimo. Temos de descobrir a temperatura da Nuvem, e sem delongas. É evidentemente outra função para os rapazes da rádio."

"Vinte e um centímetros?", Kingsley perguntou.

"Isso! Você tem uma equipe em Cambridge que faz isso, não tem?"

"Eles entraram nessas do vinte e um centímetros há pouco tempo, e acho que poderiam nos dar uma resposta a essa questão com celeridade. Vou falar com eles assim que voltar."

"Sim, e me avise do resultado assim que puder. Sabe, Kingsley, que embora não concorde com tudo que você diz sobre política, não gosto da ideia de tudo sair do nosso controle. Mas eu não posso fazer nada. Herrick pediu que tudo fique em sigilo. Ele é meu chefe e não posso passar por cima dele. Mas você é livre, especialmente depois do que disse ontem. Então você pode tratar dessas coisas. Eu me adiantaria nisso o mais rápido possível."

"Não se preocupe, eu vou."

O trajeto foi longo e já era fim de tarde quando eles desceram o passo Cajon até San Bernardino. Pararam para um excelente jantar num restaurante que Marlowe escolheu, no lado oeste do distrito de Arcadia.

"Não costumo gostar de festas", Marlowe disse, "mas creio que, hoje, uma festa longe dos cientistas nos faria bem. Um dos meus amigos, um magnata de San Marino, me convidou para aparecer."

"Mas eu não posso ir de penetra."

"Não fale absurdos, é óbvio que pode ir. Um convidado da Inglaterra, oras! Você será o centro das atenções. Provavelmente meia dúzia de figurões de Hollywood vão querer te contratar na hora."

"Mais motivo para não ir", disse Kingsley. Mesmo assim, ele foi.

A casa do sr. Silas U. Crookshank, investidor de sucesso do ramo imobiliário, era grande, espaçosa e bem ornada. Marlowe tinha razão quanto a como Kingsley seria recebido. Um copo avantajado de destilado forte, que Kingsley supôs ser *bourbon*, foi encaixado na sua mão.

"Que ótimo", disse o sr. Crookshank. "Agora estamos completos."

Por que estavam completos, Kingsley nunca descobriu.

Depois de um papo educado com o vice-presidente de uma empresa de aeronáutica, com o diretor de uma grande empresa de fruticultura e outros digníssimos, Kingsley finalmente engatou conversa com uma linda morena. Foram interrompidos por uma belíssima loira que pousou uma mão sobre um de seus braços.

"Venham cá, vocês dois", ela falou com uma voz baixa, aveludada, muito refinada. "Estamos indo na casa do Jim Halliday."

Quando viu que a morena ia aceitar o plano de Voz de Veludo, Kingsley decidiu que devia ir junto. Não havia por que incomodar Marlowe, pensou ele. Daria um jeito de voltar ao hotel por conta própria.

A casa de Jim era consideravelmente menor que a residência do sr. S. U. Crookshank, mas ainda assim eles conseguiram abrir um espaço no piso onde dois ou três casais começaram a dançar aos roucos de um gramofone. Distribuíram-se mais bebidas. Kingsley estava contente com a sua, pois não era nenhum baluarte do mundo da dança. A moça morena foi abordada por dois homens, pelos quais Kingsley, apesar do uísque, sentiu desgosto substancial. Decidiu refletir sobre a situação mundial até que conseguisse tirar a menina dos dois arrivistas. Não deu certo. Voz de Veludo veio até ele. "Vem dançar, fofo", disse ela.

Kingsley fez o possível para se ajustar ao ritmo arrastado, mas não pareceu ter êxito em obter a aprovação da parceira.

"Por que você não relaxa, meu doce?", a voz sussurrou.

Nenhum comentário seria mais bem calculado para desconcertar Kingsley, pois ele não via possibilidade de relaxar naquele espaço lotado. Será que esperavam que ele ficasse frouxo e deixasse Voz de Veludo carregar seu peso morto?

Ele decidiu contrapor com absurdos da mesma medida.

"Eu nunca sinto muito frio, e você?"

"Nossa, que fofucho", disse a mulher, com um sussurro amplificado.

Em estado agudo de desespero, Kingsley a puxou da pista, pegou seu copo e deu um longo gole. Falando em estrépitos incoerentes, ele precipitou-se até o saguão de entrada, onde se lembrava de ter visto um telefone. Uma voz atrás dele disse:

"Olá. Procura alguma coisa?"

Era a morena.

"Estou chamando um táxi. Conforme a letra daquela antiga música: 'Estou cansado e quero ir para a cama.'"

"E isso é o que se diz para uma jovem de respeito? Mas, falando sério, eu também vou. Tenho carro e lhe dou carona. Esqueça esse táxi."

A moça dirigiu com esmero pelos arredores de Pasadena.

"É perigoso dirigir devagar demais", ela explicou. "A essa hora da noite a polícia está de tocaia atrás dos bêbados e de gente voltando de festa. E eles não pegam só carro que anda muito rápido. Andar devagar também levanta suspeita." Ela acendeu a luz do painel para conferir a velocidade. Aí notou o mostrador de combustível.

"Diabo, estou quase sem gasolina. É melhor a gente parar no próximo posto."

Foi só quando foi pagar o frentista que ela descobriu que sua bolsa não estava no carro. Kingsley acertou o combustível.

"Nem imagino onde eu a deixei", ela disse. "Achei que estava no banco de trás."

"Tinha muito dinheiro?"

"Não era grande coisa. O problema é que não sei como vou entrar no meu apê. A chave estava dentro."

"É um incômodo. Infelizmente não sou bom em abrir fechaduras. É possível pular alguma janela?"

"Olha, talvez, se eu tiver ajuda. Tem uma janela meio alta que eu sempre deixo aberta. Não chego lá sozinha, mas talvez consiga se você me der uma mão. Se importa? Não fica longe daqui."

"Nem um pouco", disse Kingsley. "Consigo me ver gatuno."

A garota estava certa quanto à altura elevada da janela. Só se alcançava com uma pessoa sobre os ombros de outra. A manobra não foi nada fácil.

"É melhor eu escalar", disse a garota. "Sou mais leve."

"Então, em vez de arrombador arrojado, fui relegado ao papel de capacho?"

"Isso mesmo", disse a menina, tirando os sapatos. "Agora abaixe-se para eu subir nos seus ombros. Não muito, senão você não se levanta nunca mais."

Na primeira vez a moça quase escorregou, mas recobrou o equilíbrio agarrando-se ao cabelo de Kingsley.

"Não arranque minha cabeça", ele resmungou.

"Desculpe, eu sabia que não devia ter tomado tanto gim."

Em dado momento, conseguiram. A janela foi aberta e a moça sumiu do lado de dentro — primeiro cabeça e ombros, depois pés. Kingsley recolheu os calçados dela e foi até a porta. A moça abriu. "Entre", ela disse. "Eu fiz um buraco na minha meia-calça. Espero que não se acanhe de entrar."

"Não tenho acanhamento algum. Mas quero meu couro cabeludo de volta, caso já tenha terminado de usar."

Era quase hora do almoço do dia seguinte quando Kingsley chegou ao Observatório. Ele foi direto à sala do diretor, onde encontrou Herrick, Marlowe e o Astrônomo Real.

"Meu Deus, ele está um dissoluto", pensou o Astrônomo Real.

"Meu Deus, parece que o tratamento à base de uísque deu jeito no homem", pensou Marlowe.

"Ele parece ainda mais instável", pensou Herrick.

"Ora, ora, acabaram todos os relatórios?", disse Kingsley.

"Todos encerrados e aguardando sua assinatura", respondeu o Astrônomo Real. "Estávamos nos perguntando onde você havia ido parar. Nosso voo de volta está marcado para hoje."

"Voo de volta? Que absurdo. Primeiro temos de correr meio mundo por esses malditos aeroportos, e agora que estamos aqui, curtindo a luz do sol, você quer nos fazer correr de volta. Que absurdo, A.R. Por que você não relaxa?"

"Você parece ter esquecido que temos negócios sérios a resolver."

"O negócio é bastante sério. Nisso eu concordo, A.R. Mas eu lhe digo com toda seriedade que é um negócio que ninguém tem como resolver. A Nuvem Negra está a caminho e nem você, nem todos os cavalos do Rei e nem todos os homens do Rei, nem o próprio Rei têm como impedir. Meu conselho é acabar com esse absurdo de relatório. Podem sair ao sol enquanto ele ainda está conosco."

"Já tínhamos familiaridade com seu ponto de vista, dr. Kingsley, quando eu e o Astrônomo Real decidimos tomar o rumo leste hoje à noite", Herrick interrompeu em tom comedido.

"Devo supor que vai a Washington, dr. Herrick?"

"Já marquei horário com a secretária do Presidente."

"Nesse caso, creio que seria melhor se o Astrônomo Real e eu viajássemos à Inglaterra sem demora."

"Kingsley, é exatamente o que estamos tentando lhe dizer", resmungou o Astrônomo Real, pensando que de certo modo Kingsley era a pessoa mais obtusa que ele já conhecera.

"Não foi exatamente o que me disse, A.R., embora possa lhe ter parecido. Agora, quanto às assinaturas. Em triplicata, imagino eu?"

"Não, há apenas duas cópias mestras, uma para mim e uma para o Astrônomo Real", respondeu Herrick. "Quer assinar aqui?"

Kingsley puxou sua caneta, rabiscou o nome duas vezes e disse:

"Tem certeza, A.R., de que nosso avião para Londres está reservado?"

"Sim, é claro."

"Então parece tudo bem. Bom, senhores, estarei à sua disposição no meu hotel das cinco horas em diante. Mas, até lá, há vários assuntos de grande relevância que preciso resolver."

E com isso Kingsley saiu do Observatório.

Os astrônomos na sala de Herrick olharam-se, surpresos.

"Quais assuntos de grande relevância?", Marlowe perguntou.

"Sabe-se lá", respondeu o Astrônomo Real. "Não consigo nem fingir que entendo o jeito de Kingsley pensar e agir."

Herrick desembarcou do avião em Washington. Kingsley e o Astrônomo Real seguiram para Nova York, onde tiveram três horas de espera antes de embarcar para Londres. Havia algumas dúvidas quanto à decolagem, por conta da neblina. Kingsley estava agitadíssimo até que finalmente os mandaram dirigir-se ao portão 13 e ficar com cartões de embarque a postos. Meia hora depois, estavam voando.

"Graças a Deus", disse Kingsley, quando o avião partiu firme rumo nordeste.

"Eu concordaria que há muitas coisas pelas quais se deve agradecer a Deus, mas não vejo como esta seria uma delas", comentou o Astrônomo Real.

"Eu ficaria contente em explicar, A.R., se achasse que a explicação lhe seria proveitosa. Mas, como penso que não seria, vamos tomar um drinque. O que vai querer?"

4.
Movimentação multifária

O governo dos Estados Unidos foi o primeiro organismo oficial a saber da aproximação da Nuvem Negra.

Herrick levou alguns dias para atravessar os estamentos superiores do governo norte-americano, mas, quando conseguiu, os resultados não foram nada decepcionantes. Na noite do 24 de janeiro, ele recebeu instruções para apresentar-se às nove e meia da manhã seguinte na sala do Presidente.

"Que situação peculiar o senhor nos trouxe, dr. Herrick, muito peculiar", disse o Presidente. "Mas o senhor e sua equipe no monte Wilson merecem altíssima consideração, de modo que não perderei tempo duvidando do que nos contou. Em vez disso, reuni estes cavalheiros para que nos atenhamos a resolver o que precisa ser feito."

As duas horas de discussão foram devidamente resumidas pelo Secretário da Fazenda:

"Nossas conclusões parecem muito claras, sr. Presidente. Provavelmente evita-se qualquer desarticulação econômica grave graças a dois fatores favoráveis no quadro. O dr. Herrick nos garante que não se espera que este... hã, contato dure muito mais que um mês. É um período tão curto que, mesmo que o ritmo de consumo de combustível tenha um aumento enorme, a quantia geral exigida para nos preservar durante o período de frio extremo ainda é moderada. Não há, do mesmo modo, grave problema em fazermos estoques de combustível — é possível inclusive que nossos estoques atuais bastem. Uma questão mais séria é se conseguirmos transferir esses estoques a velocidade suficiente para o consumidor doméstico e industrial; se conseguirmos bombear gasolina e petróleo na devida velocidade. É algo que temos de conferir, mas com quase um ano e meio de antecedência, é certo que não haverá dificuldades que não possamos superar.

"O segundo fator favorável é a data do contato. Provavelmente teremos boa parte das colheitas em meados de julho, data que o dr. Herrick nos dá como provável início da calamidade. A mesma situação favorável aplica-se em todo o mundo, de modo que a perda de recursos alimentícios, que teria sido muito séria caso o período de frio acontecesse em maio ou junho, também seria bastante moderada."

"Então creio que todos concordamos quanto às medidas que se deve tomar", complementou o Presidente. "Quando decidirmos nossas disposições, teremos de considerar o problema mais embaraçoso da ajuda que podemos fornecer a outros povos mundo afora. Mas, de momento, vamos botar nossa casa em ordem. Creio que os cavalheiros desejam retomar seus assuntos de importância premente, e há algumas propostas que eu gostaria de fazer pessoalmente ao dr. Herrick."

Quando a reunião se desfez e eles ficaram a sós, o Presidente prosseguiu:

"Então, dr. Herrick, o senhor há de entender que, de momento, essa questão deve ser tratada com segurança rigorosíssima. Vejo que, além do seu, há outros três nomes no relatório. Devo supor que estes senhores fazem parte da sua equipe? Posso saber os nomes de outros que estão cientes do conteúdo?"

Herrick, em resposta, fez um breve relato das circunstâncias que levaram à descoberta, ressaltando ser inevitável que a informação tivesse virado de pleno conhecimento no Observatório antes que sua importância fosse percebida.

"Claro, é natural", comentou o Presidente. "Devemos ficar gratos pelo assunto não ter extrapolado os confins do Observatório. Confio, confio sinceramente, dr. Herrick, que o senhor pode me dar garantias nesse quesito."

Herrick comentou que, até onde ele sabia, havia quatro homens fora do Observatório com conhecimento pleno da Nuvem Negra. Barnett e Weichart, do California Institute of Technology — que era praticamente o Observatório —, e dois cientistas ingleses, o dr. Christopher Kingsley, de Cambridge, e o Astrônomo Real em pessoa. Os nomes dos dois últimos estavam no relatório. A postura do Presidente se aguçou.

"Dois bretões!", ele exclamou. "Nada bom, nada bom. Como isso aconteceu?"

Herrick, ao perceber que o Presidente provavelmente só lera uma sinopse do relatório, explicou como Kingsley e o Astrônomo Real haviam deduzido sozinhos a existência da Nuvem, como o telegrama de Kingsley fora recebido em Pasadena, e como os dois bretões tinham sido convidados à Califórnia. O Presidente se amansou.

"Ah, então os dois estão na Califórnia, é? Você fez muito bem em enviar esse convite, talvez mais do que perceba, dr. Herrick."

Foi então que Herrick percebeu a significância da decisão repentina de Kingsley de voltar à Inglaterra.

Horas depois, no voo de volta à costa oeste, Herrick ainda estava matutando sobre sua visita a Washington. Ele não esperava nem um pouco a censura tranquila mas firme do Presidente, muito menos ser despachado para casa tão cedo. Curiosamente, a censura inequívoca o preocupava bem menos do que supunha. Do seu ponto de vista, ele havia cumprido sua função, e o crítico que Herrick mais temia era ele mesmo.

O Astrônomo Real também levou alguns dias para chegar à nascente do seu governo. O trajeto até o cume passou pelo

Primeiro Lorde da Marinha. O movimento ascendente teria sido mais rápido caso ele se dispusesse a declarar seu propósito. Mas, fora que desejava um interlóquio com o Primeiro-Ministro, o Astrônomo Real nada dizia. Depois de algum tempo ele conseguiu um interlóquio com o Secretário Particular do Primeiro-Ministro, um jovem de nome Francis Parkinson. Parkinson foi franco: o Primeiro-Ministro estava ocupadíssimo. Como o Astrônomo Real bem devia saber, à parte das questões usuais de estado, havia no horizonte uma conferência internacional substanciosa, além da visita do sr. Nehru a Londres na primavera e da visita do próprio Primeiro-Ministro a Washington. Se o Astrônomo Real não declarasse seu propósito, era certo que não haveria interlóquio. Aliás, a questão precisaria ser de importância excepcional, pois, caso contrário, lamentavelmente, ele se recusaria a dar qualquer assistência. O Astrônomo Real capitulou, dando a Parkinson um brevíssimo relato do caso da Nuvem Negra. Duas horas depois, ele estava explicando a questão, dessa vez em todos os detalhes, ao Primeiro-Ministro.

No dia seguinte, o Primeiro-Ministro convocou uma reunião de emergência do Conselho Interno, à qual o Secretário do Interior também foi convidado. Parkinson estava presente, no papel de secretário. Depois de um *précis* exato do relatório de Herrick, o Primeiro-Ministro olhou para todos na mesa e disse:

"Meu propósito ao convocar esta reunião foi o de familiarizá-los quanto aos fatos de uma situação que pode vir a tornar-se grave, e não para discutir qualquer ação imediata. Nossa primeira medida, obviamente, deve ser satisfazer-nos quanto à exatidão ou não deste relatório."

"E como podemos nos satisfazer?", perguntou o Secretário de Relações Exteriores.

"Bem, minha primeira medida foi pedir a Parkinson que faça consultas discretas relativas a... hã, às reputações dos cavalheiros que assinaram este relatório no meio científico. Gostariam de ouvir o que ele tem a dizer?"

A comitiva deu a entender que sim. Parkinson foi um tanto apologético.

"Não foi nada fácil obter informações confiáveis, sobretudo quanto aos dois norte-americanos. Mas o melhor que consegui com meus amigos na Royal Society foi o fato de que qualquer relatório que traga a assinatura do Astrônomo Real ou do observatório de Monte Wilson será absolutamente fiável do ponto de vista observacional. Contudo, a segurança deles quanto aos poderes de dedução dos quatro signatários foi bem menor. Soube que, dos quatro, apenas Kingsley pode se afirmar perito neste quesito."

"O que você quer dizer com 'pode se afirmar'?", perguntou o Chanceler.

"Bom, que se sabe que Kingsley é um cientista inventivo, mas nem todos o veem como seguro."

"Então, em resumo, os aspectos dedutivos deste relatório apoiam-se em apenas um homem, e no caso, um homem que é brilhante, mas não confiável?", disse o Primeiro-Ministro.

"O que eu levantei pode ser expressado desse modo, embora seria um modo um tanto extremo de expressar", respondeu Parkinson.

"Talvez", prosseguiu o Primeiro-Ministro, "mas, de qualquer modo, isso nos dá plena justificativa para certa medida de ceticismo. Evidentemente, precisamos investigar mais a fundo. O que quero discutir com todos é o meio que devemos adotar de agora em diante para obter mais informações. Uma possibilidade seria pedir ao Conselho da Royal Society que indique um comitê para fazer essa sondagem minuciosa. O único outro ângulo de ataque que vejo seria a abordagem direta ao governo dos Estados Unidos, que decerto também estará atento quanto à veracidade — quem sabe eu deva dizer precisão — do que dizem o prof. Kingsley e os demais."

Após horas de discussão, decidiu-se pela comunicação imediata com o governo dos Estados Unidos. Chegou-se a tal decisão em grande medida graças à argumentação portentosa do Secretário de Relações Exteriores, que não estava aquém de argumentos para defender uma alternativa que deixaria a questão nas mãos de seu próprio departamento.

"O ponto decisivo", ele disse, "é que uma abordagem à Royal Society, por mais que seja desejável de outros pontos de vista, haveria de, obrigatoriamente, revelar a um bom número de indivíduos fatos que, no estágio corrente, deveriam ser mantidos em sigilo. Creio que todos concordamos quanto a esse aspecto."

Todos concordaram. O Ministro da Defesa, aliás, quis saber: "Quais medidas podemos tomar para garantir que nem o Astrônomo Real nem o dr. Kingsley tenham permissão para disseminar a interpretação alarmista que têm dos supostos fatos?"

"É uma questão sensível e relevante", respondeu o Primeiro-Ministro. "E à qual já dei alguma consideração. Foi por isso, aliás, que pedi ao Secretário do Interior que participasse desta reunião. Era minha intenção levantar o assunto com ele posteriormente."

Foi de acordo geral que aquele aspecto deveria ficar a cargo do Primeiro-Ministro e do Secretário do Interior, então a reunião se desfez. O Chanceler estava pensativo enquanto voltava a sua sala. De todos na reunião, foi o único que ficou seriamente alarmado, pois somente ele tinha noção de como a economia nacional estava periclitante e como um mínimo abalo poderia deixá-la em ruínas. O Secretário de Relações Exteriores, por outro lado, estava satisfeito; achava que havia se destacado na reunião. O Ministro da Defesa achou que era tudo tempestade em copo d'água e que, de qualquer modo, não tinha nada a ver com seu departamento. Ele ficou se perguntando por que fora chamado à reunião.

O Secretário do Interior, por outro lado, ficou contente por ter sido chamado à reunião e muito contente em poder ficar para discutir outras questões com o Primeiro-Ministro.

"Tenho plena certeza", disse ele, "de que podemos escavar alguma lei que nos permita deter os dois: o Astrônomo Real e o homem de Cambridge."

"Também tenho plena certeza", respondeu o Primeiro-Ministro. "Não é sem propósito que nosso código jurídico tem séculos de idade. Mas seria muito melhor se pudéssemos lidar com isso com tato. Já tive oportunidade de conversar com o Astrônomo Real. Ressaltei o aspecto e, a partir do que ele disse, sinto que podemos ficar seguros quanto à sua discrição. Mas, a partir de certas deixas que ele deu, entendo que será um tanto diferente com o dr. Kingsley. De qualquer modo, é evidente que o dr. Kingsley deve ser contatado sem tardar."

"Enviarei uma pessoa a Cambridge imediatamente."

"Não envie. Vá você. O dr. Kingsley ficará... hã... digamos que lisonjeado se você for vê-lo em pessoa. Telefone para dizer que estará em Cambridge amanhã e que gostaria de consultá-lo quanto a um assunto importante. Creio que será muito mais eficiente, além de mais simples."

Kingsley ficou extremamente ocupado desde o instante em que voltou a Cambridge. Ele aproveitou bem os poucos dias que transcorreram antes de as engrenagens políticas começarem a girar. Várias cartas, todas registradas em detalhes, foram enviadas ao exterior. Quem as acompanhasse provavelmente daria atenção especial às duas endereçadas a Greta Johannsen, de Oslo, e a mademoiselle Yvette Hedelfort, da Universidade de Clermont-Ferrand, sendo as duas as únicas correspondentes femininas de Kingsley. Tampouco uma carta a Alex Ivan Alexandrov deixaria de ser notada. Kingsley torcia que ela chegasse ao destino previsto, mas nunca se tinha certeza quanto ao que era enviado à Rússia. Sim, cientistas russos e ocidentais, quando se reuniam em congressos estrangeiros, encontravam vias e instrumentos para trocar cartas entre si. Sim, o segredo dessas vias e desses instrumentos era muito bem guardado, mesmo que fosse conhecido de muitos. Sim, muitas cartas passavam com sucesso por toda censura. Mas não havia como ter certeza. Kingsley torceu pelo melhor.

Sua maior preocupação, contudo, era com o departamento de radioastronomia. Ele incomodou John Marlborough e seus colegas até que fizessem as observações intensivas da aproximação da Nuvem ao sul de Órion. Para eles começarem, foi necessária boa dose de persuasão. O equipamento de Cambridge (para trabalhos na linha dos vinte e um centímetros) entrara em operação recentemente e havia várias outras observações que Marlborough queria fazer. Mas Kingsley acabou conseguindo dar um jeito sem revelar o verdadeiro propósito de sua solicitação. Assim que os radioastrônomos começaram de vez com a Nuvem, os resultados a que chegaram foram tão chocantes que Marlborough não precisou ser convencido a continuar. Logo sua equipe já estava trabalhando vinte e quatro horas sem parar. Kingsley viu-se sob pressão para continuar reduzindo os resultados e destilando significado do que chegava.

Marlborough ficou exultante e empolgado quando almoçou com Kingsley no quarto dia. Julgando que a hora era propícia, Kingsley comentou:

"Está claro que devemos mirar a publicação desses novos resultados em breve. Mas creio que seja desejável conseguir alguém que os confirme. Tenho pensado se um de nós não deveria escrever a Leicester."

Marlborough engoliu a isca.

"Boa ideia", ele disse. "Eu escrevo. Estou devendo uma carta a ele, e tem algumas coisas que quero lhe dizer."

O que Marlborough queria dizer, como Kingsley bem sabia, era que Leicester já havia se adiantado em um ou dois assuntos e Marlborough queria a oportunidade de lhe mostrar que depois dele, Leicester, a fila andaria.

Marlborough correspondeu-se de fato com Leicester na Universidade de Sydney, Austrália, assim como Kingsley, por via das dúvidas, também se correspondeu (sem que Marlborough soubesse). As duas cartas continham praticamente o mesmo material factual, mas a de Kingsley também fazia várias referências oblíquas, referências estas que teriam grande significado para quem soubesse da ameaça da Nuvem Negra — da qual Leicester, é claro, não sabia.

Quando Kingsley voltou ao College depois de sua aula da manhã seguinte, um zelador animado berrou para ele:

"Dr. Kingsley, mensagem importante para o senhor."

Era do Secretário do Interior, com o informe de que ele ficaria deveras contente com o privilégio de um interlóquio com o prof. Kingsley às três da tarde daquele dia. "Muito tarde para o almoço, muito cedo para o chá, mas ele provavelmente espera um bom repasto", Kingsley pensou.

O Secretário do Interior foi pontual, extremamente pontual. O relógio do Trinity bateu as três quando o mesmo zelador, ainda animadíssimo, o conduziu aos aposentos de Kingsley.

"O Secretário do Interior, senhor", ele anunciou, com um toque de pompa.

O Secretário do Interior foi ao mesmo tempo ríspido e de uma sutileza diplomática. Ele foi direto ao assunto. O governo naturalmente estava surpreso, quem sabe um tanto alarmado, com o relatório que havia recebido do Astrônomo Real. Valorizou-se muito o quanto o relatório mostrava dívida com os hábeis poderes de dedução do prof. Kingsley. Ele, o Secretário do Interior, viera especialmente a Cambridge com duplo objetivo: elogiar o prof. Kingsley quanto à agilidade de sua análise dos estranhos fenômenos que haviam chegado ao seu conhecimento e dizer que o governo apreciaria muito estar em contato constante com o prof. Kingsley para se beneficiar plenamente de sua assistência.

Kingsley achou que podia fazer pouco mais que objetar ao panegírico e oferecer-se, com toda benevolência que conseguisse congregar, a dar todo o apoio que pudesse.

O Secretário do Interior expressou seu encanto e depois complementou, quase como um tema passageiro, que o Primeiro-Ministro em pessoa havia dado atenção especial a um assunto que o prof. Kingsley talvez pensasse ser uma questão menor, mas que ele, o Secretário do Interior, considerava ser um aspecto de certa sensibilidade: que o conhecimento presente e imediato da situação deveria ser intimamente restrito a poucos e seletos — no caso, ao prof. Kingsley, ao Astrônomo Real, ao Primeiro-Ministro e ao Conselho Interno, do qual, para este fim, ele, o Secretário do Interior, era considerado membro.

"Diabinho ardiloso", pensou Kingsley, "ele me deixou bem onde eu não queria. Só consigo sair desta se for grosseiro, e ainda por cima na minha sala. É melhor eu aquecer a situação em alguns graus."

Em voz alta, ele disse:

"Os senhores podem considerar que compreendo e percebo plenamente a naturalidade do seu desejo de sigilo. Mas há certas dificuldades que, acredito, devem entrar em consideração. Primeiro, o tempo é curto: dezesseis meses não é muito. Segundo, há vários aspectos da Nuvem dos quais precisamos adquirir conhecimento com urgência. Terceiro, tais aspectos não serão descobertos se mantivermos sigilo. O Astrônomo Real e eu não teríamos como fazer tudo sozinhos. Em quarto, o sigilo, do modo que for, só poderá ser temporário. Outras pessoas podem seguir a linha de raciocínio registrada no relatório do Astrônomo Real. No máximo pode-se esperar tolerância de um mês ou dois. De qualquer modo, ao fim do outono a situação estará clara a quem olhar para o céu."

"O senhor não me entendeu, prof. Kingsley. Fiz referência explícita ao presente imediato. Assim que nossa diretriz estiver formulada, planejamos seguir a todo vapor. Todos que precisarem ser informados a respeito da Nuvem serão. Não haverá silêncio sem necessidade. Tudo que pedimos é segurança rígida no ínterim, até que nossos planos estejam a postos. Naturalmente não desejamos que o assunto vire boataria pública antes que possamos manobrar nossas tropas, se me permite o termo militar."

"Lamento dizer, senhor, que essa medida não me parece bem pensada. O senhor fala em formular uma diretriz e então seguir em frente. Pois é um caso de carro na frente dos bois. É impossível, eu lhe garanto, formular qualquer diretriz válida até que se tenha mais dados. Não sabemos sequer, por exemplo, se a Nuvem atingirá a Terra. Não sabemos se a matéria da Nuvem é venenosa. A tendência imediata é pensar que fará muito frio quando a Nuvem chegar, mas é igualmente possível que aconteça o inverso. Pode fazer muito calor. Até que todos esses fatores sejam conhecidos, qualquer diretriz no sentido social é insignificante. A única diretriz possível é reunir todos os dados relevantes com o mínimo de demora, e isso, repito, não pode ser feito enquanto se mantém sigilo tão restrito."

Kingsley ficou pensando por quanto tempo esse diálogo do século XVIII prosseguiria. Ele deveria aquecer água para o chá?

O clímax se aproximava, contudo. Os dois eram de mentes muito dissimilares para possibilitar mais de meia hora de diálogo. Quando o Secretário do Interior falava, sua meta era fazer com que seus interlocutores reagissem conforme seu plano. Era irrelevante a ele *como* teria sucesso, desde que tivesse. Valia de tudo: lisonjas, aplicar a psicologia do senso comum, pressão social, alimentar ambições, até mesmo pequenas ameaças. No geral, tal como a maioria dos gestores, percebia que argumentos contendo apelo emocional bem enraizado, mas expressados em termos aparentemente lógicos, costumavam ter sucesso. Ele não dava valor algum à aplicação da lógica rigorosa. Para Kingsley, por outro lado, a lógica estrita era tudo ou quase tudo.

Nisso, o Secretário do Interior cometeu um equívoco.

"Meu caro prof. Kingsley, temo que esteja nos subestimando. Pode ter certeza de que, quando elaborarmos nossos planos, estaremos preparados para o pior que possa nos ocorrer."

Kingsley deu um pulo.

"Então temo que devam se preparar para um contexto em que todo homem, mulher e criança encontrarão a morte, no qual nem um animal, tampouco vegetal, continuará vivo. Posso questionar que forma tomará tal diretriz?"

O Secretário do Interior não era homem de fazer defesa vigorosa a um argumento derrotado. Quando uma discussão o levava a um impasse indesejado, ele simplesmente mudava de assunto e nunca mais voltava ao tópico anterior. Julgou o momento propício para mudar de estilo, e nisso cometeu um segundo erro, ainda maior.

"Prof. Kingsley, venho tentando lhe expor os fatos de mente aberta, mas temo que o senhor esteja dificultando a situação. Assim se faz necessário pôr em pratos limpos. Eu não preciso lhe dizer que, caso essa história venha a público, haverá repercussões graves."

Kingsley grunhiu.

"Meu caro colega", disse ele, "que temível. Repercussões graves, de fato! Eu imagino que serão repercussões graves, sobretudo no dia em que o sol ficar encoberto. Qual é o plano do seu governo para impedir algo assim?"

O Secretário do Interior teve dificuldade para manter a calma.

"O senhor parte da suposição de que o sol *será* encoberto, como diz. Deixe-me dizer com toda franqueza que o governo procedeu com investigações e não estamos nada satisfeitos com a precisão do seu relatório."

Kingsley ficou contrariado.

"O quê?!"

O Secretário do Interior aproveitou a deixa.

"Talvez esta possibilidade não lhe tenha ocorrido, prof. Kingsley. Suponhamos, e ressalto o *suponhamos*, que esta questão não dê em nada, que seja uma tempestade em copo d'água, uma quimera. Imagina qual seria sua situação, prof. Kingsley, caso o senhor fosse responsável por alarmar a população a respeito de algo que se revelasse um ninho de marimbondos? Eu lhe garanto com toda seriedade que a questão teria um só fim, um fim muito grave."

Kingsley recuperou-se do choque, mas apenas um pouco. Sentiu a explosão crescendo dentro de si.

"Não tenho como dizer o quanto sou grato pela preocupação quanto à minha pessoa. Também não fico pouco surpreso com a penetração evidente do governo em nosso relatório. De fato, para ser franco, fico abismado. É uma pena que não consigam demonstrar a mesma penetração em assuntos nos quais poderiam afirmar com mais propriedade conhecimento menos amador."

O Secretário do Interior não viu motivo para medir palavras. Levantou-se da cadeira, pegou seu chapéu e sua bengala e disse:

"Quaisquer revelações que fizer, prof. Kingsley, serão entendidas pelo governo como contravenções graves frente ao Decreto de Segredos Oficiais. Nos últimos anos tivemos vários casos em que cientistas se acharam acima da lei e acima do interesse público. O senhor tem ciência do que lhes aconteceu. Desejo-lhe um bom dia."

Foi a primeira vez que a voz de Kingsley saiu imponente e afiada. "E devo ressaltar, sr. Secretário do Interior, que qualquer tentativa do governo de interferir na minha liberdade de ir e vir aniquilará qualquer chance que tenham de manter sigilo. Enquanto o assunto não for de conhecimento geral, o senhor está nas minhas mãos."

Quando o Secretário do Interior saiu, Kingsley sorriu consigo no espelho.

"Creio que cumpri bem o meu papel, mas preferia que não tivesse sido na minha sala."

Os acontecimentos transcorreram depressa. À noite, um grupo de homens do M.I.5 chegou a Cambridge. Os aposentos de Kingsley foram vistoriados enquanto ele jantava no salão do College. Descobriu-se e copiou-se uma longa lista de seus correspondentes. Obteve-se junto à Agência Postal a relação das cartas que Kingsley havia postado desde que retornara dos Estados Unidos. Foi fácil, pois as cartas eram registradas. Descobriu-se que, delas, apenas uma provavelmente ainda estava em trânsito, a carta ao dr. H. C. Leicester, da Universidade de Sydney. Enviaram-se cabogramas com urgência de Londres. Em questão de horas, a carta foi interceptada em Darwin, Austrália. Seu conteúdo foi telegrafado para Londres em código.

Às dez horas em ponto da manhã seguinte, houve uma reunião na Downing Street n. 10. Participaram o Secretário do Interior; Sir Harold Standard, diretor do M.I.5; Francis Parkinson e o Primeiro-Ministro.

"Bem, senhores", começou o Primeiro-Ministro, "todos tiveram plena oportunidade de estudar os fatos do caso, e creio que todos podemos concordar que algo deve ser feito a respeito deste sr. Kingsley. A carta enviada à URSS e o conteúdo da carta interceptada não nos dão alternativa senão tomar uma atitude prontamente."

Os outros assentiram sem comentar.

"A questão que temos a decidir aqui", prosseguiu o Primeiro-Ministro, "é quanto à forma desta atitude."

O Secretário do Interior não tinha dúvida quanto à sua opinião. Ele dava preferência ao cárcere imediato.

"Não creio que devamos levar a ameaça de exposição pública de Kingsley tão a sério. Podemos vedar todos os vazamentos óbvios. E embora possamos sofrer algum dano, o estrago será limitado e provavelmente muito menor do que se tentarmos outro acordo."

"Concordo que podemos vedar os vazamentos óbvios", disse Parkinson. "Não me satisfaço, porém, quanto a vedar os vazamentos não óbvios. Permite-me falar com franqueza, senhor?"

"E por que não permitiria?", questionou o Primeiro-Ministro.

"Bem, fiquei um pouco incomodado em nossa última reunião a respeito de meu relatório sobre Kingsley. Disse que muitos cientistas o veem como inteligente, mas não de todo seguro, e nisso fiz um relato fidedigno. O que eu não disse foi que não há profissão mais afligida pelo ciúme do que a científica, e o ciúme não autoriza uma pessoa a ser ao mesmo tempo brilhante *e* segura. Sendo sincero, senhor, não creio que exista chance de o relatório do Astrônomo Real estar errado em qualquer elemento substancial."

"E onde quer chegar com isso?"

"Bem, senhor, eu analisei o relatório com atenção e creio que captei alguma noção do caráter e das capacidades dos homens que o assinaram. E simplesmente não acredito que alguém da inteligência de Kingsley teria a mínima dificuldade para expor a situação se assim quisesse. Se pudéssemos fechar o cerco a Kingsley devagar, ao longo de semanas, tão devagar que ele não suspeitasse de nada, talvez tivéssemos sucesso. Mas ele deve ter previsto que poderemos atacar. Eu gostaria de questionar Sir Harold a esse respeito. Seria possível que Kingsley abrisse um vazamento se o prendêssemos de repente?"

"Temo que o sr. Parkinson esteja correto", começou a dizer Sir Harold. "Poderíamos deter tudo que é usual, como vazamentos na imprensa, nas rádios, na nossa rádio. Mas teríamos como impedir um vazamento na Rádio Luxemburgo, ou outra na pilha de possibilidades? Indubitavelmente sim, se tivéssemos tempo, mas não da noite para o dia, sinto dizer. E outra questão", prosseguiu, "é que esse caso se espalharia como incêndio assim que viesse à tona, mesmo sem apoio dos jornais ou do rádio. Seria como uma dessas reações em cadeia de que tanto ouvimos falar hoje em dia. Seria muito difícil se proteger desses vazamentos ordinários, pois eles poderiam ocorrer em qualquer ponto. Kingsley pode ter depositado um documento em milhares de locais, com a disposição de que o documento seja lido em certa data a não ser que ele dê instruções do contrário. Vocês sabem, como é usual. Ou ele pode ter feito algo menos usual."

"O que parece concordar com a visão de Parkinson", interrompeu o Primeiro-Ministro. "Porém, Francis, vejo que tem uma ideia na manga. Vamos ouvi-la."

Parkinson explicou um plano que achou que poderia funcionar. Depois de alguma discussão, aceitou-se fazer um teste, já que, para funcionar, o plano teria de ser aplicado depressa. E, caso não funcionasse, podia-se recorrer ao plano do Secretário do Interior. A reunião se desfez. Seguiu-se imediatamente um telefonema a Cambridge. O prof. Kingsley poderia falar com o sr. Francis Parkinson, Secretário do Primeiro-Ministro, às três da tarde? Sim, o prof. Kingsley poderia. Então Parkinson viajou a Cambridge. Chegou pontualmente e foi conduzido aos aposentos de Kingsley quando o relógio do Trinity bateu as três badaladas.

"Ah", Kingsley murmurou enquanto eles apertavam as mãos, "tarde demais para o almoço e cedo demais para o chá."

"Decerto o senhor não vai me escorraçar assim tão rápido, não é, prof. Kingsley?", Parkinson contrapôs com um sorriso.

Kingsley era muito mais novo do que Parkinson esperava, por volta dos trinta e sete ou trinta e oito. Parkinson o havia imaginado um homem alto e magro. Nisso tinha razão, mas Parkinson não esperava a notável combinação de cabelos negros e densos com olhos espantosamente azuis, que seriam espantosos em uma mulher. Kingsley com certeza não era o tipo de pessoa de que se esquece fácil.

Parkinson puxou uma cadeira até a lareira, se acomodou confortavelmente e disse:

"Ouvi tudo a respeito da conversa de ontem entre o senhor e o Secretário do Interior, e me permita dizer que condeno profundamente as atitudes de vocês dois?"

"Não havia outra maneira de terminar", Kingsley respondeu.

"É possível, mas ainda acho deplorável. Eu reprovo quaisquer discussões nas quais ambas as partes assumam posições intransigíveis."

"Não seria difícil adivinhar sua profissão, sr. Parkinson."

"É possível. Mas, francamente, fico surpreso que uma pessoa da sua estatura tome uma posição tão intransigente."

"Gostaria muito de saber qual cessão estava aberta a mim."

"É isso mesmo o que vim lhe dizer. Permita-me fazer uma concessão antes, apenas para mostrar como se faz. A propósito, o senhor falou em chá agora há pouco. Podemos acender a chaleira? Isso me lembra dos meus tempos de Oxford e traz muita nostalgia. Vocês na universidade não sabem a sorte que têm."

"Está se referindo às verbas que o governo concede às universidades?", Kingsley resmungou ao voltar a seu assento.

"Longe de mim ser tão indelicado, embora o Secretário do Interior tenha, de fato, comentado a respeito esta manhã."

"Aposto que sim. Mas ainda estou esperando para ouvir como eu deveria conceder. Tem certeza de que 'concessão' e 'capitulação' não são sinônimos no seu vocabulário?"

"De modo algum. Deixe-me provar mostrando como estamos dispostos a ceder."

"O senhor ou o Secretário do Interior?"

"O Primeiro-Ministro."

"Compreendi."

Kingsley foi se ocupar do chá. Quando terminou, Parkinson começou a falar:

"Bem, em primeiro lugar, peço desculpas por quaisquer repreensões que o Secretário do Interior possa ter lançado quanto a seu relatório. Em segundo, concordo que nosso primeiro passo deve ser a coleta de dados científicos. Concordo que devemos avançar o mais rápido possível e que todos os cientistas necessários para dar alguma contribuição deveriam estar plenamente a par da situação. O que não concordo é que outros tenham de ser trazidos à nossa confiança no estágio atual. É essa a concessão que peço ao senhor."

"Sr. Parkinson, admiro sua franqueza, mas não sua lógica. Desafio-o a apresentar uma só pessoa que soube por mim da ameaça da Nuvem Negra. Quantas pessoas ficaram sabendo pelo senhor, sr. Parkinson, e pelo Primeiro-Ministro? Fui contra o Astrônomo Real na vontade que ele tinha de informá-los, pois sabia que os senhores não teriam como manter sigilo. Agora penso ardentemente que deveria tê-lo subjugado."

Parkinson ficou contrariado.

"Mas o senhor não negará que escreveu uma carta extremamente reveladora ao dr. Leicester, da Universidade de Sydney?"

"É óbvio que não nego. Por que deveria? Leicester não sabe nada da nuvem."

"Mas saberia, se a carta tivesse chegado a ele."

"Ses e poréns são questões da política, sr. Parkinson. Como cientista, interessam-me os fatos, não as motivações, desconfianças e as nulidades dos devaneios. O fato, devo insistir, é que ninguém soube de nada importante a partir de mim neste caso. O grande fofoqueiro é o Primeiro-Ministro. Eu disse ao Astrônomo Real que seria assim, mas ele não acreditou em mim."

"O senhor não tem grande respeito pela minha profissão, não é, prof. Kingsley?"

"Já que o senhor deseja franqueza, digo que não tenho. Valorizo os políticos tanto quanto valorizo os instrumentos no painel do meu carro. Eles me contam o que se passa no motor do Estado, mas não o controlam."

Repentinamente ocorreu a Parkinson que Kingsley o estava provocando, e que o fazia de forma canastrona. Ele gargalhou. Kingsley se juntou a ele. As relações entre os dois nunca mais foram complicadas.

Depois da segunda xícara de chá e de conversas generalistas, Parkinson retornou ao tema em pauta.

"Permita-me ser mais claro, e desta vez você não vai desconversar. O método que o senhor tem utilizado para coleta de dados científicos não é o mais rápido, tampouco é o método que nos transmite mais segurança, interpretando segurança no sentido amplo."

"Não há melhor método a meu dispor, sr. Parkinson, e o tempo, não preciso lembrá-lo, é precioso."

"Pode não haver método melhor a seu dispor no momento, mas é possível encontrar um."

"Não entendi."

"O que o governo quer é unir todos os cientistas que precisem estar plenamente cientes dos fatos. Sei que há pouco tempo o senhor trabalhou aqui com o sr. Marlborough, do grupo de radioastronomia. Aceito sua garantia de que não comunicou informação essencial ao sr. Marlborough. Mas não seria muito melhor se pudéssemos iniciar mecanismos para dar as informações ao sr. Marlborough?"

Kingsley se lembrou de suas dificuldades iniciais com o grupo de radioastronomia.

"Sem dúvida."

"Então está combinado. Nossa segunda questão é que Cambridge, ou a universidade que seja, está longe de ser o local certo para conduzir tais investigações. O senhor faz parte de uma comunidade integrada aqui, e não se espera que combine ao mesmo tempo sigilo e liberdade de expressão. Não se pode formar um grupo dentro de um grupo. O procedimento correto seria formar uma instituição nova, uma nova comunidade especialmente designada para tratar desta calamidade, e que receberia toda instalação necessária."

"Como Los Alamos, por exemplo."

"Exato. Se o senhor pensar a respeito com razoabilidade, creio que vai concordar que não há outro modo exequível."

"Talvez eu deva lembrá-lo que Los Alamos fica no deserto."

"Não haveria problema em depositar o projeto no deserto."

"E onde nós seríamos depositados? *Depositar*, perceba, é um verbo encantador."

"Creio que não teria motivos para reclamar. O governo está terminando a conversão de uma mansão do século XVIII, agradabilíssima, em Nortonstowe."

"Onde fica?"

"Cotswolds, nas terras altas a noroeste de Cirencester."

"Por que e como estava sendo convertida?"

"Estava sendo pensada como Faculdade de Pesquisa Agronômica. A um quilômetro e meio da casa, construímos um conjunto habitacional do zero para abrigar o efetivo — jardineiros, operários, datilógrafos e assim por diante. Disse que o senhor ficaria com todas as instalações e garanto com sinceridade que cumprirei o que disse."

"O povo da agronomia não terá motivos para reclamar se forem despejados e nos colocarem no lugar?"

"Nisso não teremos dificuldade. Nem todos veem o governo com o mesmo desrespeito que o senhor."

"Não, o que é uma pena. Creio que a próxima lista de honrarias vai resolver essa questão. Mas há percalços que o senhor não considerou. Precisaríamos de instrumental científico — um radiotelescópio, para começar. Levou um ano para construir um aqui. Quanto tempo o senhor levaria para transportá-lo?"

"Quantos homens foram encarregados de construir o daqui?"

"Creio que duas dúzias."

"Usaríamos mil, dez mil se preciso for. Garantiríamos o transporte e reergueríamos os instrumentos que o senhor julgasse necessário dentro de um período razoável e definido, digamos, por volta de uma quinzena. Há outros instrumentos de grande porte?"

"Precisaremos de um bom telescópio óptico, embora não necessariamente um muito grande. O novo Schmidt aqui de Cambridge seria o mais apropriado, embora eu não consiga imaginar como o senhor convenceria Adams a abrir mão dele. Ele levou anos para consegui-lo."

"Não creio que haveria dificuldades. Ele não vai se importar de aguardar seis meses por um telescópio maior e melhor."

Kingsley colocou mais lenha na lareira e voltou a acomodar-se na poltrona.

"Vamos parar de rodeios com essa proposta", disse. "O senhor quer que eu me disponha a ser preso em uma gaiola, mesmo que seja uma gaiola de ouro. É a concessão que deseja da minha parte, e é uma concessão grande. Agora vamos tratar da concessão que eu quero dos senhores."

"Achei que era justamente o que estávamos fazendo."

"Era, mas apenas de modo vago. Quero tudo às claras. Em primeiro lugar, que eu possa recrutar o efetivo desse lugar em

Nortonstowe, que eu possa oferecer os salários que me soarem plausíveis e que possa usar qualquer argumento que me soe apropriado, fora divulgar a conjuntura real. Em segundo, que não se tenha nenhum, repito, *nenhum* funcionário do governo em Nortonstowe, e que não se tenha nenhum outro contato político que não o senhor."

"A que devo essa distinção extraordinária?"

"Ao fato de que, embora pensemos de modo diferente e sirvamos a mestres distintos, temos pontos em comum o bastante para conseguir falar juntos. É uma raridade que provavelmente não se repetirá."

"Estou lisonjeado."

"Então se enganou. Estou falando com toda seriedade possível. Digo com toda seriedade que, se eu e minha trupe encontrarmos qualquer cavalheiro da variedade proscrita em Nortonstowe, vamos literalmente atirá-lo pela porta. Se houver medidas policiais contrárias à nossa atitude ou se a variedade proscrita for de densidade tal que não consigamos atirá-la, então aviso com igual seriedade que o senhor não terá um só *pence* de cooperação da nossa parte. Se acha que estou exagerando quanto a essa questão, eu diria que só o faço porque sei como políticos tendem à extrema insensatez."

"Obrigado."

"Não há de quê. Quem sabe agora possamos passar à terceira fase. Precisaremos de lápis e papel. Quero que anote com detalhes, para que não haja possibilidade de engano, cada equipamento que deve estar a postos antes que eu me mude para Nortonstowe. Repito que o equipamento deve chegar a Nortonstowe antes de mim. Eu *não* aceitarei a desculpa de que houve um atraso inevitável e que uma coisa ou outra chegará alguns dias após. Pegue este papel e comece a escrever."

Parkinson voltou a Londres carregando longas listas. Na manhã seguinte, teve uma discussão importante com o Primeiro-Ministro.

"Então?", perguntou o Primeiro-Ministro.

"Sim e não", foi a resposta de Parkinson. "Tive de prometer preparar o local como devida instituição científica."

"Não é um problema. Kingsley estava certíssimo em dizer que precisamos de mais fatos, e quanto antes os tivermos, melhor."

"Disso não tenho dúvidas, senhor. Mas teria preferido que Kingsley não fosse figura tão importante na nova instituição."

"Ele não é um homem de bem? Teríamos como conseguir alguém melhor?"

"Como cientista ele é bom. Não é isso que me preocupa."

"Sei que teria sido muito melhor se tivéssemos de trabalhar com uma figura mais amena. Mas os interesses dele parecem ser praticamente iguais aos nossos. Desde que ele não fique amuado quando descobrir que não conseguirá sair de Nortonstowe."

"Ah, quanto a isso ele é realista. Usou a questão como argumento de barganha."

"Quais foram as condições?"

"Para começar, ele não quer funcionários do governo e nenhum contato na política que não seja eu."

O Primeiro-Ministro riu.

"Pobre Francis. Agora vi qual é o problema. Bom, enfim, quanto aos funcionários do governo não há grande problema, e quanto ao contato, bom, veremos o que se pode fazer. Alguma propensão a salários de magnitude, hã, astronômica?"

"Nenhuma, fora que Kingsley quer usar os salários como argumento de barganha para trazer pessoas a Nortonstowe, até que ele possa explicar a elas o verdadeiro motivo."

"Então qual é o problema?"

"Nada de explícito que eu possa apontar, mas tenho uma sensação geral de desconforto. Há várias pequenas questões, insignificantes no geral, mas preocupantes quando reunidas."

"Oras, Francis, desembuche!"

"Colocando em termos bastante gerais, tenho a sensação de que nós é que estamos sendo manobrados, não que nós estamos manobrando."

"Não entendi."

"Tampouco eu, na verdade. À primeira vista tudo parece certo. Mas está? Considerando o nível da inteligência de Kingsley, não foi um pouco conveniente ele se dar ao trabalho de registrar aquelas cartas?"

"Pode ter sido um zelador da universidade que as postou por ele."

"Pode ter sido, mas, se foi, Kingsley devia ter se dado conta de que o zelador iria registrá-las. Depois, a carta a Leicester. Foi como se Kingsley esperasse que nós a interceptássemos, como se quisesse nos testar. E ele não passou um pouco da conta no modo como destratou o pobre Harry [o Secretário do Interior]? Além disso, veja estas listas. São incrivelmente detalhadas, como se tudo tivesse sido pensado com antecedência. As exigências de alimentação e combustível eu compreendo, mas por que esta quantidade enorme de equipamento para revolver a terra?"

"Não tenho a mínima ideia."

"Mas Kingsley tem, pois já havia parado para pensar nos detalhes."

"Meu caro Francis, de que interessa o quanto ele pensou? O que queremos é montar uma equipe de cientistas de alta competência, isolá-los e mantê-los contentes. Se temos como deixar Kingsley contente com essas listas, então que ele fique com o que quer. Por que deveríamos nos preocupar?"

"Bom, há muito equipamento eletrônico aqui, uma quantidade absurda. Equipamento que pode ser usado para transmissão a rádio."

"Então corte agora mesmo. Isso ele não terá!"

"Só um segundo, senhor, porque a questão é justamente esta. Eu estava desconfiado quanto a esses equipamentos, então fui buscar orientação a respeito, orientações válidas, creio eu. A consideração é a seguinte. Cada tipo de transmissão a rádio se dá conforme um tipo de código, que deve ser decodificado pelo lado receptor. No nosso país, a codificação normal atende pelo nome técnico de amplitude modulada, embora a BBC tenha começado a usar uma forma um tanto distinta de codificação conhecida como frequência modulada."

"Ah, então isso que é a frequência modulada, é? Já ouvi falarem a respeito várias vezes."

"Sim, senhor. Bom, a questão é a seguinte. O tipo de transmissão que este equipamento de Kingsley poderia fazer utilizaria um tipo de código diferente, novo, um código que não poderia ser decodificado senão por um equipamento de recepção projetado para tanto. De modo que ele pode estar querendo enviar uma mensagem que ninguém vai receber."

"Caso não tenha este receptor especial?"

"Exatamente. Dito isto, autorizamos Kingsley a ter esse equipamento eletrônico ou não?"

"Que motivo ele deu para o requisitar?"

"Para radioastronomia. Para observar essa Nuvem por rádio."

"Poderia ser usado para esse fim?"

"Com certeza."

"Então *qual* é o problema, Francis?"

"A quantidade de exigências, apenas. Admito que não sou cientista, mas não consigo aceitar que essa abundância seja necessária. Bom, deixamos que ele tenha o que quer ou não?"

O Primeiro-Ministro parou para pensar.

"Confira com mais atenção essa orientação que recebeu. Se o que você disse sobre a codificação se mostrar certo, deixe ele ficar. Aliás, esse negócio da transmissão pode acabar sendo uma vantagem. Francis, até o momento você tem pensado nisso do ponto de vista nacional — e não do internacional, quero dizer."

"Sim, senhor?"

"Tenho dado alguma consideração a aspectos mais amplos. Os americanos devem estar no mesmo barco que nós. É quase certo que eles pensarão em formar uma instituição similar a Nortonstowe. Estou pensando em persuadi-los quanto às vantagens de uma iniciativa única e cooperativa."

"Mas isso não significa que teremos de ir para lá, não eles virem para cá?", disse Parkinson, fugindo um tanto à gramática. "Eles vão achar que a equipe deles é melhor que a nossa."

"Talvez não nesse campo da, hã, radioastronomia, no qual entendo que tanto nós como os australianos estejamos em altíssima consideração. Já que a radioastronomia parece ser de importância chave neste caso, usarei a radioastronomia como ponto de barganha."

"Segurança", resmungou Parkinson. "Os americanos acham que não temos segurança e às vezes acho que não estão de todo errados."

"O que se supera com o fato de que nosso povo é mais fleumático que o deles. Suspeito que o governo norte-americano verá vantagem em ter todos os cientistas atuantes nessa questão à maior distância possível. De outro modo eles estarão o tempo todo sentados em um barril de pólvora. A comunicação era minha dificuldade até alguns instantes atrás. Mas se pudéssemos dar uma conexão de rádio direta de Nortonstowe a Washington, usando esse seu novo código, talvez isso resolva o problema. Tratarei disso com urgência."

"O senhor se referiu a aspectos internacionais há alguns instantes. Quis dizer internacionais de fato ou anglo-americanos?"

"Quis dizer internacionais, a começar pelos radioastrônomos australianos. E não vejo como as coisas possam continuar por muito tempo apenas entre nós e os americanos. Os líderes de outros governos terão de ser avisados, incluindo os soviéticos. Então eu tomarei providências para que aconteçam algumas deixas, no sentido de que o dr. Fulano e o dr. Sicrano receberam cartas desse tal Kingsley comentando detalhes do caso e informando que por conta disso fomos obrigados a confinar Kingsley em um lugar chamado Nortonstowe. Também direi que se o dr. Fulano e o dr. Sicrano forem enviados a Nortonstowe ficaremos contentes em garantir que não causem problemas a seus respectivos governos."

"Mas os soviéticos não cairiam nessa!"

"Por que não? Nós mesmos já vimos como o conhecimento fora do governo pode ser vergonhosíssimo. O que não teríamos dado para nos livrar de Kingsley até ontem? Talvez você ainda queira se livrar do homem. Eles vão mandar o povo deles para cá no avião mais veloz que houver."

"É possível. Mas por que se dar a esse trabalho, senhor?"

"Bom, já lhe ocorreu que Kingsley pode estar selecionando a equipe desde o começo? Que aquelas cartas registradas foram o jeito dele de chegar nesta meta? Creio que nos será importante ter o time mais forte possível. Tenho a intuição de que, nos dias por vir, Nortonstowe pode se tornar mais importante que as Nações Unidas."

5.
Nortonstowe

A mansão de Nortonstowe ficava sobre um planalto gramado no alto de Cotswolds, não muito longe da escarpa íngreme da região oeste. A paisagem ao redor era fecunda. Quando se propôs transformar a mansão em "uma dessas coisas do governo", houve um considerável levante contrário, tanto local como nos jornais de toda Gloucestershire. Mas o governo venceu, como tende a vencer nesses casos. Os "locais" se apaziguaram um pouco quando ouviram dizer que a nova "coisa" seria de orientação agronômica e que os produtores rurais poderiam pedir consultoria.

Construiu-se um conjunto habitacional amplo nos arredores de Nortonstowe, a pouco mais de dois quilômetros, longe da vista da mansão. O conjunto habitacional consistia, na sua maior parte, em casinhas geminadas para uso do operacional, mas também havia residências à parte para oficiais e supervisores graduados.

Helen e Joe Stoddard moravam em uma dessas fileiras de casinhas brancas geminadas. Joe havia conseguido uma das vagas de jardineiro. Literal e metaforicamente, era o que lhe convinha até a raiz. Aos trinta e um anos, era uma função na qual ele tinha quase trinta anos de experiência, pois aprendera com seu pai, jardineiro antes dele, praticamente assim que aprendeu a caminhar. Convinha a Joe porque o fazia ficar ao ar livre o ano todo. Convinha porque, na hora de preencher formulários e escrever cartas, não havia papelada, pois, é bom que se diga, Joe tinha dificuldades tanto para ler como para escrever. Sua consideração por catálogos de sementes só chegava à inspeção das fotos. Mas isso não era empecilho, já que todos os pedidos de sementes partiam do jardineiro-chefe.

Apesar da lentidão mental notável, Joe fazia sucesso entre os colegas. Nunca o viam perder a compostura, nunca o viam "baixo-astral". Quando estava confuso, o que acontecia com frequência, um sorriso se formava lentamente no rosto cordial.

O controle que Joe tinha sobre os músculos de seu porte robusto era tão forte quanto era fraco o controle que tinha sobre o cérebro. Ele era excelente nos dardos, embora deixasse a contagem do placar para os outros. Nos pinos, era o terror da vizinhança.

Helen Stoddard fazia um contraste esquisito com o marido: menina bonita e delicada de seus vinte e oito anos, inteligentíssima, mas sem diploma escolar. Como Joe e Helen se acertavam tanto era um mistério. Podia ser porque Joe fosse fácil de lidar. Ou quem sabe porque os dois pequenos do casal haviam herdado o melhor dos dois mundos: a inteligência da mãe e o físico robusto do pai.

Mas agora Helen estava irritada com Joe. Coisas muito esquisitas vinham acontecendo na mansão. Ao longo da última quinzena, centenas de pessoas haviam chegado ao local. Instalações antigas foram arrancadas para dar lugar a novas. Haviam aberto uma extensão grande do terreno e levantado estruturas estranhas ao redor. Devia ser fácil para Joe descobrir o que era aquilo tudo, mas ele se iludia muito fácil com explicações ridículas; o último absurdo que ouvira era que os fios serviam para endireitar árvores.

Joe, da sua parte, não conseguia entender o porquê do alvoroço. Se era muito estranho, como sua esposa dizia, ora, a maioria das coisas era estranha. "Eles" devem saber de tudo e, para ele, isso bastava.

Helen estava irritada porque virara dependente de atualizações da sua rival, a sra. Alsop. Peggy, a filha de Agnes Alsop, trabalhava de secretária na mansão, e Peggy era dotada de uma curiosidade que nem Helen nem a mãe superavam. Por consequência, havia um fluxo de informação constante à casa dos Alsop. Graças em parte a esse galardão e em parte à destreza com que o manejava, o prestígio de Agnes Alsop entre os vizinhos estava elevado.

A isso se acrescenta o dom para a especulação. No dia em que Peggy resolveu o mistério quanto ao conteúdo do vasto número de caixas com a indicação "Frágil: Máxima Atenção", o valor acionário da sra. Alsop atingiu novo ápice.

"Cheio de válvula de telégrafo, é isso que tem lá", ela disse a uma corte reunida, "um milhão de válvula."

"Mas pra que iam querer um milhão de válvula?", Helen perguntou.

"É de perguntar, né?", respondeu a sra. Alsop. "Pra que iam querer esse monte de torre e fio em duzentos hectares? Pra mim, eles tão é construindo o raio da morte."

Os fatos subsequentes não abalaram a crença dela nessa opinião.

O burburinho no "Condomínio Highlands" estava em ponto de ebulição no dia em que "eles" chegaram. Peggy beirava a incoerência quando contou à mãe que um homem alto e de olhos azuis havia conversado com gente importante do governo "como se fossem estagiários, mãe". "É o raio da morte, só pode", a sra. Alsop sussurrou, extasiada.

Um dos mexericos enfim caiu nos ouvidos de Helen Stoddard, talvez o mexerico mais importante do ponto de vista prático. No dia após "eles" se mudarem, ela saiu de bicicleta no início da manhã para ir até o vilarejo vizinho de Far Striding, mas descobriu que haviam instalado uma barreira na estrada. A barreira era protegida por um sargento da polícia. Sim, dessa vez ela teria permissão para ir ao vilarejo, mas no futuro próximo ninguém poderia entrar ou sair de Nortonstowe sem mostrar um passe. Os passes seriam emitidos ainda naquele dia. Todos seriam fotografados e as fotos seriam somadas aos passes ainda naquela semana. E quanto às crianças que tinham de ir ao colégio? Bom, ele ouvira que estavam enviando uma professora de Stroud para que as crianças não precisassem ir ao vilarejo. Pediu desculpas por não saber mais a respeito.

A teoria do raio da morte ganhou mais fundamento.

Foi um convite estranho que chegou pelo agente de Ann Halsey. Ela aceitaria um convite para tocar duas sonatas no dia 25 de fevereiro, uma de Mozart e outra de Beethoven, nos altos de Gloucestershire? Os honorários propostos eram altos, altos até para uma pianista de alta competência. Também haveria um quarteto de cordas. Não se deu outros detalhes, fora que haveria um transporte aguardando-a em Bristol após o trem das duas da tarde saindo de Paddington.

Foi só quando Ann se dirigiu ao vagão-restaurante para tomar o chá que descobriu a identidade do quarteto, que se revelou nada menos que Harry Hargreaves e sua trupe.

"Vamos tocar Schönberg", disse Harry. "Só para afinar os tímpanos desse pessoal. Quem são eles, aliás?"

"Até onde entendi, é uma festa numa casa de campo."

"Devem ser muito ricos, pelos honorários que querem pagar."

O trajeto de carro de Bristol a Nortonstowe foi muito agradável. Já havia sinais do início da primavera. O chofer os levou à mansão, atravessou corredores e abriu uma porta. "Os visitantes de Bristol, senhor!"

Kingsley não estava esperando ninguém, mas recobrou-se depressa. "Olá, Ann! Olá, Harry! Que ótimo!"

"Que bom te ver, Chris. Mas o que é isso? Você virou fidalgo rural? Está mais para lorde, considerando o esplendor deste lugar, com prados verdejantes e tudo mais."

"Bom, estamos fazendo um serviço para o governo. Pelo jeito eles acham que precisamos de enaltecimento cultural. Daí sua presença", Kingsley explicou.

A noite foi um grande sucesso, tanto o jantar quanto o concerto. Foi com grande pesar que os músicos se prepararam para partir na manhã seguinte.

"Então, adeus, Chris, e obrigado pela estadia agradável", Ann disse.

"Seu carro deve estar esperando. É uma pena que tenham de ir embora tão cedo."

Mas não havia nem chofer nem carro à espera dos músicos.

"Não há problema", disse Kingsley. "Tenho certeza de que Dave Weichart se dispõe a levá-los a Bristol no próprio carro, embora creio que vai ficar um tanto apertado com os instrumentos."

Sim, Dave Weichart os levaria até Bristol e, sim, ficou apertado. Após quinze minutos e muitos risos eles estavam a caminho.

Em questão de meia hora, a comitiva inteira estava de volta. Os músicos estavam confusos. Weichart estava a raiva fulgurante em pessoa. Conduziu a comitiva inteira à sala de Kingsley.

"O que está havendo, Kingsley? Quando chegamos ao posto do guarda, ele não nos deixou passar da barreira. Disse que tinha ordens para não deixar ninguém sair."

"Todos nós temos compromissos em Londres hoje à noite", disse Ann, "e se não sairmos agora, vamos perder nosso trem."

"Bom, se não conseguem passar pelo portão principal, há várias outras saídas", Kingsley respondeu. "Deixem-me apurar."

Ele passou dez minutos no telefone enquanto os outros ficavam mais aflitos e mais fulos. Enfim soltou o receptor no gancho.

"Vocês não são os únicos nervosos. Os moradores do conjunto habitacional estão tentando sair para o vilarejo e todos foram impedidos. Parece que há vigília por todo o perímetro. Creio que seja melhor eu falar com Londres."

Kingsley apertou um botão.

"Olá, é do posto do guarda no portão principal? Sim, sim, sei que o senhor está agindo conforme ordens do inspetor-chefe. Entendo. O que eu quero que faça é o seguinte. Ouça atentamente: quero que ligue para Whitehall 9700. Quando conseguir o número, informe o código QUE e peça para falar com o sr. Francis Parkinson, Secretário do Primeiro-Ministro. Quando o sr. Parkinson estiver na linha, diga que o prof. Kingsley deseja falar. Aí transfira a ligação para mim. Repita as instruções, por favor."

Passados alguns minutos, Parkinson foi transferido. Kingsley começou a falar:

"Olá, Parkinson. Ouvi dizer que armou sua arapuca esta manhã... Não, não. Não estou reclamando. Eu já esperava. Pode colocar quantos guardas quiser no perímetro de Nortonstowe, mas não quero nenhum do lado de dentro. Estou ligando para dizer que a partir de agora a comunicação com Nortonstowe se dará de outro modo. Não deve haver mais telefonemas. Nossa intenção é cortar todos os fios que levam até os postos de guarda. Se desejar comunicar-se conosco, utilize o rádio... Se ainda não terminou o transmissor, o problema é seu. Você não deveria insistir que o Secretário do Interior faça toda a fiação... Não entendeu? Pois deveria. Se vocês são competentes o bastante para governar este país num momento de crise, deveriam ser competentes para construir um transmissor, sobretudo se já lhes entregamos o projeto. Tem mais uma coisa e gostaria que tomasse nota com toda atenção. Se não deixar ninguém sair, não deixaremos ninguém entrar em Nortonstowe. Ou, pensando melhor, o senhor, Parkinson, pode entrar se quiser, mas não terá permissão para sair. E isso é tudo."

"Mas é tudo muito absurdo", disse Weichart. "Ora, é praticamente ficar encarcerado. Eu não sabia que isso acontecia na Inglaterra."

"Acontece de tudo na Inglaterra", Kingsley respondeu, "mas os motivos que dão podem ser um tanto incomuns. Se você quer deixar um grupo de homens e mulheres presos numa propriedade rural em um cantinho do país, não se diz aos guardas que estão vigiando uma prisão. Diz-se a eles que quem está lá dentro precisa de proteção contra figuras nervosas que tentam vir de fora. Proteção, não confinamento, é a palavra de ordem."

E, de fato, o inspetor-chefe estava sob a impressão de que Nortonstowe guardava segredos atômicos que revolucionariam a aplicação de energia nuclear à indústria. Também estava sob a impressão de que espiões estrangeiros fariam todo o possível para arrancar esses segredos de lá. Ele sabia que o vazamento mais provável viria de alguém que trabalhasse efetivamente em Nortonstowe. Concluir que a melhor forma de segurança seria impedir todo acesso ou egresso do local foi mera dedução. Nisso ele teve confirmação do Secretário do Interior em pessoa. Estava até disposto a aceitar que seria necessário incrementar a guarda policial convocando militares.

"Mas, seja lá o que isso signifique, o que tem a ver conosco?", perguntou Ann Halsey.

"Seria fácil da minha parte fingir que vocês estiveram aqui por acidente", disse Kingsley, "mas creio que não. Vocês estão aqui por conta de um plano. Há outros aqui. Vejam que o artista George Fisher foi contratado pelo governo para fazer desenhos de Nortonstowe. Temos também um jovem médico, John McNeil, e um historiador, Bill Price, que trabalha na antiga biblioteca. Creio que seja melhor arrebanhar todos e explicarei tudo, dentro das minhas possibilidades."

Quando Fisher, McNeil e Price se somaram à comitiva, Kingsley deu aos não cientistas um relato generalista mas detalhado da descoberta da Nuvem Negra e dos fatos que haviam levado à criação de Nortonstowe.

"Entendo o que isso tem a ver com os guardas e assim por diante. Mas não explica por que estamos aqui. Você disse que não foi acidente. Por que nós e não outras pessoas?", Ann Halsey perguntou.

"Culpa minha", Kingsley respondeu. "Acredito que tenha acontecido o seguinte: uma de minhas cadernetas de endereços foi descoberta por agentes do governo. Nessa caderneta há nomes de cientistas que consultei a respeito da Nuvem Negra. O que suponho que tenha acontecido é que, quando alguns dos meus contatos foram revelados, o governo decidiu não arriscar mais. Apenas arrebanharam todos na caderneta. Sinto muito."

"Foi um descuido danado da sua parte, Chris", Fisher exclamou.

"Bom, sinceramente, tive muito com que me preocupar nas últimas seis semanas. No fim das contas, nossa situação é mesmo muito boa. Vocês todos, sem exceção, comentaram como este lugar é agradável. E, quando a crise vier, vocês têm uma chance muitíssimo maior de sobrevivência do que teriam de outro modo. Se sobreviver for possível, sobreviveremos aqui. Então, em essência, vocês podem considerar que tiveram muita sorte."

"Esse negócio da caderneta de endereços, Kingsley", disse McNeil, "parece que não se aplica no meu caso. Até onde sei, só nos conhecemos há poucos dias."

"A propósito, McNeil, por que está aqui, se me permite a pergunta?"

"História da carochinha, evidentemente. Venho tratando de encontrar espaço para um novo sanatório, e Nortonstowe me foi recomendado. O Ministério da Saúde sugeriu que eu deveria conferir o local. Por que a minha pessoa, nem imagino."

"Talvez para termos um médico à disposição."

Kingsley se levantou e foi até a janela. As sombras das nuvens corriam pelos prados.

***

Numa tarde de meados de abril, Kingsley voltou à mansão após uma rápida caminhada pela propriedade de Nortonstowe e encontrou fumaça de anis permeando sua sala.

"Mas que...!", ele exclamou. "Por todas as maravilhas deste mundo, Geoff Marlowe! Eu tinha abandonado as esperanças de trazê-lo para cá. Como conseguiu?"

"Farsas e perfídias", Marlowe respondeu entre fartas abocanhadas em uma torrada. "Belo lugar que você conseguiu. Quer um chá?"

"Obrigado, muito gentil da sua parte."

"Não há de quê. Depois que vocês foram embora, fomos para Palomar, onde consegui trabalhar um pouco. Depois fomos levados para o deserto, fora Emerson, que acredito que tenha sido despachado para cá."

"Sim, estamos com Emerson, Barnett e Weichart. Eu estava com medo de que mandassem vocês para o deserto. Por isso que me apressei assim que Herrick disse que ia para Washington. Ele levou algum safanão por ter deixado eu sair do país?"

"Imagino que sim, mas não falou muito."

"A propósito, estou correto em achar que o A.R. foi enviado para o seu lado?"

"Sim, senhor! O Astrônomo Real é o Contato Britânico Oficial para tudo no projeto dos Estados Unidos."

"Melhor para ele. Creio que seja bem o que ele sabe fazer. Mas você não me contou como conseguiu escapulir do deserto e por que decidiu partir."

"O porquê é fácil. Pela forma como fomos organizados até o último fio de cabelo."

Marlowe tirou vários torrões do açucareiro. Deixou um sobre a mesa.

"Este é o cara que executa esse serviço."

"Vocês chamam ele do quê?"

"Não sei se chamamos ele de algo em particular."

"Aqui chamamos de 'figo'."

"Um 'figo'?"

"Isso. De 'figura'."

"Bom, mesmo que não chamemos ele de 'figo', ele é isso, um 'figo'", Marlowe continuou. "Aliás, ele é um 'figo' dos diabos, como você vai ver."

A seguir, ele fez uma fileira de torrões de açúcar.

"Acima do 'figo' temos o Chefe de Seção. Dado meu tempo de serviço, sou eu o chefe de seção. Depois, o diretor adjunto. Herrick virou diretor adjunto, apesar de estar de castigo. Depois temos nosso velho amigo, o diretor em si. Acima dele vem o regulador assistente e, depois, quem mais senão o próprio regulador? São militares, é óbvio. A seguir vem o coordenador de projeto. É um político. E assim chegamos ao adjunto do Presidente. Depois disso imagino que venha o Presidente, embora eu não tenha certeza, porque nunca cheguei lá."

"E você não gostou, imagino eu."

"Não, senhor, eu não gostei", Marlowe prosseguiu enquanto triturava mais uma torrada. "Eu estava muito atrás na hierarquia, não tinha como gostar. Além disso, eu nunca conseguia descobrir o que acontecia fora da minha repartição. A diretriz era manter tudo em compartimentos herméticos. Para fins de segurança, disseram eles, mas provavelmente para fins de eficiência, penso eu. Bom, como você pode imaginar, eu não gostei. Não é meu jeito de lidar com os problemas. Então comecei a me mexer para conseguir uma transferência, uma transferência para este espetáculo aqui. Tive a ideia de que aqui as coisas seriam bem melhores. E já vi que são", ele complementou, pegando mais uma torrada.

"Além disso, de repente me deu saudade de ver graminha verde. Quando aparece algo assim, não é de negar."

"Tudo certo, Geoff, mas não explica como você conseguiu se liberar desse tremendo organismo."

"Pura sorte", Marlowe respondeu. "O povo de Washington botou na cabeça que talvez vocês não andassem contando tudo que sabiam. E como eu fiz circular que aceitaria uma transferência, fui enviado para cá como espião. É aí que entra a parte da perfídia."

"Quer dizer que você deve informar tudo que estamos ocultando?"

"A situação é exatamente essa. E agora que você sabe por que estou aqui, tenho permissão para ficar ou vai me defenestrar?"

"É regra que quem venha a Nortonstowe fique. Não deixamos ninguém sair."

"Então não há problema se Mary vier? Ela foi fazer compras em Londres. Estará por aqui amanhã."

"Ficará tudo bem. O espaço é grande. Temos lugar. Será um prazer receber a sra. Marlowe. Para ser franco, há muito trabalho a se fazer e pouquíssimos para assumi-lo."

"E quem sabe, em algum momento, eu mande uma migalhinha de informação a Washington, só para deixá-los contentes?"

"Pode contar o que quiser. Vejo que quanto mais eu conto aos políticos, mais eles ficam deprimidos. Então a nossa diretriz é contar tudo. Aqui não temos sigilo. Pode enviar o que quiser no nosso rádio direto com Washington. Está funcionando há uma semana."

"Neste caso, talvez você devesse me dar um resumo do que vem acontecendo aqui. Da minha parte, sei muito pouco a mais do que no dia em que conversamos no deserto de Mojave. Já fiz um pouquinho de telescópio, mas não é o que precisamos de momento. No outono talvez conseguíssemos algo a mais. Mas isso é coisa para os rapazes do rádio, como acho que já combinamos."

"Combinamos. E eu incitei John Marlborough assim que voltei a Cambridge, em janeiro. Tive de persuadi-lo a começar os trabalhos, mesmo porque não havia lhe dito o motivo real.

Agora ele sabe, é claro. Bom, conseguimos a temperatura da Nuvem. Um pouco acima dos setenta e três graus, setenta e três graus negativos, no caso."

"Muito bom. Perto do que esperávamos. Um pouco frio, mas possível."

"Melhor do que parece, na verdade. Pois, conforme a Nuvem se aproximar do Sol, deve haver movimentação interna. Meus primeiros cálculos mostraram que, a partir daí, o aumento de temperatura pode ficar entre cinquenta e cem por cento, somando no total uma temperatura perto do ponto de fusão. Então, ao que parece, podemos esperar uma geada e nada mais."

"Não podia ser melhor."

"Foi o que pensei no momento. Mas não sou especialista em dinâmica de gases, então me correspondi com Alexandrov."

"Meu Deus, você se arriscou escrevendo a Moscou."

"Creio que não. Eu tinha como expor o problema de maneira puramente acadêmica. E não há ninguém mais apropriado para atacar essa questão do que Alexandrov. De qualquer modo, foi o que nos levou a trazê-lo para cá. Ele diz que é o melhor campo de concentração do mundo."

"Vejo que ainda tem muita coisa que eu não sei. Prossiga."

"Naquele momento, ainda em janeiro, eu estava me sentindo muito inteligente. Então decidi mexer pesado com as cabecinhas das autoridades. Descobri quais são as duas coisas que os políticos precisam ter a todo custo: ciência e sigilo. Eu estava decidido a dar as duas coisas, dentro das minhas condições — as condições que você vê à sua volta aqui em Nortonstowe."

"Entendo. Um lugar agradável para morar, nenhum militar para incomodar e nada de sigilo. Como recrutaram a equipe?"

"Apenas recorrendo a imprudências nos devidos quadrantes, como a carta para Alexandrov. O que seria mais natural do que trazer para cá todos que deviam aprender comigo? Sim, joguei sujo e ainda dói na minha consciência. Mais cedo ou mais tarde você vai conhecer uma garota encantadora que toca piano maravilhosamente. Você vai conhecer um artista, um historiador, outros músicos. Entendo que ficar mais de um ano encarcerado em Nortonstowe seria intolerável se fosse apenas com cientistas. Então preparei as devidas imprudências. Não diga uma palavra a respeito disso, Geoff. Dadas as circunstâncias, creio que tive justificativa. Mas é melhor que eles não saibam que fui propositalmente responsável por eles serem enviados para cá. O que os olhos não veem, o coração não sente."

"E aquela caverna de que você falava quando estávamos em Mojave? Imagino que esteja tudo alinhado."

"É claro. Você não deve ter visto, mas aqui — logo abaixo deste morrinho — temos uma enorme quantidade de maquinário para revolver terra."

"E quem cuida disso?"

"Os colegas que moram no conjunto habitacional."

"E quem cuida desta casa, prepara a comida e tudo mais?"

"As mulheres do conjunto, enquanto as garotas cuidam do secretariado."

"O que vai acontecer com eles quando a situação apertar?"

"Virão para o abrigo, é claro. Ou seja, o abrigo terá de ser maior do que eu pensei de início. Por isso que começamos os trabalhos cedo."

"Bom, Chris, me parece que você deixou tudo tranquilo para si. Mas não vi onde você mexeu com as cabecinhas dos políticos. Afinal de contas, eles nos encaixotaram aqui e, pelo que você me contou há algum tempo, recebem todas as informações que você tiver. Então me parece que está tudo tranquilo para eles."

"Deixe-me contar qual era minha percepção em janeiro e fevereiro. Em fevereiro, eu planejava tomar o controle do mundo."

Marlowe riu.

"Ah, eu sei que parece melodrama. Mas estou falando sério. E não estou sofrendo de megalomania. Ao menos acho que não. Seria apenas por um ou dois meses, depois dos quais eu voltaria graciosamente à ciência. Não fui feito para ser ditador. Só fico à vontade como coitado. Mas essa foi uma oportunidade que caiu dos céus para o coitado aqui chegar na torta dos que me tratavam a chute e dar uma mordida das boas."

"Você parece mesmo um coitado, morando nesta mansão", disse Marlowe, soltando seu cachimbo na mesa e ainda rindo.

"Tive de lutar por tudo. De outro modo nós teríamos a mesma hierarquia a que você se opôs. Vamos falar um pouco de filosofia e sociologia. Já lhe ocorreu, Geoff, que apesar de todas as transformações ocasionadas pela ciência — do nosso controle sobre a energia inanimada, quero dizer — nós conservamos a ordem social precedente? Os políticos no alto, depois os militares, os cérebros lá embaixo. Se formos considerar, não há diferença entre esta hierarquia e a da Roma Antiga, ou das primeiras civilizações da Mesopotâmia. Vivemos numa sociedade que engloba essa contradição monstruosa, que é moderna na tecnologia, mas arcaica na organização social. Faz anos que os políticos vêm berrando quanto à necessidade de cientistas mais preparados, de mais engenheiros e assim por diante. O que eles não percebem é que há um número limitado de imbecis."

"Imbecis?"

"Sim, gente como eu e você, Geoff. Nós somos os tolos. Nós raciocinamos para essa palermada arcaica e deixamos que mandem em nós."

"Cientistas do mundo, uni-vos! Esta é a ideia?"

"Não exatamente. Não é caso de cientistas contra os outros. A questão é mais profunda. É um embate entre dois modos de pensar totalmente distintos. Na tecnologia, a sociedade de hoje se baseia em termos de números. Na sua organização social, por outro lado, ela se baseia em termos de palavras. É aí que está o embate real, entre a mente literária e a mente matemática. Você devia conhecer o Secretário do Interior. Veria na hora o que quero dizer."

"E você teve uma ideia para mudar tudo isso?"

"Tive uma ideia para marcar o terreno da mente matemática. Mas não sou canalha a ponto de pensar que algo que eu fizesse seria de importância decisiva. Com sorte, achei que poderia dar um bom exemplo, uma espécie de *locus classicus*, para citar os literatos, em relação a como queremos torcer o rabo dos políticos."

"Meu Deus, Chris, você fala de números e palavras, mas nunca conheci um homem que usasse tantas palavras. Pode me explicar o que quer em termos mais simples?"

"Suponho que você queira saber números. Bom, vou tentar. Vamos supor que a sobrevivência ainda seja possível quando a Nuvem chegar. Embora eu fale em sobrevivência, é bastante certo que as condições não serão agradáveis. Ou nós vamos congelar ou vamos nos esvair. Obviamente, é improbabilíssimo que a população consiga se deslocar do modo usual. O máximo que podemos esperar é que, estáticos, depois de escavar nossas cavernas ou porões e ficar lá dentro, conseguiremos nos sustentar. Em outras palavras, todo deslocamento humano normal vai cessar. Assim a comunicação e o controle dos assuntos humanos devem vir a depender da informação elétrica. A sinalização terá de ser feita por rádio."

"Você diz que a coesão social — coesão no sentido de que não tenhamos que nos separar em um bando de indivíduos desconectados — vai depender da comunicação por rádio?"

"Isso mesmo. Não haverá jornais, pois as equipes dos jornais estarão nos abrigos."

"É aí que você entra, Chris? Nortonstowe vai se tornar uma emissora de rádio pirata? Ah, garoto, onde estão meus bigodinhos de vilão?"

"Ouça bem. Quando a comunicação via rádio tornar-se de importância esmagadora, os problemas de quantidade de informação se tornarão essenciais. O controle passará gradualmente àqueles com capacidade para lidar com o maior volume de informação, e eu planejei que Nortonstowe consiga lidar com um volume maior que cem vezes a soma do que conseguem todos os outros transmissores da Terra."

"Isso é fantasia, Chris! E as fontes de energia, para começar?"

"Temos nossos próprios geradores a diesel e combustível de sobra."

"Mas você não teria como gerar a energia na quantidade absurda que seria necessária."

"Não precisamos de energia em quantidade absurda. Não falei que teríamos cem vezes a potência de todos os transmissores juntos. Disse que teríamos cem vezes a capacidade de transmissão de informação, que é uma coisa muito diferente. Não vamos transmitir programas de auditório para cada indivíduo. Vamos transmitir a baixíssima potência para governos mundo afora. Vamos nos tornar um centro internacional de intercâmbio de informação. Os governos trocarão informações entre si através de nós. Em resumo, nos tornaremos o centro nevrálgico da comunicação mundial, e é nesse sentido que controlaremos o mundo. Se isso lhe parece um pouco anticlimático depois de todo o preâmbulo, bom, lembre-se de que não sou uma pessoa melodramática."

"Já percebi. Mas como diabos você propõe equipar-se, em termos de capacidade de transmissão?"

"Primeiro deixe eu lhe explicar a teoria. Na verdade, é bem conhecida. O motivo pelo qual ela ainda não foi operacionalizada é, em parte, a inércia, os interesses escusos nos equipamentos que já existem e, em parte, a inconveniência — todas as mensagens têm de ser gravadas antes da transmissão."

Kingsley acomodou-se na poltrona.

"É evidente que você sabe que, em vez de transmitir ondas de rádio de maneira contínua, como é usual, é possível transmitir em pequenas rajadas, em pulsos. Vamos supor que podemos transmitir três tipos de pulsos: um pulso curto, um pulso médio e um pulso longo. Na prática, o pulso longo pode ter talvez duas vezes a duração do pulso curto, e o pulso médio pode ser uma vez e meia maior. Tendo um transmissor que opere com o alcance de sete a dez metros — o alcance usual de longa distância — e com a largura de banda usual, seria possível transmitir cerca de dez mil pulsos por segundo. Os três tipos de pulsos podem ser dispostos numa ordem designada — dez mil deles por segundo. Agora vamos supor que usamos os pulsos médios para sugerir os finais de letras, palavras e frases. Um pulso médio indica o fim de uma letra, dois pulsos médios em sequência indicam o fim de uma palavra e três em sequência indicam o fim de uma frase. Assim temos os pulsos longo e curto para transmitir letras. Suponha, por exemplo, que decidamos usar o código Morse. Então, em média, precisaremos de três pulsos por letra. Contando com uma média de cinco letras por palavra, teremos por volta de quinze dos pulsos longos e curtos por palavra. Ou, se incluirmos os pulsos médios para marcar as letras, precisaremos de aproximadamente vinte pulsos por palavra. Assim, a um ritmo de dez mil pulsos por segundo, temos uma taxa de transmissão de cerca de quinhentas palavras por segundo, comparada a um transmissor normal que lida com menos de três palavras por segundo. Portanto, deveríamos ser pelo menos cem vezes mais rápidos."

"Quinhentas palavras por segundo. Meu Deus, que falatório!"

"Na verdade, é provável que aumentemos nossa largura de banda para enviar até milhões de pulsos por segundo. Calculamos a possibilidade de cem mil palavras por segundo. A limitação está na compressão e na dilatação das mensagens. É óbvio que ninguém consegue falar cem mil palavras por segundo — nem os políticos, graças a Deus. Portanto as mensagens terão de ser gravadas em fita magnética. A fita então passará por varredura eletrônica de alta velocidade. Mas há um limite à velocidade de varredura, pelo menos com o equipamento que temos atualmente."

"Não há um grande porém? O que vai impedir todos os governos do mundo de construir o mesmo equipamento?"

"A burrice e a inércia. Como sempre, nada será feito até que a crise chegue a nós. Meu único temor é de que os políticos sejam tão letárgicos que não construam nem transmissor nem receptor, quanto mais aos montes. Estamos insistindo o máximo com eles. Para começar, querem informação de nós, e nos recusamos a passar senão por conexão a rádio. Outro aspecto é que toda ionosfera pode ser alterada para que se possa usar comprimentos de onda mais curtos. Estamos nos preparando para chegar a um centímetro. É algo que estamos constantemente alertando a eles, mas eles são diabolicamente lentos; lentos de atitude e lentos da cabeça."

"Quem aqui, a propósito, está cuidando disso tudo?"

"Os radioastrônomos. Você provavelmente já sabe que veio uma trupe grande de Manchester, Cambridge e Sydney. Foi mais do que suficiente para fazer a radioastronomia, de modo que um estava se intrometendo no trabalho do outro. Foi assim até que nos trancafiaram. Ficaram todos irritadíssimos, os canalhas — como se não fosse óbvio que devessem nos encarcerar. Então eu ressaltei, com meu tato de sempre, que a raiva não nos ajudaria, que o óbvio a se fazer é dar uma tunda nos políticos convertendo parte do nosso material de radioastronomia em equipamento de comunicação. Descobriu-se, é claro, que possuíamos muito mais equipamento eletrônico do que o necessário para fins de radioastronomia, de modo que logo tínhamos um exército de engenheiros de comunicação na ativa. Poderíamos afogar a BBC em termos de quantidade de informação que podemos transmitir, se essa fosse nossa intenção."

"Olha, Kingsley, ainda estou abismado com esse negócio dos pulsos. Ainda me parece incrível que nosso sistema de radiodifusão continue bombeando duas ou três palavras por segundo quando poderiam disparar quinhentas."

"Essa é fácil, Geoff. A boca humana transmite informação a mais ou menos duas palavras por segundo. O ouvido humano só consegue receber informação a taxas menores de três palavras por segundo, mais ou menos. Os grandes cérebros que controlam nossos destinos, assim, projetam seus equipamentos eletrônicos para corresponder a esses limites mesmo que, em termos eletrônicos, tais limites não existam. Não estou sempre dizendo que todo nosso sistema social é arcaico, que o conhecimento real fica no fundo e que o alto escalão é um bando de adolescentes?"

"E essa é uma bela frase de despedida", riu Marlowe. "Falando apenas por mim, tenho a sensação de que você corre o risco de simplificar tudo além da conta!"

6.
A Nuvem se aproxima

Embora fosse avidamente examinada pelo radiotelescópio de Nortonstowe, a Nuvem não esteve à vista durante o verão seguinte, já que se apresentava no céu diurno.

A situação era melhor do que o Primeiro-Ministro esperara. Os informes de Nortonstowe sugeriam que a chegada da Nuvem provavelmente não levaria a uma crise incontornável do combustível, notícia pela qual ele ficou muitíssimo grato. Por enquanto não havia temor de pânico geral. Com exceção do Astrônomo Real, no qual ele depositava grande confiança, a ameaça de cientistas, em particular de Kingsley, fora seguramente canalizada para Nortonstowe. Sim, havia feito concessões ridículas. A pior de todas fora perder Parkinson. Fora necessário enviar Parkinson a Nortonstowe para garantir que não houvesse nenhuma malandragem no local. Mas parecia que os informes que eles estavam recebendo deixavam tudo às claras e, por esse motivo, o Primeiro-Ministro decidiu não atiçar a onça, apesar de sugestões inflamadas e opostas da parte de alguns Ministros. Por vezes o Primeiro-Ministro vacilava na decisão, pois achava difícil engolir as mensagens frequentes de Kingsley recomendando sigilo.

Com efeito, as insinuações de Kingsley eram de concepção astuta, pois as proteções que o governo tinha não eram boas. A cada escalão da hierarquia política, os indivíduos consideravam seguro partilhar informação com subordinados diretos. O resultado foi que a informação sobre a chegada da Nuvem foi decantando aos poucos hierarquia abaixo, até que, no início do outono, quase chegou ao nível parlamentar. Em pouco tempo estava quase na imprensa. Mas o momento ainda não era propício para a Nuvem tornar-se manchete.

O outono foi tempestuoso e os céus da Inglaterra ficaram nublados. Portanto, embora em outubro a Nuvem houvesse tapado uma parte da constelação de Lepus, não houve alarme até novembro. Ele veio dos céus límpidos da Arábia. Os engenheiros de uma grande petroleira estavam perfurando o deserto e notaram a atenção que seus homens vinham dando ao céu. Os árabes apontaram para a Nuvem, ou, na verdade, para um negrume no céu, que agora estava com sete graus de longitude, lembrando um grande poço. Disseram que aquele buraco não deveria estar lá e que era um sinal dos céus. O que o sinal queria dizer não estava claro, mas os homens estavam assustados. Nenhum dos engenheiros se lembrava daquele negrume, mas nenhum deles entendia da configuração das constelações para ter certeza. Um deles tinha uma carta celeste em casa, contudo. Quando a expedição chegou ao final, ele consultou a carta. Era evidente que havia algo de errado. Seguiram-se cartas aos jornais da Inglaterra.

Os jornais não tomaram atitude imediata. Porém, em questão de uma semana apareceu uma série de matérias parecidas. Como costuma acontecer, uma nota foi o sinal para uma sequência de outras, tal como um pingo de chuva anuncia o irromper da tempestade. Os jornais de Londres enviaram ao Norte da África correspondentes especiais equipados com câmeras e cartas celestes. Os repórteres viajaram com alta disposição, pensando no alívio maravilhoso que teriam do monótono novembro. Voltaram de humor cabisbaixo. O buraco negro no céu não dava estímulo a leviandades. Não foi trazida fotografia alguma. Os editores haviam percebido que é extremamente difícil fotografar as estrelas com uma câmera comum.

O governo britânico estava com alguma dificuldade para saber se deveria ou não impedir que os informes saíssem na imprensa. Acabaram decidindo não tomar atitude alguma, já que qualquer indício de supressão apenas enfatizaria a gravidade do quadro.

Os editores ficaram surpresos com o tom dos informes que lhes foram entregues. Definiram que o tom devia ser mais leviano e frívolo, e foi em manchetes banais como

APARIÇÃO NO CÉU
BLECAUTE CELESTE DESCOBERTO NO NORTE AFRICANO
SEM ESTRELAS NESTE NATAL, DIZEM ASTRÔNOMOS

que as primeiras notícias chegaram ao público, em fins de novembro. Lançou-se uma campanha. As fotografias vieram de vários observatórios, tanto da Grã-Bretanha como de outros locais. Saíram nas primeiras páginas dos diários (ou na última, no caso do *Times*), em alguns casos depois de um generoso grau de retoque. Publicaram-se artigos de cientistas de renome.

A população foi informada da existência do rarefeito gás interestelar, o gás que ocupa as vastas regiões do espaço entre cada estrela. Misturada ao gás, foi ressaltado, havia uma infinidade de minúsculos grãos, provavelmente grãos de gelo, de dimensão não maior que um centésimo de milionésimo de polegada. Eram esses grãos que haviam produzido as dezenas de manchas escuras que se avistavam na Via Láctea. Apresentaram-se fotos dessas manchas. A nova aparição era simplesmente uma dessas manchas vista de perto. O fato de que o Sistema Solar por vezes passava perto, ou mesmo pelo meio, de tais concentrações de gás era de conhecimento dos astrônomos havia algum tempo. Aliás, esbarrões como aquele eram a base de uma famosa teoria sobre a origem dos cometas. Também se publicaram fotos de cometas.

Os círculos científicos não ficaram de todo aliviados com a informação. A Nuvem virou tópico de conversa e especulação frequente em laboratórios de todo canto. Foi redescoberto o argumento que Weichart havia dado um ano antes. Logo se percebeu que a densidade da matéria da Nuvem era fator crítico. A tendência geral era de considerá-la muito baixa, mas alguns cientistas se lembraram dos comentários de Kingsley no encontro da Associação Astronômica Britânica. Também se atribuiu significância ao fato de que o grupo de Nortonstowe sumira das universidades. Havia a sensação geral de que as circunstâncias justificavam certa medida de alarme. Não havia dúvida de que essa apreensão teria crescido de maneira rápida e forte, não fosse o apelo crescente dos governos, tanto britânico como outros, aos cientistas em geral. Eles eram convidados a participar dos preparativos de emergência que então já ganhavam impulso real, preparativos particularmente ligados a alimentação, combustível e abrigo.

O pânico chegou, contudo, e de certo modo se transmitiu ao público. Durante a primeira quinzena de dezembro, houve sinais de inquietação crescente. Colunistas de renome, exigindo uma declaração esclarecida do governo, utilizaram os mesmos termos incisivos que haviam empregado anos antes em relação ao episódio Burgess-Maclean. Mas a primeira leva de apreensão esgotou-se de modo curioso. A terceira semana de dezembro foi glacial e límpida. Apesar do frio, as pessoas pegavam carros e ônibus e corriam para o interior, onde podiam observar o céu noturno. Mas não se via nenhuma aparição, nenhum buraco no céu. Viam-se pouquíssimas estrelas, por conta do luar forte. A imprensa ressaltou que a Nuvem era invisível se não fosse projetada contra um fundo de estrelas, mas foi um aviso em vão. Como item noticioso, a Nuvem, pelo menos por enquanto, estava morta. De qualquer modo, o Natal estava logo à frente.

O governo tinha bons motivos para ficar vivamente grato pela morte precoce da Nuvem, pois em dezembro recebeu um relatório alarmante de Nortonstowe. Vale mencionar as circunstâncias subjacentes ao relatório.

Durante o verão, o grupo de Nortonstowe achou seu padrão operacional. Os cientistas dividiram-se em duas vertentes: os interessados em "Pesquisas sobre a Nuvem" e os interessados no problema de comunicação que Kingsley havia explicado a Marlowe. Os não cientistas tratavam de questões do conjunto habitacional e da construção do abrigo. Era de praxe cada uma dessas divisões fazer uma reunião semanal da qual todos poderiam participar. Desse modo era possível saber como todas as partes avançavam, sem necessidade de entrar em detalhes relativos aos problemas de outros grupos.

Marlowe trabalhava nas "Pesquisas sobre a Nuvem", usando o telescópio Schmidt removido de Cambridge. Em outubro, ele e Emerson haviam resolvido o problema da direção do movimento da Nuvem. Marlowe explicou a questão em mais detalhes do que talvez se fizesse necessário aos que haviam sido convocados para ouvir os resultados. Ele concluiu:

"Então parece que a Nuvem deve ter impulso angular praticamente zero em relação ao Sol."

"Em termos práticos, isso quer dizer o quê?", McNeil perguntou.

"Quer dizer que é certo que tanto o Sol como a Terra serão engolidos. Se houvesse algum impulso angular considerável, a nuvem sairia para o lado no último instante. Mas agora temos claro que isso não acontecerá. A Nuvem está indo na direção do Sol."

"Não é um tanto estranho ela ter um alinhamento preciso com o Sol?", McNeil insistiu.

"Bom, ela precisa se deslocar de algum modo", Bill Barnett respondeu. "E a probabilidade de ela se deslocar desse jeito ou de outro é a mesma."

"Mas não posso deixar de achar esquisito a Nuvem estar indo, por acaso, em linha reta na direção do Sol", prosseguiu o tenaz irlandês.

Alexandrov parou de tentar convencer uma das secretárias a sentar no seu colo.

"Muito estranho", ele proclamou. "Tudo muito estranho. Muito estranha essa Lua que parece ter o tamanho do Sol. Muito estranho eu aqui, não é?"

"Porqueira lamentável", resmungou a secretária.

Passados alguns minutos de discussão irrelevante, Yvette Hedelfort levantou-se e dirigiu-se aos reunidos.

"Estou com problemas", ela anunciou.

Houve sorrisos e ouviu-se uma voz comentar: "Porqueira esquisita, não é?".

"Não estou falando desse tipo de problema", prosseguiu a garota. "Estou falando de um problema de verdade. O dr. Marlowe disse que a Nuvem é feita de hidrogênio. As medições revelaram densidade interna pouco acima dos 10^{-10} gm por cm^3. Eu estimo que, se a Terra ficar dentro da nuvem durante mais ou menos um mês, a quantidade de hidrogênio que se somará à nossa atmosfera será de mais de cem gramas para cada centímetro quadrado da superfície terrestre. É isso mesmo?"

Houve silêncio enquanto os reunidos, ao menos alguns dos cientistas, perceberam as implicações do comentário.

"É bom conferirmos imediatamente", Weichart resmungou. Ele ficou calculando por uns cinco minutos em um bloco de papel.

"Creio que está certo", ele proclamou.

Quase sem comentários, a reunião se encerrou. Parkinson veio até Marlowe.

"Mas, dr. Marlowe, isso significa o quê?"

"Oras, não é óbvio? Significa que vai entrar tanto hidrogênio na atmosfera terrestre que vai se combinar ao oxigênio. Hidrogênio e oxigênio formam uma composição química altamente volátil. Toda a atmosfera vai explodir. Pode acreditar que uma mulher notaria isso."

Kingsley, Alexandrov e Weichart passaram a tarde discutindo. À noite, eles buscaram Marlowe e Yvette Hedelfort e foram à sala de Parkinson.

"Veja bem, Parkinson", Kingsley começou a falar, depois de servirem as bebidas, "creio que cabe a você decidir o que Londres, Washington e todas as outras cidades do pecado terão de ouvir. A situação não é tão simples quanto hoje de manhã. Infelizmente, o hidrogênio não é tão importante quanto você cogitava, Yvette."

"Eu não disse que era importante, Chris. Só fiz uma pergunta."

"E estava muito certa em fazer, srta. Hedelfort", Weichart interveio. "Temos dado atenção demais ao problema da temperatura e desconsideramos o efeito da Nuvem sobre a atmosfera da Terra."

"Não claro até dr. Marlowe terminar trabalhos que Terra entraria na Nuvem", Alexandrov grunhiu.

"Isso é verdade", Weichart concordou. "Mas agora que as coisas estão claras podemos tomar uma atitude. A primeira questão é de energia. Cada grama de hidrogênio que entra na atmosfera pode liberar energia de dois modos: primeiro, pelo impacto com a atmosfera, e segundo, pela combinação com oxigênio. Destes, o primeiro gera mais energia e, portanto, é mais importante."

"Meu Deus, isso só piora a situação!", Marlowe exclamou.

"Não necessariamente. Pensem no que acontecerá quando o gás da Nuvem nos atingir. A camada externa da atmosfera ficará muitíssimo quente, pois o impacto vai começar por fora.

Calculamos que a temperatura das regiões externas da atmosfera subirá depressa às centenas de milhares de graus, quem sabe milhões. A questão seguinte é que a Terra e a atmosfera giram e que a Nuvem atingirá a atmosfera apenas de um lado."

"De qual?", Parkinson perguntou.

"A posição da Terra na órbita será tal que a Nuvem chegará a nós da direção aproximada do Sol", explicou Yvette Hedelfort.

"Porém o Sol em si não estará visível", complementou Marlowe.

"Então a Nuvem atingirá a atmosfera durante o que normalmente seria dia?"

"Isso mesmo. E não atingirá a atmosfera durante a noite."

"Este é o xis da questão", Weichart prosseguiu.

"Por conta da altíssima temperatura de que eu estava falando, as camadas externas da atmosfera tenderão a estourar. Isso não acontecerá durante o 'dia', pois o impacto da Nuvem será mitigado, mas à 'noite' a atmosfera superior começará a escorrer para o espaço."

"Ah, entendi o que você quer dizer", disse Yvette Hedelfort. "O hidrogênio entrará na atmosfera durante o 'dia', mas vai ser soprado durante a 'noite'. Então não haverá acréscimo cumulativo de hidrogênio de um dia para o outro."

"Exatamente."

"Mas podemos ter certeza de que todo o hidrogênio vai evaporar desse modo, Dave?", Marlowe perguntou. "Se mesmo uma pequena proporção dele ficar retido, digamos que um por cento ou um décimo disso, o efeito será desastroso. Precisamos ter em mente como uma perturbação pequena — pequena do ponto de vista astronômico — ainda poderia nos varrer da existência."

"Eu ficaria confiante em prever que, efetivamente, todo o hidrogênio será evaporado. O perigo está no fato de que muito dos outros gases também pode escapar da atmosfera."

"Como isso aconteceria? Você disse que só as camadas externas da atmosfera seriam aquecidas."

Kingsley assumiu a discussão.

"A situação é a seguinte. Para começar, o alto da atmosfera ficará quente, quentíssimo. A parte inferior da atmosfera, onde vivemos, ficará fresca de início. Mas haverá uma transferência de energia gradual descendente, que tenderá a aquecer a região inferior."

Kingsley soltou seu copo de uísque.

"A questão é calcular a velocidade com que se dará a transferência descendente de energia. Como você disse, Geoff, um pequeníssimo efeito seria um enorme desastre. A atmosfera inferior pode se aquecer a ponto de nos cozinhar, literalmente cozinhar — um churrasco bem lento, incluindo os políticos, Parkinson!"

"Você esquece que vamos sobreviver mais tempo, porque nosso couro é mais grosso."

"Excelente, ponto para você! Claro que a transferência descendente de energia pode ser rápida a ponto de fazer toda a atmosfera ser soprada para o espaço."

"Temos como concluir isso?"

"Bom, existem três maneiras de transferir energia, que são nossas velhas amigas condução, convecção e radiação. Já é possível ter certeza de que a condução não terá importância."

"Tampouco a convecção", Weichart interrompeu. "Haverá uma atmosfera estável com temperatura em elevação conforme se afasta da Terra. Então não pode haver convecção."

"Então nos sobra a radiação", Marlowe concluiu.

"E qual será o efeito da radiação?"

"Não sabemos", disse Weichart. "Terá de ser calculado."

"Você consegue?", questionou o persistente Parkinson.

Kingsley assentiu.

"Pode calcular", afirmou Alexandrov. "Será um cálculo desgraçado de bom."

***

Três semanas depois, Kingsley pediu para falar com Parkinson. "Temos os resultados do computador eletrônico", ele disse. "Ainda bem que insisti no computador. Parece que estamos bem, no que diz respeito à radiação. Temos um fator de aproximadamente dez, e devemos ficar a salvo. Haverá muita coisa letal entrando pela atmosfera — raios X e luz ultravioleta. Parece que isso não vai chegar à região inferior da atmosfera. Ficaremos blindados no nível do mar. A situação não será tão boa nas montanhas mais altas, porém. Acho que a população terá de ser realocada. Locais como Tibete ficarão inabitáveis."

"Mas, no geral, você acha que ficaremos bem."

"Ainda não sei. Sinceramente, Parkinson, me preocupo. Não é a questão da radiação. Creio que nisso estamos bem. Mas não concordo com Dave Weichart quanto à convecção e creio que ele não está mais tão confiante. Você se recorda que ele disse que não haveria convecção, por causa da temperatura crescente do lado externo. Seria assim em condições ordinárias. As inversões climáticas, como se diz, são bem conhecidas, especialmente no sul da Califórnia, de onde Weichart vem. E é uma grande verdade que, numa inversão climática, não há movimento vertical do ar."

"Bom, então, com o que você se preocupa?"

"O alto da atmosfera, a parte que a Nuvem vai atingir. Deve haver convecção no alto, por conta do impacto externo. Essa convecção com certeza não vai penetrar até a atmosfera inferior. Nisso Weichart está certo. Mas ela deve penetrar ao menos um pouco. E na região onde isso acontecer haverá transferência de calor, sim, e enorme."

"Mas, mesmo que o calor não chegue à parte inferior, haverá problema?"

"Pode haver. Pense no que acontecerá dia a dia. No primeiro dia haverá uma pequena penetração nas correntes. Depois, à noite, vamos perder não apenas o hidrogênio que entra durante o dia, mas também a parte da atmosfera até onde as correntes houverem penetrado. Assim, no primeiro dia e noite vamos perder uma camada externa da atmosfera, sem falar no hidrogênio. Depois, no dia e noite seguintes, vamos perder outra camada. E assim por diante. Dia a dia a atmosfera perderá camada por camada."

"E ela dura um mês?"

"O problema é exatamente esse. E eu não sei a resposta. Talvez não dure dez dias. Talvez dure um mês inteiro com tranquilidade. Eu não sei."

"Não tem como descobrir?"

"Posso tentar, mas é um horror de difícil garantir que cada fator relevante esteja nos cálculos. É muito pior que o problema da radiação. Não há dúvida de que chegaremos a alguma resposta, mas não sei se eu lhe daria o devido peso. Posso lhe dizer agora que será um quadro de risco. Sendo franco mais uma vez, não creio que estaremos mais entendidos daqui a seis meses. É daquelas coisas complicadas demais para colocar num cálculo. Creio que teremos de esperar para ver."

"E o que eu digo a Londres?"

"Isso é com você. Você deveria dizer para eles evacuarem montanhas mais altas, mesmo que no Reino Unido não tenhamos altitude a ponto de fazer diferença. Mas deixo a seu critério quanto mais vai contar."

"Não é muito agradável, não acha?"

"Não. Se você ficar abatido, recomendo conversar com um dos jardineiros, o que atende por Stoddard. Ele é tão devagar que nada o aflige, nem mesmo a pulverização da atmosfera."

Na terceira semana de janeiro, a sina da humanidade já podia ser lida nos céus. A estrela Rígel, de Órion, ficou encoberta. A espada e o cinturão de Órion, assim como a reluzente estrela

Sirius, seguiram-se nas semanas subsequentes. A Nuvem poderia ter apagado quase qualquer outra constelação, talvez com exceção do Carro de Davi, sem que seus efeitos fossem notados em larga escala.

A imprensa reavivou o interesse pela Nuvem. Publicavam "balanços" diários. As empresas de ônibus tinham cada vez mais sucesso com suas Excursões Noturnas ao Mistério. A "pesquisa de audiência" demonstrou aumento de trezentos por cento em uma série de conversas sobre astronomia na BBC.

Ao fim de janeiro, uma a cada quatro pessoas em média havia observado a Nuvem. Não era uma proporção suficiente para controlar a opinião pública, mas o suficiente para persuadir a maioria de que estava mais do que na hora de eles mesmos verem. Já que para a maioria dos habitantes urbanos não era possível ir à zona rural à noite, vieram as sugestões de desligar a iluminação urbana. De início houve resistência das prefeituras, mas a resistência só ajudou a transformar sugestões educadas em demandas estridentes. Wolverhampton foi a primeira cidade no Reino Unido a impor o blecaute noturno. Outras se seguiram e, ao final da segunda semana de fevereiro, a prefeitura de Londres capitulou. Finalmente a população em geral tinha plena consciência da Nuvem Negra, no momento em que ela se interpunha como uma mão sobre Órion, o Caçador Celeste.

Padrão similar se repetiu nos Estados Unidos, assim como em todo país industrializado. Os Estados Unidos tinham o problema extra que era o de evacuar a maior parte dos estados do oeste, já que uma área considerável do território povoado ali ficava acima de mil e quinhentos metros, o limite de segurança definido no relatório de Nortonstowe. O governo dos Estados Unidos havia passado a questão aos seus peritos, mas as conclusões deles acabaram não sendo muito diferentes das de Nortonstowe. Os Estados Unidos também atribuíram a si a evacuação das repúblicas andinas da América do Sul.

Os países agrários da Ásia ficaram curiosamente indiferentes à informação que as Nações Unidas lhes forneceram. A diretriz deles foi "esperar para ver", o que se deve dizer que foi a mais sapiente. Os agricultores asiáticos estavam acostumados a milhares de anos de desastres naturais — "atos de força maior", como diziam os advogados do ocidente. Para a mente oriental, secas e enchentes, tribos saqueadoras, pragas de gafanhotos e doenças eram algo a se suportar de maneira passiva, assim como aquela coisa no céu. De qualquer modo, a vida lhes oferecia pouco, e consequentemente não se atribuía a ela um valor alto demais.

A evacuação de Tibete, Xinjiang e Mongólia Exterior ficou a cargo dos chineses. Com indiferença cínica, não fizeram absolutamente nada. Os russos, por outro lado, foram meticulosos e rápidos na evacuação da cordilheira Pamir e de suas terras altas. Aliás, houve empenho genuíno para realocar os afegãos, mas os emissários russos foram expulsos do Afeganistão sob a mira de pistolas. Índia e Paquistão também não pouparam esforços para garantir a evacuação da parte do Himalaia ao sul da maior bacia hidrográfica.

Com a chegada da primavera no hemisfério norte, a Nuvem começou a passar cada vez mais do céu noturno para o céu diurno. Assim, embora estivesse se espalhando rápido fora da constelação de Órion, agora plenamente obscura, sua presença era muito menos óbvia ao observador casual. Os britânicos ainda jogavam críquete e cuidavam dos jardins, assim como faziam os americanos.

A jardinagem disseminou-se, favorecida por um verão excepcionalmente adiantado que começou em meados de maio. É certo que a apreensão também era disseminada, mas se tornou uma preocupação menor, devido a semanas seguidas de maravilhoso clima ensolarado e desanuviado. No final de maio, as hortas já davam frutos.

O governo não ficou tão contente com o clima estupendo. O motivo subjacente era nefasto. Desde a primeira detecção, a Nuvem já havia finalizado aproximadamente noventa por cento do seu trajeto até o Sol. Já se concluíra que cada vez mais radiação seria refletida pela Nuvem conforme se aproximava do Sol, e que a alta consequente da temperatura aconteceria na Terra. As observações de Marlowe sugeriam que haveria pouco ou nenhum aumento na quantidade de luz visível, uma previsão que se mostrou correta. Ao longo de toda a resplandecente primavera e do início de verão, não houve aumento perceptível na claridade do céu. O que acontecia era que a luz do Sol estava interferindo na Nuvem e sendo reirradiada como calor invisível. Por sorte, nem toda a luz que interferia na Nuvem era reirradiada dessa maneira, pois de outro modo a Terra ficaria inabitável. E, felizmente, uma enorme fração de calor nunca penetrava nossa atmosfera. Era refletida e rebatida ao espaço.

Em junho já estava evidente que a temperatura da Terra deveria subir em torno de dezesseis graus, onde quer que fosse. Não é comum perceber que grande fração da espécie humana vive perto da temperatura letal. Sob condições atmosféricas muito secas, uma pessoa consegue sobreviver à temperatura do ar de mais ou menos sessenta graus Celsius. É a temperatura a que se chega em um verão normal em regiões de baixa altitude no deserto ocidental norte-americano e no Norte da África. Porém, em condições de umidade altíssima, a temperatura letal é de apenas quarenta e seis graus Celsius. Atingem-se temperaturas a alta umidade, de até quarenta graus, em verões normais na costa leste dos Estados Unidos e às vezes no Meio Oeste. Curiosamente, temperaturas no equador não costumam passar dos trinta e cinco graus, embora as condições sejam de altíssima umidade. Essa condição singular se deve à nebulosidade mais densa no equador, que reflete mais raios solares para o espaço.

Do mesmo modo será considerado que a margem de segurança em boa parte da Terra se dá em não mais de dez graus, e em alguns lugares é muito mais baixa. Assim, um acréscimo de quinze graus só pode ser visto com enorme apreensão.

Deve-se acrescentar que a morte resulta da incapacidade do corpo de se livrar do calor que gera em caráter constante. O corpo tem de se livrar do calor para se manter em temperatura funcional normal, de aproximadamente trinta e seis graus Celsius. A elevação da temperatura corporal a trinta e nove graus gera doenças, a quarenta gera delírios e por volta de quarenta e um pode levar à morte. Pode-se questionar como o corpo consegue se livrar de calor quando acontece de estar imerso em um entorno mais quente, como numa atmosfera de quarenta e três graus. A resposta é a evaporação, ou o suor que sai da pele. Isso acontece da melhor maneira quando a umidade é baixa, o que explica por que o ser humano sobrevive a temperaturas mais altas em umidade baixa, e por que o clima quente é sempre mais agradável quando a umidade está baixa.

Evidentemente, nos dias por vir muito dependeria de como a umidade se comportaria. Nisso havia um fundamento para se ter esperança. Os raios de calor da Nuvem aumentariam a temperatura da superfície da terra mais rápido que a do mar, e a temperatura do ar aumentaria junto à da terra, enquanto o teor de umidade do ar subiria um pouco mais lento junto ao mar. Assim, de qualquer modo, a umidade cairia conforme a temperatura subisse. Foi essa queda inicial da umidade que rendeu o desanuviar sem precedentes na primavera e no início do verão no Reino Unido.

As primeiras estimativas de raios de calor da Nuvem subestimaram sua importância. De outro modo, o governo americano nunca teria instalado sua instituição científica consultiva no deserto. O governo foi obrigado a evacuar pessoas e equipamentos. Isso o tornou mais dependente de informações de

Nortonstowe, que, assim, cresceu em importância. Mas Nortonstowe tinha suas próprias dificuldades.

Alexandrov resumiu a opinião geral em uma reunião do grupo de investigação da Nuvem.

"Resultado impossível", ele disse. "Experimento errado."

Mas John Marlborough assegurou que ele não estava errado. Para evitar um impasse, concordou-se que o trabalho deveria ser repetido por Harry Leicester, que vinha se ocupando das questões de comunicação. Repetiu-se o experimento e, dez dias depois, Leicester dirigiu-se a uma reunião lotada.

"Voltando às primeiras fases. Quando a Nuvem foi avistada pela primeira vez, descobriu-se que ela se deslocava em direção ao Sol à velocidade de pouco menos de setenta quilômetros por segundo. Estimava-se que a velocidade aumentaria de maneira gradativa conforme se aproximasse do Sol, e que a velocidade média em algum momento chegaria em torno dos oitenta quilômetros por segundo. O resultado das observações relatadas há quinze dias por Marlborough é de que a Nuvem não está se comportando dentro do esperado. Ao invés de acelerar conforme se aproxima do Sol, na verdade ela está desacelerando. Como sabem, decidiu-se repetir a observação de Marlborough. O melhor a se fazer é mostrar alguns slides."

Só uma pessoa se satisfez com os slides: Marlborough. Seu trabalho se confirmou.

"Mas aos diabos", disse Weichart, "a Nuvem deve acelerar conforme entre no campo gravitacional do Sol."

"A não ser que ela dê algum jeito de se livrar do impulso", Leicester contrapôs. "Vamos conferir o último slide de novo. Vejam estes carocinhos bem aqui. São tão minúsculos que podem ser um engano. Mas, se forem reais, representam movimentos de aproximadamente quinhentos quilômetros por segundo."

"Muito interessante", Kingsley grunhiu. "Está dizendo que a Nuvem dispara pequenas gosmas de matéria a altíssima velocidade, e é isso que a faz desacelerar?"

"Pode-se interpretar assim", Leicester respondeu.

"Pelo menos é uma interpretação que se conforma às leis da mecânica, e que em alguma medida mantém a sanidade."

"Mas por que a Nuvem deveria se comportar de modo tão danado?", perguntou Weichart.

"Pode ser canalha dentro", sugeriu Alexandrov.

Parkinson juntou-se a Marlowe e Kingsley naquela tarde enquanto andavam pelo terreno.

"Venho pensando se a situação vai se alterar de modo significativo com essas novas descobertas", ele disse.

"É difícil dizer", Marlowe respondeu, às baforadas de cachimbo. "Muito cedo para dizer. De agora em diante precisamos ficar de olhos muito abertos."

"Nosso cronograma pode mudar", Kingsley comentou. "Calculamos que a Nuvem chegaria ao Sol no início de julho, mas se a desaceleração prosseguir vai demorar mais. Poderá ser fins de julho ou mesmo agosto até que as coisas comecem a acontecer. E eu também não conto muito com nossas estimativas de calor dentro da Nuvem. As mudanças de velocidade vão alterar tudo."

"Devo entender, portanto, que a Nuvem está desacelerando tal como um míssil desacelera, disparando pedacinhos de matéria a alta velocidade?", Parkinson perguntou.

"É o que parece. Estávamos justamente discutindo motivos possíveis."

"Que tipo de coisa você tem em mente?"

"Bom", Marlowe prosseguiu, "é muito provável que exista um campo magnético bastante forte dentro da Nuvem. Já estamos sofrendo perturbações bem grandes no campo magnético terrestre. Podem ser corpúsculos do Sol, a tempestade magnética comum. Mas tenho um palpite de que o que estamos começando a detectar é o campo magnético da Nuvem."

"E você acha que esse negócio deve estar ligado a magnetismo?"

"Pode ser. Algum processo provocado pela interação do campo magnético do Sol com o da Nuvem. Não fica claro o que está acontecendo, mas de todas as explicações que conseguimos imaginar, essa parece a menos provável."

Quando os três fizeram uma curva, um homem corpulento tocou a aba do chapéu.

"Tarde, doutores."

"Que clima maravilhoso, Stoddard. Como está o jardim?"

"Sim, senhor, clima maravilhoso. Os tomates já estão maduros. Nunca tinha visto, senhor."

Depois que passaram adiante, Kingsley disse:

"Para ser sincero, se eu tivesse a chance de trocar de lugar com esse colega nos próximos três meses, eu não ia nem vacilar. Que alívio não ter nada mais que tomates maduros no horizonte!"

Ao longo do resto de junho e julho, as temperaturas subiram gradualmente em toda a Terra. Nas Ilhas Britânicas, a temperatura subiu até os vinte e cinco graus, depois aos trinta e agora aproximava-se dos trinta e oito. O povo resmungou, mas não houve perturbação significativa.

A taxa de mortalidade nos Estados Unidos continuou pequena, graças em grande parte às máquinas de ar-condicionado instaladas nos anos e meses anteriores. As temperaturas subiram até o limite letal em todo o país, e a população se viu obrigada a ficar dentro de casa por semanas a fio. De vez em quando algum ar-condicionado quebrava, e era daí que advinham as fatalidades.

A situação nos trópicos estava desesperadora, como se pode julgar pelo fato de que 7943 espécies de plantas e animais acabaram extintas. A sobrevivência da própria raça humana só foi possível graças às cavernas e aos porões que se conseguiu escavar. Não se podia fazer nada para atenuar a temperatura sufocante do ar. O número de mortos durante essa fase é desconhecido. Pode-se dizer apenas que, somando todas as fases, mais de setecentos milhões de pessoas perderam a vida, até onde se sabe. E não fossem diversas circunstâncias benfazejas, ainda a se relatar, o número teria sido muito maior.

Em algum momento a temperatura da superfície dos mares subiu. Não tanto quanto a temperatura do ar, é claro, mas com velocidade para gerar um aumento perigoso na umidade. Foi inclusive esse aumento que rendeu as condições perturbadoras que acabou de se comentar. Milhões de pessoas entre as latitudes do Cairo e do Cabo da Boa Esperança ficaram sujeitas a uma atmosfera sufocante, que ficou abafada e inexoravelmente mais quente, dia após dia. Toda a movimentação humana cessou. Não havia mais o que fazer fora ficar deitado, ofegante, tal como um cachorro quando faz calor.

Na quarta semana de julho, a situação dos trópicos estava equilibrada entre vida e morte total. Então, de repente, nuvens de chuva condensaram-se sobre todo o globo. Em questão de três dias, não se viu uma brecha. A Terra estava toda encoberta pelas nuvens, tal como é normal em Vênus. A temperatura caiu um pouco, devido ao fato de que as nuvens refletiam mais radiação do sol para o espaço. Mas não se pode dizer que as condições melhoraram. Caiu chuva quente em todo lugar, até no alto norte da Islândia. A população de insetos teve um crescimento enorme, já que a atmosfera tórrida era tão favorável a eles quanto era desfavorável ao ser humano e a outros mamíferos.

A vida vegetal vicejou em nível fabuloso. Os desertos floresceram como nunca havia acontecido em momento algum da história da humanidade. Ironicamente, não se pôde aproveitar a fertilidade repentina dos solos até então inférteis. Não se plantou nada. Fora no noroeste europeu e no norte distante, o que restava às pessoas era subsistir. Não havia como tomar nenhuma iniciativa. O meio ambiente deixou o senhor da criação de joelhos, o mesmo meio ambiente de cujo controle ele se orgulhara nos últimos cinquenta anos.

Mas, embora não tenha havido melhora, as condições não pioraram. Com pouca ou nenhuma comida, mas agora com bastante água, muitos dos expostos ao calor extremo conseguiram sobreviver. A taxa de mortalidade havia subido a nível grotesco, mas estacionou.

Fez-se uma descoberta de algum interesse astronômico em Nortonstowe por volta de uma semana antes de a grande massa de nuvens se espalhar sobre a Terra. A existência de vastas correntes de poeira sobre a Lua foi confirmada de maneira dramática.

A temperatura que se elevava em junho modificou o verão geralmente fresco do Reino Unido e o fez virar calor tropical, mas nada pior. A grama queimou e as flores morreram. Conforme os padrões prevalecentes na maior parte da Terra, pode-se considerar que o Reino Unido foi pouquíssimo afetado, mesmo que as temperaturas diurnas tenham subido aos trinta e sete graus e durante a noite caíssem apenas aos trinta e dois graus. Os balneários ficaram lotados e viam-se caravanas em todo o litoral.

Nortonstowe tinha a sorte de possuir um grande abrigo com ar-condicionado, no qual uma parcela cada vez maior dos agregados preferia dormir à noite. No mais, a vida prosseguiu normalmente, fora que as caminhadas pelo terreno aconteciam à noite e não ao calor do sol.

Em uma noite enluarada, Marlowe, Emerson e Knut Jensen estavam passeando quando a luz pareceu começar a variar. Olhando para cima, Emerson disse:

"Veja só, Geoff, que esquisitíssimo. Não vejo uma nuvem."
"Provavelmente há partículas de gelo na alta atmosfera."
"Não neste calor!"
"É mesmo, não pode ser."
"E há um tom amarelado esquisito, que não pode ser de cristais de gelo", Jensen complementou.
"Bom, só há uma coisa a fazer. Na dúvida, observamos. Vamos ao telescópio."

Eles se dirigiram ao domo que abrigava o Schmidt. Marlowe dirigiu o telescópio de cento e cinquenta milímetros com telêmetro para a Lua.

"Meu Deus", ele exclamou, "está fervendo!"

Emerson e Jensen olharam. Marlowe disse:

"É melhor subir na mansão e mandar todos virem aqui. Isto é histórico. Eu vou tirar fotos com o próprio Schmidt."

Ann Halsey acompanhou o grupo que correu ao telescópio em resposta à convocação urgente de Emerson e Jensen. Quando chegou a vez de ela olhar pelo visor, Ann não sabia o que esperar. Sim, ela tinha uma ideia geral da superfície cinzenta, escarpada e estéril da Lua, mas não possuía conhecimento de sua topografia detalhada. Tampouco entendia o significado dos comentários animados que os astrônomos trocavam. Foi mais por obrigação que ela se posicionou no telescópio. Enquanto ajustava a alavanca de foco, um mundo fantasioso tomou sua visão. A Lua estava com uma cor amarelo-limão. Os detalhes geralmente acentuados estavam embotados por uma nuvem gigante que parecia se prolongar além do contorno circular. A Nuvem era alimentada por jatos que brotavam das áreas mais escuras. Vez ou outra, novos jatos emergiam dessas áreas, que estavam o tempo todo reverberando e brandindo de modo espantoso.

"Vamos lá, Ann, não é para tomar conta. Nós também queremos olhar antes do fim da noite", disse alguém. Ela relutou, mas cedeu seu lugar.

"Isso quer dizer o quê, Chris?", Ann perguntou a Kingsley enquanto caminhavam na direção do abrigo.

"Lembra o que dizíamos outro dia, que a Nuvem havia desacelerado? Que está perdendo velocidade conforme se aproxima do Sol, em vez de ganhar?"

"Lembro que estavam todos preocupados."

"Bom, a Nuvem está desacelerando ao disparar bolhas de gás a altíssima velocidade. Não sabemos por que faz isso nem como, mas as investigações que Marlborough e Leicester têm feito mostram com plena certeza que é o que acontece."

"Não vai me dizer que uma dessas bolhas atingiu a Lua."

"É exatamente o que eu creio que aconteceu. Essas áreas escuras são dispersões de poeira gigantescas, de três a cinco quilômetros de profundidade. O que está acontecendo é que o impacto do gás em alta velocidade está fazendo a poeira ser espirrada da superfície da Lua até centenas de quilômetros para o alto."

"Tem alguma chance de uma dessas bolhas nos atingir?"

"Eu não diria que há grande chance. A Terra deve ser um alvo muito pequeno. Mas a Lua, no caso, é um alvo ainda menor, e acabou de ser atingida por uma delas!"

"O que aconteceria se...?"

"Se uma dessas bolhas nos atingisse? Nem quero pensar. Já estamos preocupados com o que pode acontecer se a Nuvem nos atingir a uma velocidade aproximada de cinquenta quilômetros por segundo. Seria aterrador sermos atingidos à velocidade de uma dessas bolhas, que deve ser próxima dos mil quilômetros por segundo. Imagino que toda a atmosfera terrestre seria pulverizada, tal como a poeira lunar."

"O que não entendo a seu respeito, Chris, é como consegue saber todas essas coisas e ainda ficar tão exaltado com política e políticos. Parece tão desimportante, tão trivial."

"Ann, minha cara, se eu gastar meu tempo pensando na situação tal como é, eu perderia a cabeça em questão de dias. Há gente que perde. Outros recorrem à bebida. Meu escapismo é urrar com os políticos. Nosso querido Parkinson sabe muito bem que eu e ele estamos apenas numa espécie de jogo. Mas, falando sério, a partir de agora a sobrevivência será medida em horas."

Ela se aproximou dele.

"Ou quem sabe eu deva dizer de modo mais poético", ele murmurou.

Por isto, bela mimosa, vem me beijar:
A juventude não dura e já vai passar.

7.
A chegada

A partir de fins de julho organizou-se uma vigília noturna no abrigo de Nortonstowe. Joe Stoddard estava na escala, naturalmente, já que seu trabalho como jardineiro havia cessado. Jardinagem não era uma atividade apropriada àquele calor tropical.

Aconteceu de a escala de Joe cair na noite de 27 de agosto. Nada de dramático aconteceu. Mas, às sete e meia da manhã seguinte, Joe bateu à porta do quarto de Kingsley, hesitante. Na noite anterior, Kingsley e várias outras sumidades haviam protagonizado uma certa farra. No começo, portanto, ele não entendeu que Joe queria lhe dar uma mensagem. Aos poucos percebeu que o alegre jardineiro estava incomumente sério.

"Não está lá, senhor, não está lá."

"O que não está lá? Pelo amor de Deus, me traga uma xícara de chá. Minha boca está que é um forro de gaiola."

"Um chá, senhor!", Joe hesitou, mas manteve posição firme. "Sim, senhor. Mas é que o senhor havia pedido para eu lhe informar o que fosse incomum, e não está mais lá."

"Veja bem, Joe, por mais que eu lhe tenha apreço, devo dizer com toda seriedade que arrancarei suas tripas agora mesmo, se não me contar o que não está lá." Kingsley falou devagar e alto. "*O que não está?*"

"O dia, senhor! Não há sol!"

Kingsley pegou seu relógio. Eram 7h42, tarde para a alvorada em agosto. Ele correu do abrigo e saiu a céu aberto. Fazia um breu total, sem estrelas para dar apoio, dado que não conseguiam furar o manto de nuvens. Parecia haver um temor primitivo e ilógico no ar. A luz do mundo havia sumido.

Na Inglaterra e nas terras ocidentais em geral, o choque foi aliviado pela noite, pois para esses povos foi durante as horas de noite que a luz do sol se extinguiu. No fim da tarde, a luz se apagou lentamente, como é normal. Mas oito horas depois não houve alvorada. O avanço da Nuvem havia chegado ao Sol durante aquelas horas.

O povo do hemisfério leste sentiu a plena medida do terror da luz que se apagou. Para eles, o negrume total aconteceu durante o que deveria ter sido pleno dia. Na Austrália, por exemplo, o céu começou a escurecer por volta do meio-dia, e às três da tarde não se via brilho algum, fora onde havia se acendido iluminação artificial. Houve distúrbios ferozes em muitas metrópoles.

Por três dias, a Terra viveu um mundo sombrio, à exceção dos bolsões da humanidade que possuíam autossuficiência tecnológica para fazer sua própria luz. Los Angeles e as outras cidades norte-americanas viviam no fulgor artificial de milhões de lâmpadas elétricas. Mas isso não protegeu o povo americano do terror que tomou o resto da humanidade. Pode-se dizer que os americanos estavam mais desocupados e tiveram maior oportunidade de avaliar a situação enquanto se amontoavam em torno de televisores, esperando o último pronunciamento das autoridades, impotentes em entender ou controlar o avanço dos fatos.

Depois de três dias, duas coisas ocorreram. A luz ressurgiu no céu e chuvas começaram a cair. De início a luz era muito fraca, mas dia a dia ela ganhou força até que a intensidade chegou a um meio-termo entre luar total e sol total. É duvidoso se, no cômputo geral, a luz trouxe algum alívio à perturbação psicológica aguda que afligiu as pessoas em todos os cantos, pois seu tom vermelho intenso não deixava dúvida de que não era uma luz natural.

De início as chuvas foram quentes, mas a temperatura caiu lenta e continuamente. Foi uma precipitação enorme. O ar estava quente e úmido demais porque havia acumulado muita água. Com a queda da temperatura seguida da extinção da radiação solar, uma quantidade cada vez maior dessa água começou a cair na forma de chuva. Os rios se elevaram depressa, provocando enchentes nas margens, arrasando a comunicação e deixando multidões sem teto. Após semanas de insolação, mal se pode imaginar a sina dos milhões mundo afora que foram tragados pelas águas turvas. E aquela meia-luz sobrenatural provocava, sem cessar, um reflexo vermelho-escuro nas águas.

Mas essas enchentes foram de menor consequência em comparação às tempestades que assolaram a Terra. A liberação de energia na atmosfera, provocada pela condensação de vapor em pingos de chuva, era sem precedente algum. Foi suficiente para provocar flutuações de pressão atmosférica, que levaram a furacões em escala maior do que se tinha na memória humana, e, aliás, além de qualquer previsibilidade.

A mansão de Nortonstowe foi praticamente arrasada durante um desses furacões. Dois operários morreram nas ruínas. As fatalidades de Nortonstowe não se limitaram a essa tragédia. Knut Jensen e sua Greta, a mesma Greta Johannsen com quem Kingsley havia se correspondido, foram surpreendidos por uma tempestade e mortos na queda de uma árvore. Foram sepultados juntos, próximo à velha mansão.

A temperatura caiu cada vez mais. A chuva virou granizo e depois neve. Os campos inundados ficaram cobertos de gelo e, conforme setembro avançou, os rios claudicantes pouco a pouco ficaram em silêncio conforme se transformavam em cascatas de gelo imutável. A terra coberta de neve se espalhou lentamente até os trópicos. E à medida que a Terra inteira caiu nas garras do frio, da neve e do gelo, as nuvens sumiram dos céus. As pessoas puderam voltar a observar o espaço.

Agora era manifesto que a estranha luz vermelha do dia não vinha do Sol. A luz se espalhava de maneira quase uniforme de um horizonte a outro, sem um ponto de foco em especial. Cada pedacinho do céu diurno brilhava com um tom vermelho fraco. No rádio e na televisão se comunicava que a luz vinha da Nuvem, não do Sol. Aquela luz, diziam os cientistas, era provocada pelo aquecimento da Nuvem conforme envolvia o Sol.

Ao fim de setembro, os primeiros filamentos avançados da Nuvem chegaram à Terra. O impacto aqueceu os pontos mais altos da atmosfera terrestre, como os relatórios de Nortonstowe haviam previsto. Mas até ali o gás incidente era difuso demais para provocar o aquecimento de centenas de milhares ou de milhões de graus. Mesmo assim, as temperaturas subiram a dezenas de milhares de graus. Foi o suficiente para fazer a atmosfera superior irradiar uma luz azul tremeluzente, facilmente visível à noite. As noites, aliás, ficaram mais belas do que se poderia descrever, embora se duvide que muitos tenham conseguido apreciar, dado que o devido apreço da beleza depende do ócio. Ainda assim, aqui e ali um resistente pastor do norte que protegia seus rebanhos deve ter assistido com espanto e admiração à noite riscada de violeta.

Então, conforme o tempo passou, fixou-se um padrão de dias vermelho-escuros e noites de azul cintilante, um padrão no qual nem Sol nem Lua tinham parte. E a temperatura, cada vez mais baixa.

Fora nos países de alta industrialização, legiões de pessoas perderam a vida nesse período. Elas haviam passado semanas expostas a um calor próximo do intolerável. Depois, várias morreram em enchentes ou tempestades. Com a chegada do frio intenso, a pneumonia veio feroz. Entre o início de agosto e a primeira semana de outubro, por volta de um quarto da população mundial morreu. O volume da tragédia era indescritível. A morte veio e separou maridos e esposas, pais e filhos, amados e amadas com determinação irreversível.

O Primeiro-Ministro estava fulo com os cientistas de Nortonstowe. Sua irritação o levou a dirigir-se até lá, um trajeto gélido e deprimente que não melhorou seu humor.

"Parece que o governo foi seriamente enganado", ele disse a Kingsley. "Primeiro você diz que a calamidade deve durar um mês e nada mais. Bom, agora a calamidade tem mais de um mês e ainda não há sinal de fim. Quando podemos aguardar o encerramento?"

"Não tenho a mínima ideia", Kingsley respondeu.

O Primeiro-Ministro lançou um olhar fulminante a Parkinson, Marlowe, Leicester e, por fim, ainda mais feroz a Kingsley.

"Qual é, se me permitem a pergunta, a explicação para esta desinformação pavorosa? Devo ressaltar que Nortonstowe teve todos os recursos que solicitou? Sem querer entrar em minúcias, vocês foram mimados — tratados a pão de ló, como diriam colegas. Em troca, temos todo o direito de esperar um nível razoável de competência. Devo dizer que as condições de vida aqui são muito superiores às condições em que o próprio governo se vê obrigado a trabalhar."

"É óbvio que aqui as condições são superiores. São superiores porque tivemos a previdência de saber o que estava por vir."

"E que parece ter sido a única previdência que demonstraram, a previdência pelo próprio bem-estar e segurança."

"No que seguimos rota notavelmente similar à do governo."

"Não compreendi o senhor."

"Então deixe-me expor de forma mais clara. Quando esta questão da Nuvem foi abordada pela primeira vez, a preocupação imediata do governo, e, aliás, de todos os governos até onde tenho ciência, foi impedir que os fatos relevantes chegassem a conhecimento público. O objetivo real desse suposto sigilo foi, é claro, impedir que o povo escolhesse um grupo de representantes mais efetivo."

Agora o Primeiro-Ministro estava com a irritação nas alturas.

"Kingsley, permita-me lhe dizer sem reservas que me sinto obrigado a, assim que eu voltar a Londres, tomar medidas que você estará longe de acolher."

Parkinson percebeu um enrijecer repentino na conduta tranquila e ofensiva de Kingsley.

"Sinto dizer que o senhor não retornará a Londres e que ficará aqui."

"Mal posso acreditar que até o senhor, prof. Kingsley, tem o descaramento de sugerir que eu deva ser feito de encarcerado!"

"Não encarcerado, meu caro Primeiro-Ministro, nada disso", Kingsley falou sorrindo. "Vamos colocar do seguinte modo. Na crise por vir, o senhor estará mais a salvo em Nortonstowe do que em Londres. Digamos, portanto, que consideramos preferível, evidentemente conforme o interesse público, que o senhor permaneça em Nortonstowe. E agora, como não há dúvida de que o senhor e Parkinson têm muito a conversar em conjunto, o senhor, imagino eu, deseja que Leicester, Marlowe e eu nos retiremos."

Marlowe e Leicester estavam um tanto atordoados ao acompanharem Kingsley para fora da sala.

"Você não pode fazer uma coisa dessas, Chris", disse Marlowe.

"Posso e vou. Se ele tiver autorização para voltar a Londres, serão tomadas medidas que vão comprometer a vida de todos aqui, desde você, Geoff, até Joe Stoddard. E isso eu não vou permitir. Sabe Deus que temos pouca chance do jeito que as coisas estão, sem piorar a situação."

"Mas, se ele não voltar a Londres, vão mandar buscá-lo."

"Não vão. Enviaremos uma mensagem por rádio, para dizer que as estradas ficaram intransitáveis e que o retorno pode levar alguns dias. A temperatura está caindo muito depressa — lembre-se do que eu lhe disse quando estávamos no deserto do Mojave, sobre como a temperatura ia despencar. É o que está acontecendo. Em questão de dias, as estradas estarão intransitáveis de fato."

"Não é o que eu penso. Não há probabilidade de mais neve."

"É claro que não. Mas em breve a temperatura estará tão baixa que motores de combustão interna não vão funcionar. Não haverá transporte motorizado nem por terra nem por ar. Eu sei que se pode construir motores especiais, mas, quando chegarem a esse ponto, a situação será tal que ninguém vai dar bola se o Primeiro-Ministro está ou não em Londres."

"Penso que está certo", disse Leicester. "Temos apenas de enrolar por mais ou menos uma semana e tudo ficará bem. Devo dizer que eu não ficaria contente de ser arrancado do nosso agradável abriguinho, em especial depois de todo trabalho que tivemos para construir."

Parkinson raramente tinha visto o Primeiro-Ministro tão irritado. Ele já havia lidado com situações assim com todos os sim-sins e não-nãos que lhe pareciam devidos. Mas dessa vez sentiu que precisaria suportar toda a artilharia do Primeiro-Ministro.

"Sinto muito, senhor", ele disse, depois de alguns minutos escutando, "mas temo que o senhor mesmo seja culpado do que sucede. Não deveria ter chamado Kingsley de incompetente. Foi um ataque injustificado."

O Primeiro-Ministro começou a falar de maneira atropelada.

"Injustificado! Você percebe, Francis, que, com base naquele mês da previsão de Kingsley, não tomamos nenhuma precaução em relação a combustíveis? Percebe em que situação nos colocamos?"

"O mês de crise não se deve apenas a Kingsley. Tivemos exatamente a mesma orientação dos Estados Unidos."

"Uma incompetência não perdoa outra."

"Não concordo, senhor. Quando eu estava em Londres, nós sempre buscávamos minimizar a situação. Os relatórios de Kingsley sempre tiveram uma gravidade que não nos dispusemos a aceitar. Estávamos sempre tentando nos convencer de que as coisas estavam melhores do que pareciam. Nunca consideramos a possibilidade de que podiam estar piores do que pareciam. Kingsley podia estar errado, mas estava mais próximo do certo do que nós."

"Mas por que ele estava errado? Por que todos os cientistas estavam errados? É isso que venho tentando descobrir e ninguém me diz."

"Eles teriam lhe dito se tivesse se dado ao trabalho de perguntar, em vez de tentar arrancar-lhes a cabeça aos gritos."

"Começo a achar que você ficou tempo demais por aqui, Francis."

"Vivi aqui tempo o bastante para perceber que cientistas não se dizem infalíveis, e que são os leigos que atribuem infalibilidade ao que eles dizem."

"Pelo amor de Deus, Francis, chega de filosofia. Faça a gentileza de me contar em termos claros o que deu errado."

"Bem, pelo que entendo, a Nuvem está se comportando de maneira que ninguém previu e que ninguém entende. Todos os cientistas acharam que ela ganharia velocidade ao aproximar-se do Sol, que iria passar pelo Sol e sumir ao longe. Em vez disso, ela desacelerou e, quando chegou ao Sol, havia perdido praticamente toda a velocidade. Em vez de passar em frente, ela apenas parou em volta do Sol."

"Mas quanto tempo ela vai ficar parada por lá? É isso que eu quero saber."

"Ninguém pode lhe dizer. Pode ser uma semana, um mês, um ano, um milênio, um milhão de anos. Ninguém sabe."

"Meu Deus, homem, você tem noção do que está dizendo? Se essa Nuvem não sair de lá, não temos como sobreviver."

"E acha que Kingsley não sabe disso? Se a Nuvem ficar um mês, muito mais gente vai morrer, mas vários vão sobreviver. Se ficar dois meses, pouquíssimos sobreviverão. Se ficar três meses, nós em Nortonstowe morreremos apesar de todos os preparativos, e estaremos entre os últimos a perecer. Se ela durar um ano, não haverá mais vida na Terra. Como eu disse, Kingsley sabe de tudo e é por isso que ele não leva os aspectos políticos a sério."

8.
Mudanças positivas

Embora ninguém tenha percebido na época, a ocasião da visita do Primeiro-Ministro foi praticamente o pior momento em todo o episódio da Nuvem Negra. As primeiras evidências de melhores condições vieram dos radioastrônomos, como bem deviam, já que em nenhum momento eles deixaram de lado as observações da Nuvem, mesmo que tivessem de trabalhar ao ar livre em condições penosas. Em 6 de outubro, John Marlborough convocou uma reunião. Circulava a notícia de que havia algo importante no horizonte, de modo que a reunião teve bom comparecimento.

Marlborough mostrou como suas observações sugeriam que a quantidade de gás entre a Terra e o Sol vinha caindo cada vez mais nos últimos dez dias, talvez um pouco mais. Segundo os cálculos, a quantidade de gás caía pela metade a cada três dias. Se esse comportamento prosseguisse por quinze dias, o Sol ficaria plenamente à vista — mas, é claro, não havia certeza de que continuaria a cair.

Marlborough foi questionado se a Nuvem parecia estar se distanciando de vez do Sol. A isso ele respondeu que não havia evidência. O que estava acontecendo, aparentemente, era que a matéria da Nuvem estava se distribuindo de tal maneira que o Sol conseguiria brilhar na nossa direção, mas não, é claro, em todas as outras.

"Não é um tanto demais torcer para que a Nuvem se dissolva na nossa direção?", Weichart perguntou.

"É estranho, de fato", Marlborough respondeu. "Mas só estou lhe dando a evidência para que fique ciente. Não estou dando interpretação alguma."

A explicação que acabou se mostrando correta foi a oferecida por Alexandrov, embora naquele momento ninguém tenha dado muita bola, provavelmente por causa da maneira como ele decidiu se expressar.

"Configuração estável de disco", disse ele. "Provavelmente Nuvem se fixa em... disco."

Houve sorrisos tortos e alguém exclamou:

"Precisamos desses adjetivos militares, Alexis?"

Alexandrov pareceu surpreso.

"Não militar. Sou cientista", ele insistiu.

Depois dessa interrupção, o Primeiro-Ministro disse:

"Se me permitem voltar à linguagem parlamentar, a partir do que foi dito devo entender que a crise atual terá fim em uma quinzena?"

"Se a tendência atual se mantiver", Marlborough respondeu.

"Então devemos ficar atentos e nos mantermos a par da situação."

"Conclusão magistral!", resmungou Kingsley.

É seguro dizer que nunca na história da ciência se fez medições de maneira mais nervosa do que as realizadas pelos radioastrônomos nos dias que se seguiram. A curva na qual eles traçavam os resultados virou literalmente uma curva de vida ou morte. Se ela continuasse em declínio, haveria vida; se o declínio cessasse e a curva começasse a subir, haveria morte.

A cada poucas horas acrescentava-se um novo ponto ao gráfico. Todas as pessoas aptas a opinar sobre a questão eram vistas andando por ali, aguardando o próximo ponto, ao longo da noite e durante o dia, de pouca luz. Durante quatro dias e noites a curva continuou a cair, mas no quinto dia o declínio desacelerou, enquanto no sexto dia houve sinais de declínio que se transformaram em ascendente. Praticamente ninguém falava, fora uma ou outra frase ocasional e resumida. A tensão era indescritível de feroz. Então, no sétimo dia, o declínio foi retomado e, no oitavo, a curva estava caindo de forma mais íngreme que nunca. A tensão potente foi seguida de reação violenta. Conforme os padrões humanos normais, o comportamento em Nortonstowe pode ter parecido um tanto confuso no geral, quem sabe com mais intensidade naquele momento, embora, aos interessados, aos que sentiram a angústia do sexto dia, nada tenha parecido impróprio.

Dali em diante a curva continuou sua queda e, ao longo disso, a quantidade de gás entre Terra e Sol diminuiu cada vez mais. Em 19 de outubro, viu-se um foco de luz amarela no céu diurno. Ainda estava fraco, mas se deslocava pelo céu conforme o passar das horas. Não havia dúvida de que era o Sol, o que não se via desde princípios de agosto, ainda entre um véu de gás e poeira. Agora o véu estava mais tênue. Em 24 de outubro, o sol brilhou de novo com toda força sobre a Terra congelada.

Quem já teve a experiência de ver o nascer do sol depois da noite fria no deserto terá leve ideia da alegria trazida pela alvorada do 24 de outubro de 1965. Talvez sejam de bom uso algumas palavras sobre religião. Durante a aproximação da Nuvem, todo tipo de crença religiosa vicejou com força. Durante a primavera, as testemunhas de Jeová haviam roubado o público de todos os outros oradores do Hyde Park. Os titulares da Igreja anglicana ficaram pasmos ao se verem pregando a paróquias lotadas. Tudo foi posto de lado no dia 24 de outubro. Todos, homens e mulheres de todas as crenças — cristãos, ateus, maometanos, budistas, hindus, judeus —, foram permeados até o íntimo mais íntimo pelo complexo emocional dos adoradores do Sol. É claro que a veneração ao Sol nunca se tornou religião oficial, dado que não tinha organização central, mas as ressonâncias dessa religião ancestral começaram a vibrar e nunca mais se amorteceram.

As regiões tropicais foram as primeiras a degelar. O gelo sumiu dos rios. A neve derreteu e gerou mais enchentes, mas os efeitos foram marginais se comparados ao que havia acontecido antes. O degelo na América do Norte e na Europa foi apenas parcial, pois, à maneira usual das coisas, o inverno estava chegando.

Por mais que o sofrimento humano tenha sido vasto nos países de alta industrialização, as populações industriais saíram-se muito melhor que os povos menos afortunados, o que enfatiza a importância da energia inanimada e do controle das máquinas. Deve-se acrescentar que a situação, nesse sentido, poderia ter sido diferente se o frio continuasse a se agravar, pois o socorro veio numa época em que a industrialização estava à beira do colapso total.

Paradoxalmente, de certo modo, entre os povos não industrializados, os dos trópicos foram os mais atingidos, enquanto os esquimós genuinamente nômades foram os que se saíram melhor. Em muitas regiões dos trópicos e semitrópicos, até uma em cada duas pessoas perdeu a vida. Entre os esquimós, em comparação, houve pouquíssimas perdas, pouco mais que no rumo normal das coisas. O calor não fora tão grande no extremo norte. Os esquimós o consideraram muito desagradável, mas nada mais que isso. O gelo e a neve derretidos interferiram na liberdade de movimento do povo, assim reduzindo seriamente a área em que podiam caçar. Mas o calor não foi tão intenso a ponto de ser letal. Tampouco o gelo foi intenso. Eles apenas se esconderam na neve e aguardaram, e nisso se saíram muito melhor do que o povo da Inglaterra.

Os governos de outros países ficaram abalados. Se haveria uma época para o comunismo varrer o mundo, seria essa. Era o momento de os Estados Unidos erradicarem o comunismo.

Era o momento de os dissidentes tomarem os governos. Só que nada disso aconteceu. Nos dias que se seguiram imediatamente ao 24 de outubro, todos estavam aliviados demais e combalidos demais para tratar dessas questões que pareciam insignificantes. E em meados de novembro a oportunidade já havia passado. A humanidade voltara a se organizar nas suas respectivas comunidades.

O Primeiro-Ministro voltou a Londres, sentindo-se com disposição menos desfavorável quanto a Nortonstowe do que se esperaria. Passara o período da crise de modo bem mais confortável do que teria ficado em Downing Street. Além disso, havia compartilhado a agonia do suspense com os cientistas de Nortonstowe, e sempre resta um laço entre aqueles que compartilham da tensão.

Antes de partir, o Primeiro-Ministro foi avisado de que não havia motivo para supor que a calamidade acabara. Durante uma discussão em um dos laboratórios ligados ao abrigo, houve consenso de que o prognóstico de Alexandrov estava correto. Marlborough disse:

"Parece-me certo que a Nuvem está se firmando em disco, em inclinação muito elevada ao eclíptico."

"Configuração estável de disco. Óbvio", Alexandrov resmungou.

"Pode ser óbvio para você, Alexis", Kingsley interveio, "mas tem muita coisa nesse negócio que não me é óbvia. A propósito, de quanto você diria que é o raio externo do disco?"

"Cerca de três quartos do raio da órbita da Terra, aproximadamente o mesmo raio da órbita de Vênus", Marlborough respondeu.

"Essa disposição em disco deve ser uma forma relativa de se expressar", Marlowe começou a dizer. "Imagino que você se referia ao grosso da matéria da Nuvem firmando-se em disco. Mas deve haver muita matéria espalhada por toda a órbita da Terra. Isso é óbvio a partir das coisas que atingem nossa atmosfera a toda hora."

"Frio abissal na sombra do disco", Alexandrov pronunciou-se.

"Sim, ainda bem que estamos longe do disco, se não, ainda não haveria sol", Parkinson disse.

"Mas lembre-se de que não devemos ficar longe do disco", veio de Kingsley.

"O que quer dizer com isso?", perguntou o Primeiro-Ministro.

"Apenas que o movimento da Terra em torno do Sol nos levará à sombra do disco. É evidente que sairemos da sombra."

"Porcaria de frio na sombra", Alexandrov resmungou.

O Primeiro-Ministro estava preocupado, e com razão.

"E com que frequência, se me permitem perguntar, este estado de coisas temeroso vai se dar?"

"Duas vezes por ano! Segundo a posição atual do disco, em fevereiro e agosto. As durações dos eclipses do Sol vão depender da espessura que o disco terá. É provável que cada eclipse dure entre uma quinzena e um mês."

"As implicações certamente serão de grande amplitude", suspirou o Primeiro-Ministro.

"Concordamos, desta vez", comentou Kingsley. "A vida na Terra não será impossível, mas terá de se dar em circunstâncias bem menos favoráveis. Para começar, o povo precisará se acostumar a viver junto, em grandes números. Não teremos mais como morar em casas individuais."

"Não entendi."

"É que o calor de um prédio se dissipa na superfície. Isso o senhor compreende?"

"Sim, é claro."

"Por outro lado, o número de pessoas que podem ser abrigadas e protegidas em um prédio depende essencialmente de seu volume. Já que a proporção de superfície para volume é bem menor em um prédio grande do que em um pequeno, prédios grandes abrigarão gente a um nível de consumo de combustível per capita bem menor. Se houver repetição incessante de períodos de frio intenso, nossos recursos combustíveis não darão conta de outra forma de organização."

"Por que você diz 'se', Kingsley?", Parkinson perguntou.

"Porque aconteceram muitas coisas esquisitas. Não ficarei satisfeito com nossas previsões do que acontecerá a seguir até que possa entender de fato o que já aconteceu."

"Pode valer a pena mencionar a possibilidade de mudanças climáticas de longo prazo", comentou Marlowe. "Embora isso talvez não importe no próximo ano ou dois anos, não vejo como poderá deixar de ter importância vital a longo prazo — supondo que teremos eclipses solares semestrais."

"O que tem em mente, Geoff?"

"Bom, não temos como evitar a chegada de uma nova Era do Gelo. As Eras do Gelo anteriores mostram como o clima terrestre é de equilíbrio delicado. Dois períodos de frio intenso, um no inverno e outro no verão, devem fazer a balança pender para a Era do Gelo — o lado bom da Era do Gelo, eu diria."

"Está dizendo que as calotas polares vão tragar Europa e América do Norte?"

"Não vejo como seria de outro modo, embora isso não vá acontecer em um ou dois anos. Será um processo cumulativo e lento. Como diz Chris Kingsley, teremos de acertar as contas com o meio ambiente. E creio que os termos não serão do nosso gosto."

"Correntes oceânicas", disse Alexandrov.

"Não entendi", disse o Primeiro-Ministro.

"O que imagino que Alexis queira dizer", Kingsley comentou, "é que não há certeza de que o padrão atual de correntes oceânicas se manterá. Se não acontecer, os efeitos serão desastrosos. E isso pode acontecer muito rápido, mais rápido do que na Era do Gelo."

"O que você falou", assentiu Alexandrov. "Corrente do Golfo some, frio desgraça."

O Primeiro-Ministro achou que já tinha ouvido demais.

Ao longo de novembro, a pulsação da humanidade acelerou. E conforme os governos tomaram as rédeas, a ânsia por comunicação entre os bolsões de humanidade se reforçou. Consertaram-se os fios e cabos de telefonia. Mas foi principalmente ao rádio que as pessoas se voltaram. Transmissores de ondas longas voltaram a funcionar em seguida, mas é claro que eram inúteis para comunicação a longa distância. Para tanto, os transmissores de ondas curtas entraram em operação. Mas estes não funcionaram, por um motivo que logo se descobriu. A ionização dos gases da atmosfera à altura de cerca de oitenta quilômetros tornou-se mais alta que o normal. Isso estava levando a uma quantidade excessiva de amortecimento colisional, como diziam os engenheiros de rádio. A ionização excessiva vinha da radiação dos estratos superiores e quentes que ainda rendiam noites de azul resplandecente. Em resumo, estava valendo o apagão dos rádios.

Só havia uma coisa a fazer: encurtar o comprimento de onda das transmissões. Tentou-se isso com um comprimento de onda de aproximadamente um metro, mas o apagão continuou; e não havia disponibilidade de transmissores apropriados para comprimentos de onda menores, já que esses tipos de onda não haviam entrado em uso antes da chegada da Nuvem. Então se lembrou que Nortonstowe tinha transmissores que funcionariam com comprimento de onda de um metro até um centímetro. No mais, os transmissores de Nortonstowe conseguiam lidar com uma quantidade enorme de informação, como Kingsley não demorou a ressaltar. Assim, decidiu-se transformar Nortonstowe em um centro de intercâmbio da informação mundial. O plano de Kingsley enfim rendera frutos.

Foram necessários cálculos complexos e, como tinham de ser feitos com pressa, o computador eletrônico entrou em operação. O problema era encontrar o melhor comprimento de onda. Se fosse muito longo, o apagão iria se manter. Se fosse muito curto, as ondas de rádio escoariam da atmosfera para o espaço em vez de darem a volta na Terra, como teria de acontecer para que fizessem o percurso, digamos, de Londres à Austrália. O problema era o meio-termo entre esses extremos. Eventualmente decidiu-se por um comprimento de onda de vinte e cinco centímetros. Acreditava-se que era curto o bastante para superar o pior do apagão, e ainda assim não era curto a ponto de muita potência se dissipar no espaço, embora se reconhecesse que alguma perda iria acontecer.

Os transmissores de Nortonstowe foram acionados na primeira semana de dezembro. Sua capacidade de transporte de informação mostrou-se prodigiosa, como Kingsley havia previsto. Menos de meia hora no primeiro dia já bastou para transmitir toda a informação que ficara acumulada. Para começar, eram poucos governos que possuíam transmissor e receptor, mas o sistema funcionou tão bem que logo muitos outros governos começaram a apressar seus equipamentos. Em parte por esse motivo, o volume de tráfego que passou por Nortonstowe, de início, foi bem pequeno. Também era difícil dar-se conta, no início, de que uma fala de uma hora ocuparia um tempo de transmissão de uma fração de segundo. Mas, conforme o tempo prosseguiu, conversas e mensagens ficaram mais longas e mais governos entraram no jogo. Então as transmissões em Nortonstowe cresceram gradualmente de alguns minutos por dia para uma hora ou mais.

Uma tarde, Leicester, que havia organizado a construção do sistema de transmissão, telefonou para Kingsley e pediu a ele para aparecer no laboratório de transmissão.

"Qual é o pânico, Harry?", Kingsley perguntou.

"Tivemos um apagão!"

"Quê?!"

"Sim, falando sério. Pode ver aqui. Uma mensagem estava chegando do Brasil. Veja como o sinal se perdeu."

"Que fantástico. Deve ser um estouro de ionização muito repentino."

"O que acha que devemos fazer?"

"Creio que devemos esperar. Pode ser um efeito transitório. Aliás, é o que parece."

"Se continuar, podemos encurtar o comprimento de onda."

"Sim, podemos. Mas praticamente ninguém mais conseguiria. Os americanos poderiam inventar um novo comprimento de onda bem rápido, é provável que os russos também. Mas duvido que muitos outros consigam. Já tivemos bastante dificuldade para eles construírem os transmissores atuais."

"Então não temos mais o que fazer senão esperar?"

"Bom, não creio que eu devesse tentar uma transmissão, porque nunca se sabe se as mensagens vão passar. Eu deveria deixar o receptor no modo de gravação. Aí, teremos qualquer coisa que consiga passar — se as condições melhorarem, no caso."

Naquela noite houve uma manifestação reluzente, estilo aurora boreal, que os cientistas de Nortonstowe entenderam estar relacionada ao estouro repentino de ionização no alto da atmosfera. Não tinham ideia do que havia causado a ionização, contudo. Também se notaram perturbações muito grandes no campo magnético terrestre.

Marlowe e Bill Barnett discutiram o assunto enquanto caminhavam, admirando a manifestação.

"Meu Deus, veja só essas folhas alaranjadas", disse Marlowe.

"O que me deixa pasmo, Geoff, é que evidentemente isso é uma manifestação fraca. Pode-se ver pelas cores. Imagino que devêssemos testar um espectro, embora eu pudesse apostar que é, a partir do que vemos. Eu diria que isso está acontecendo a não mais que oitenta quilômetros de altitude, talvez menos. É justamente no local onde estamos captando o excesso de ionização."

"Sei o que está pensando, Bill. É fácil imaginar um sopro de gás repentino atingindo a camada externa extrema da atmosfera. Mas isso renderia uma perturbação muito mais no alto. É difícil crer que isso se deva ao impacto."

"Não, eu acho que não tem como ser. Me parece muito mais uma descarga elétrica."

"O que fecharia com as perturbações magnéticas."

"Mas entendeu o que isso quer dizer, Geoff? Não é do Sol. O Sol nunca causou nada que nem isso. Se é uma perturbação elétrica, só pode vir da Nuvem."

Leicester e Kingsley correram até o laboratório de comunicação depois do café da manhã seguinte. Uma mensagem curta da Irlanda havia chegado às 6h20. Uma mensagem comprida dos Estados Unidos começara então às 7h51, mas, depois de três minutos, houve um apagão e o resto da mensagem se perdeu. Uma mensagem breve da Suécia chegou por volta do meio-dia, mas uma mensagem mais longa da China foi interrompida por um apagão pouco após as catorze horas.

Parkinson encontrou Leicester e Kingsley na hora do chá.

"Isso é perturbador", ele disse.

"Imagino que seja", respondeu Kingsley. "E mais uma esquisitice."

"Bom, decerto é um incômodo. Achei que havíamos resolvido esse problema de comunicação. Em que sentido é uma esquisitice?"

"No sentido de que parecemos estar o tempo todo à beira de conseguir transmitir. Às vezes as mensagens passam e às vezes não, como se a ionização estivesse oscilando para cima e para baixo."

"Barnett acredita que estão ocorrendo descargas elétricas. Então não é de esperar que aconteçam oscilações?"

"Você está virando muito cientista, hein, Parkinson?", Kingsley riu. "Mas não é fácil assim", ele prosseguiu. "Oscilação, sim, mas longe das oscilações que temos tido. Não percebe como é estranho?"

"Não, não posso dizer que tenha percebido."

"As mensagens da China e dos Estados Unidos, homem! Temos um apagão em cada uma. Parece que isso demonstra que, quando a transmissão é possível, é no limite do possível. As oscilações aparentemente liberam a transmissão, mas numa margem mínima. Isso pode acontecer por acaso uma vez, mas é notável que aconteça duas vezes."

"Não tem uma falha aí, Chris?", Leicester mordeu o cachimbo e depois apontou com ele. "Se estão acontecendo descargas, as oscilações devem ser muito velozes. Tanto as mensagens dos Estados Unidos como da China eram longas, de mais de três minutos. Talvez as oscilações durem por volta de três minutos. Então você há de entender por que recebemos mensagens curtas por completo, como as do Brasil e da Islândia, mas nunca recebemos uma mensagem longa completa."

"Perspicaz, Harry, mas não acredito. Eu estava vendo o registro do sinal da mensagem dos Estados Unidos. É bem estável, até que começa o apagão. Não parece uma oscilação grande, se não, o sinal iria variar antes mesmo do apagão. Além disso, se as oscilações acontecem a cada três minutos, por que não estamos recebendo mais um monte de mensagens, ou, de qualquer modo, fragmentos? Acho que é uma objeção fatal."

Leicester mordeu o cachimbo de novo.

"É o que parece, com certeza. É tudo muito estranho."

"Vocês propõem fazer o quê?", Parkinson perguntou.

"Seria uma boa ideia, Parkinson, você pedir a Londres para falar com Washington com transmissões de cinco minutos a cada hora, na virada de cada hora. Aí saberemos quais mensagens não estão sendo recebidas, assim como quais passam. Talvez você também queira informar outros governos da situação."

Não se receberam mais transmissões nos três dias seguintes. Se isso se devia ao apagão ou se acontecia porque nenhuma mensagem fora enviada, não se sabe. Dada a situação insatisfatória, decidiu-se uma mudança de planos. Como Marlowe disse a Parkinson:

"Decidimos conferir essa questão devidamente, em vez de depender de transmissões ao acaso."

"Como pretendem fazer isso?"

"Estamos nos preparando para apontar nossas parabólicas para o alto, em vez de mais ou menos para o horizonte. Aí podemos usar nossas próprias transmissões para investigar essa ionização incomum. Vamos captar os reflexos de nossas próprias transmissões, digamos assim."

Nos dois dias que se seguiram, os radioastrônomos se dedicaram penosamente às parabólicas. Já era fim da tarde de 9 de dezembro quando todos os arranjos ficaram prontos. Havia uma grande multidão reunida no laboratório para observar os resultados.

"Ok, pode soltar", disse alguém.

"Em qual comprimento de onda começamos?"

"Melhor testar primeiro com um metro", sugeriu Barnett. "Se Kingsley estiver certo em supor que vinte e cinco centímetros está na margem de transmissão e se nossas opiniões sobre amortecimento colisional estiverem corretas, esse comprimento deverá estar no ponto crítico para a propagação vertical."

O transmissor de um metro foi acionado.

"Está passando", Barnett comentou.

"Como você sabe?", Parkinson perguntou a Marlowe.

"Não se vê nada fora sinais de retorno bem fracos", Marlowe respondeu. "Dá para ver no tubo. A maior parte da potência está sendo absorvida ou está passando pela atmosfera até o espaço."

Passou-se a meia hora seguinte fitando equipamentos eletrônicos em diálogo técnico. Depois houve um alvoroço.

"O sinal está aumentando."

"Veja só", Marlowe exclamou. "Está aumentando com tudo!"

O sinal de retorno continuou crescendo por uns dez minutos.

"Está saturado. Eu diria que já temos reflexo total", disse Leicester.

"Parece que você está certo, Chris. Devemos estar muito perto da frequência crítica. O reflexo vem de uma altura de pouco menos de oitenta quilômetros, mais ou menos o que esperávamos. A ionização lá deve ser cem ou mil vezes a normal."

Passou-se mais meia hora fazendo medidas.

"Vamos ver o que se consegue com dez centímetros", comentou Marlowe.

Apertaram-se botões.

"Agora estamos com dez centímetros. Está passando direto, como bem devia", anunciou Barnett.

"Esse papo está insuportável de tão científico", disse Ann Halsey. "Vou preparar o chá. Venha me ajudar, Chris, se puder dispensar medidores e mostradores por alguns minutos."

Pouco depois, enquanto estavam tomando chá e conversando sobre temas gerais, Leicester deu um grito de assustado.

"Céus! Vejam isso!"

"É impossível!"

"Mas está acontecendo."

"O reflexo de dez centímetros está subindo. Deve significar que a ionização está crescendo em ritmo colossal", Marlowe explicou a Parkinson.

"Essa coisa danada está saturando de novo."

"Quer dizer que a ionização cresceu cem vezes em menos de uma hora. É inacreditável."

"É melhor acionar o transmissor de um centímetro, Harry", Kingsley disse a Leicester.

Então alterou-se a transmissão de dez centímetros para transmissão de um centímetro.

"Bem, está transmitindo", alguém comentou.

"Mas não por muito tempo. Podem anotar: daqui a meia hora, a de um centímetro ficará travada", disse Barnett.

"A propósito, qual mensagem estão enviando?", Parkinson perguntou.

"Nenhuma", Leicester respondeu, "estamos apenas mandando OC — onda contínua."

"Como se isso fosse explicação", pensou Parkinson.

Mas embora os cientistas tenham ficado às voltas com aquilo por duas horas ou mais, nada de notável aconteceu.

"Bom, está transmitindo. Veremos como estará depois do jantar", disse Barnett.

Depois do jantar, a transmissão de um centímetro ainda estava passando.

"Quem sabe valha a pena mudar para dez centímetros", sugeriu Marlowe.

"Ok, vamos tentar de novo", Leicester apertou os botões. "Que interessante", ele disse. "Agora estamos a dez centímetros. Parece que a ionização está caindo, e bem rápido."

"Provavelmente uma formação negativa de íons", Weichart.

Dez minutos depois, Leicester deu um viva.

"Vejam, o sinal está chegando de novo!"

Ele tinha razão. Nos minutos que se seguiram, o sinal refletido cresceu rápido até o valor máximo.

"Reflexo total. O que fazemos? Voltamos a um centímetro?"

"Não, Harry", Kingsley disse. "Minha sugestão revolucionária é que subamos a escada, fiquemos na saleta, onde vamos tomar café e ouvir músicas tocadas pelas mãos habilidosas de Ann. Eu gostaria de me desligar por uma ou duas horas e voltar mais tarde."

"Que diabo de ideia é essa, Chris?"

"Ah, só um palpite, uma insanidade, creio. Mas vocês me fariam esse obséquio, uma vez na vida?"

"Uma vez na vida!", Marlowe riu. "Chris, desde o dia em que nasceu, você só ganhou favores."

"Pode ser, mas não é educado ficar comentando, Geoff. Vamos, Ann. Você estava esperando para testar a Opus 106 de Beethoven conosco. É a sua chance."

Foi mais ou menos uma hora e meia depois, com os primeiros acordes da grande sonata ainda ribombando na mente, que o grupo retornou ao laboratório de transmissão.

"Tente o de um metro primeiro, só para ver se dá sorte", disse Kingsley.

"Aposto que o de um metro está totalmente travado", Barnett disse, apertando vários botões.

"Pelo corpo de John Brown, não está", ele exclamou minutos depois, quando o equipamento estava aquecido. "Está passando. Não dá para acreditar, mas está com uma clareza cristalina."

"O que você aposta que vai acontecer em seguida, Harry?"

"Não vou apostar, Chris. Isso é pior que o jogo dos três copos."

"Eu aposto que vai saturar."

"Algum motivo?"

"Se saturar, terei motivos, é claro. Se não, não haverá motivos."

"Optou pelo mais seguro, é?"

"O sinal está subindo", Barnett soou. "Parece que o Chris está certo. Vai subir!"

Cinco minutos depois, o sinal de um metro saturou. Estava completamente travado na ionosfera, sem dissipar sua potência fora da Terra.

"Agora tente dez centímetros", Kingsley ordenou.

Nos vinte ou trinta minutos seguintes, o equipamento ficou sob observação atenta e todos os comentários silenciaram. O padrão anterior se repetiu. De início obteve-se pouquíssimo reflexo. Depois, o sinal refletido cresceu em intensidade rapidamente.

"Bom, aí está. De início o sinal penetra na ionosfera. Depois de alguns minutos, a ionização cresce e ficamos com travamento total. Isso quer dizer o quê, Chris?", Leicester perguntou.

"Vamos voltar para o andar de cima e pensar. Se Ann e Yvette fizerem a gentileza de preparar outro jarro de café, quem sabe podemos tomar alguma atitude e botar ordem nesse negócio."

McNeil entrou enquanto preparavam o café. Ele estava tratando uma criança convalescente durante os experimentos.

"Por que esse ar solene? O que estava acontecendo?"

"Você chegou a tempo, John. Vamos repassar os fatos. Mas prometemos não começar antes do café."

O café chegou e Kingsley começou seu resumo.

"Em prol de John, vou começar bem antes. O que acontece com uma onda de rádio, ao ser transmitida, depende de duas coisas: o comprimento de onda e a ionização da atmosfera. Suponhamos que escolhemos um comprimento de onda específico para transmissão, e vejam o que acontece conforme o grau de ionização aumenta. Para começar, com ionização baixa, a energia do rádio se esvai da atmosfera e pouquíssima parte dela é refletida. Aí, conforme a ionização cresce, há cada vez mais reflexo, até que de repente o reflexo tem um crescimento íngreme e eventualmente a energia do rádio é refletida e nada sai da Terra. Dizemos que o sinal ficou saturado. Está claro, John?"

"Até certo ponto. O que não entendo é como o comprimento de onda entra nessa história."

"Bom, quanto menor o comprimento de onda, mais ionização se precisa para produzir saturação."

"Então, enquanto um comprimento de onda mais longo pode ser refletido por completo pela atmosfera, um mais curto pode penetrar quase todo no espaço sideral."

"A situação é exatamente essa. Mas me deixe voltar por um instante ao comprimento de onda e ao efeito da ionização. Para fins de conveniência, vou chamar de 'padrão de ocorrências A'."

"Você quer chamar do quê?", perguntou Parkinson.

"Eu me refiro ao seguinte:

"1. A ionização baixa permite penetração quase completa.

"2. O aumento da ionização rende um sinal refletido de potência incrementada.

"3. A ionização é tão alta que o reflexo fica pleno.

"É o que chamo de 'padrão A'."

"E qual é o padrão B?", perguntou Ann Halsey.

"Não haverá padrão B."

"Então por que inventar o A?"

"Deus me poupe da inépcia feminina! Eu posso chamar de padrão A só porque eu quero, não posso?"

"É claro, querido. Mas por que você quer?"

"Continue, Chris. Ela está só tirando seu tempo."

"Bom, aqui vai uma lista do que aconteceu esta tarde e esta noite. Vou ler a vocês como uma tabela."

Comprimento de onda da transmissão	Horário aproximado de ativação	Ocorrência
1 metro	14h45	Padrão A leva aproximadamente meia hora.
10 centímetros	15h15	Padrão A leva aproximadamente meia hora.
1 centímetro	15h45	Penetração completa da ionosfera ao longo de período aproximado de três horas.
10 centímetros	19h	Padrão A leva aproximadamente meia hora.
Nenhuma transmissão entre 19h30 e 21h		
1 metro	21h	Padrão A leva meia hora.
10 centímetros	21h30	Padrão A leva meia hora.

"Parece um terror de tão sistemático, quando você coloca desta forma", disse Leicester.

"Parece, não parece?"

"Infelizmente não estou entendendo", Parkinson.

"Nem eu", admitiu McNeil.

Kingsley falou devagar.

"Até onde sei, essas ocorrências têm explicação muito simples se seguirmos uma hipótese, mas aviso que é uma hipótese absurda."

"Chris, pode deixar de ser dramático e nos dizer em palavras simples qual seria a hipótese absurda?"

"Pois bem. De um fôlego só: que em qualquer comprimento de onda de alguns centímetros para cima, nossas transmissões automaticamente produzem um aumento de ionização, que segue até o ponto de saturação."

"Isso não é possível", Leicester negou com a cabeça.

"Eu não disse que era", Kingsley respondeu. "Eu disse que seria uma explicação para os fatos. E explica. Explica minha tabela inteira."

"Consigo entrever onde você quer chegar", McNeil comentou. "Devo supor que a ionização cai assim que a transmissão cessa?"

"Sim. Quando encerramos a transmissão, o agente ionizante, seja ele qual for, é interrompido. Podem ser descargas elétricas do Bill. Depois, a ionização cai depressa. Veja que a ionização com a qual estamos lidando é anormalmente baixa na atmosfera, onde a densidade de gás é grande o bastante para dar uma taxa de formação rapidíssima de íons negativos de oxigênio. Então a ionização se esgota rápido assim que não é renovada."

"Vamos falar disso com mais detalhes", Marlowe começou a dizer, em meio a uma névoa de fumaça de anis. "Ao que me parece, esse hipotético agente ionizante deve ter ótimo juízo. Suponham que ligamos uma transmissão de dez centímetros. Aí, conforme sua ideia, Chris, o agente, seja lá qual for, faz a ionização subir até as ondas de dez centímetros ficarem travadas na atmosfera terrestre. E — aqui está o que eu quero dizer — a ionização não sobe mais do que isso. Tudo tem de ficar muito bem ajustado. O agente tem de saber até onde ir e não mais."

"O que torna a explicação implausível", disse Weichart.

"E temos outras dificuldades. Por que conseguimos durar tanto com a comunicação a vinte e cinco centímetros? Durou alguns dias, não só meia hora. E por que não acontece a mesma coisa — seu padrão A, como diz — quando usamos comprimento de onda de um centímetro?"

"Filosofia ruim desgraça", resmungou Alexandrov. "Desperdiça saliva. Hipótese julgada por previsão. Único método seguro."

Leicester olhou para seu relógio.

"Já faz mais de uma hora desde nossa última transmissão. Se Chris estiver certo, vamos chegar nesse seu padrão A, no caso, se ligarmos de novo a dez centímetros, possivelmente também a um metro. Vamos tentar."

Leicester e mais ou menos meia dúzia dos outros foram para o laboratório. Meia hora depois, estavam de volta.

"Continua com reflexo completo a um metro. Padrão A nos dez centímetros", Leicester anunciou.

"O que valida Chris."

"Não tenho certeza de que valide", comentou Weichart. "Por que o um metro não rendeu padrão A?"

"Posso oferecer algumas sugestões do porquê, mas de certo modo elas são ainda mais fantasiosas, então não me darei ao trabalho por enquanto. O fato, e insisto que é um fato, é que sempre que ligamos nosso transmissor de dez centímetros, há um aumento acentuado de ionização atmosférica, e sempre que o desligamos, há uma queda na ionização. Alguém nega?"

"Não nego que o que aconteceu até agora está de acordo com o que você diz", Weichart defendeu. "Concordo que não há como negar. Mas quanto a inferir uma conexão causal entre nossas transmissões e as flutuações de ionização, aí eu tiro minha mão do fogo."

"Dave, quer dizer que o que vimos hoje à tarde e hoje à noite foi coincidência?", Marlowe perguntou.

"Foi isso que eu quis dizer. Reconheço que as probabilidades contra uma série de coincidências desta são muito grandes, mas a conexão causal de Kingsley me parece uma impossibilidade total. O que penso é que o improvável pode acontecer, mas o impossível não."

"Impossível é uma palavra muito forte", insistiu Kingsley. "E tenho certeza de que Weichart não conseguiria defender o modo como usou a palavra. Nós encaramos uma opção entre duas improbabilidades — falei que minha hipótese pareceu improvável quando eu a pus na roda. No mais, concordo com o que Alexis disse no início, que a única maneira de testar uma hipótese é através de suas previsões. Faz mais ou menos quarenta e cinco minutos desde que Harry Leicester fez a última transmissão. Vou sugerir que ele vá lá agora mesmo e faça mais uma transmissão de dez centímetros."

Leicester resmungou. "De novo não!"

"Eu prevejo", prosseguiu Kingsley, "que meu padrão A vai se repetir. O que eu gostaria de saber é o que Weichart prevê."

Weichart não gostou muito da virada do argumento, e tentou se resguardar. Marlowe riu.

"Ele está cutucando você, Dave! Você precisa se levantar e levar no peito. Se você estiver certo quanto a antes ter sido coincidência, vai ter de concordar que é muito improvável que a previsão atual de Kingsley esteja certa."

"É claro que é improvável, mas assim mesmo pode acontecer."

"Pare com isso, Dave! O que você previu? No que você apostaria?"

E Weichart foi obrigado a admitir que apostaria no erro da previsão de Kingsley.

"Tudo bem. Vamos ver", disse Leicester.

Enquanto a comitiva saía em fila, Ann Halsey disse a Parkinson:

"Me ajudaria a preparar mais café, sr. Parkinson? Eles vão querer quando voltarem."

Enquanto se ocupavam do preparo, ela continuou falando:

"Você já ouviu tanto quiproquó? Eu achava que cientistas faziam mais o tipo seguro e calado, mas nunca ouvi tanto blá-blá-blá. O que é mesmo que Omar Khayyam dizia dos médicos e dos santos?"

"Creio que seja mais ou menos assim", Parkinson respondeu:

"Eu quando jovem frequentei ávido
Médicos e Santos, e ouvia grande discussão
Sobre isso e sobre aquilo, mas sempre
Saía pela mesma porta que eu entrava."

"Não é tanto o volume de conversa que me surpreende", riu. "Temos muito disso na política. É o número de erros que eles cometem, a frequência com que as coisas se dão de modo diferente do que eles esperavam."

Quando o grupo se reencontrou, à primeira vista ficou óbvio como as coisas haviam transcorrido. Marlowe pegou uma xícara de café com Parkinson.

"Obrigado. Bom, é isso. Chris estava certo e Dave estava errado. Agora creio que devemos tirar uma conclusão do que isso quer dizer."

"Sua vez, Chris", disse Leicester.

"Vamos supor que minha hipótese está correta, que nossas transmissões estão produzindo um efeito marcante na ionização atmosférica."

Ann Halsey entregou uma xícara de café a Kingsley.

"Ficaria muito mais feliz se soubesse o que significa ionização. Tome sua xícara."

"Ah, significa apenas que as áreas externas dos átomos são arrancadas das partes internas."

"E como isso acontece?"

"Pode acontecer de várias maneiras: com uma descarga elétrica, como em um espoco de luz, ou em um tubo de neon — o tipo de iluminação que temos aqui. O gás nesses tubos está sendo parcialmente ionizado."

"Imagino que a grande dificuldade seja energia? Que nossas transmissões têm muito pouca potência para provocar a subida na ionização?", disse McNeil.

"Isso mesmo", Marlowe respondeu. "É impossível que nossas transmissões sejam causa primária das flutuações na atmosfera. Nossa, elas precisariam ser de uma potência fabulosa."

"Então como a hipótese de Kingsley pode estar certa?"

"Nossas transmissões não são a causa primária, como Geoff diz. É absolutamente impossível. Concordo com Weichart.

Minha hipótese é de que nossas transmissões estão agindo como gatilho, a partir do qual se libera uma fonte de grande potência."

"E onde, Chris, você diria que está essa fonte de potência?", Marlowe perguntou.

"Na Nuvem, é claro."

"Mas é fantasioso imaginar que possamos provocar a Nuvem a reagir dessa maneira, e fazer isso com tal reprodutibilidade. Só se você supuser que a Nuvem estivesse equipada com uma espécie de mecanismo de reação", Leicester argumentou.

"Com base na minha hipótese, é uma inferência correta."

"Mas, Kingsley, você não percebe que é uma hipótese maluca?", Weichart exclamou.

Kingsley olhou seu relógio.

"É quase hora de tentar de novo, caso alguém queira. Alguém quer?"

"Em nome dos céus, não!", disse Leicester.

"Ou vamos ou ficamos. E, se ficarmos, quer dizer que aceitamos a hipótese de Kingsley. Então, garotos, vamos ou ficamos?", comentou Marlowe.

"Ficamos", disse Barnett. "E vemos como a discussão se encaminha. Chegamos ao entendimento de que há algum tipo de mecanismo de reação na Nuvem, um mecanismo preparado para liberar uma potência incrível assim que recebe um pingo de radioemissões externas. O próximo passo, suponho eu, é especular como funciona o mecanismo de resposta, e por que funciona desse modo. Alguém tem ideia?"

Alexandrov soltou um pigarro. Todos esperaram para captar um de seus raros comentários.

"Canalha na Nuvem. Falei antes."

Formaram-se sorrisos largos e uma risadinha escapou de Yvette Hedelfort. Kingsley, contudo, comentou sério:

"Lembro que disse isso. Estava falando sério, Alexis?"

"Sempre sério, diabos", disse o russo.

"Sem floreios, o que exatamente você quer dizer, Chris?", alguém perguntou.

"Quero dizer que a Nuvem abriga uma inteligência. Antes que alguém comece a criticar, deixe-me dizer que sei que é uma ideia absurda e eu não a sugeriria por nada se a alternativa não fosse ainda mais absurda. Não lhes ocorre a frequência com que estivemos errados a respeito do comportamento da Nuvem?"

Parkinson e Ann Halsey trocaram um olhar curioso.

"Todos nossos erros têm um atributo característico. São o tipo de erro que seria natural cometermos se, em vez de inanimada, a Nuvem fosse viva."

9.
Fino raciocínio

É curioso ver como o progresso humano depende do indivíduo. Os humanos, que somam bilhões, parecem organizados como um formigueiro. Mas não são. As novas ideias, o ímpeto de todo avanço, provêm dos indivíduos, não de empresas ou de Estados. Novas ideias são frágeis como as flores da primavera, facilmente pisoteadas pelo tropel da multidão, mas ainda podem ser apreciadas pelo vagante solitário.

Entre a vasta tropa que passou pela chegada da Nuvem, nenhuma pessoa que não Kingsley chegou a um entendimento coerente de sua real natureza, nenhuma pessoa que não Kingsley deu motivo para a aparição da Nuvem no Sistema Solar. Sua primeira declaração explícita foi recebida com descrença declarada até mesmo de colegas cientistas — exceção feita a Alexandrov.

Weichart foi franco na sua opinião.

"É uma ideia ridícula", ele disse.

Marlowe fez que não com a cabeça.

"Isso que dá ler ficção científica."

"Não é desgraça de ficção que Nuvem vem reto no Sol, porcaria. Não é desgraça de ficção que Nuvem para. Ionização não é ficção", Alexandrov rosnou.

McNeil, o médico, ficou intrigado. O novo desdobrar tinha mais a ver com ele do que transmissores e parabólicas.

"Eu queria saber, Chris, neste contexto, o que você quer dizer com a palavra 'vivo'."

"Bem, John, você sabe melhor do que eu que a distinção entre animado e inanimado é mais uma questão de conveniência verbal do que outra coisa. No geral, a matéria inanimada é de estrutura simples e propriedades relativamente simples. A matéria animada ou viva, por outro lado, é de estrutura muitíssimo complexa e apta a comportamento também bastante complexo. Quando eu disse que a Nuvem poderia estar viva, quis dizer que a matéria dentro dela pode estar organizada de maneira complexa, de modo que seu comportamento e por consequência o comportamento de toda a Nuvem seja muito mais complexo do que supomos antes."

"Não há um elemento de tautologia aí?", disse Weichart.

"Eu disse que termos como 'animado' e 'inanimado' são apenas conveniências verbais. Se você força demais, parecem tautológicos. Em termos mais científicos, espero que a composição química interna à Nuvem seja bastante intrincada — moléculas intrincadas, estruturas intrincadas surgidas das moléculas, atividade nervosa intrincada. Em resumo, creio que a Nuvem tenha um cérebro."

"Conclusão desgraçada de evidente", Alexandrov assentiu.

Quando cessaram as risadas, Marlowe virou-se para Kingsley.

"Bem, Chris, sabemos o que quer dizer, entendemos o bastante. Agora vamos discutir. Não precisa ter pressa. Vamos tratar ponto a ponto, e é bom que você seja convincente."

"Pois bem, aqui vai. O ponto número um é que a temperatura dentro da Nuvem é apropriada à formação de moléculas de alta complexidade."

"Certo! Primeiro ponto para você. Na verdade, é possível que a temperatura seja até um pouco mais favorável do que na Terra."

"Segundo ponto: as condições são favoráveis à formação de estruturas grandes, constituídas por moléculas complexas."

"Por que seriam?", Yvette Hedelfort perguntou.

"Adesão à superfície de partículas sólidas. A densidade interna da Nuvem é tão alta que é quase certo que se encontrem enormes nacos de matéria sólida — provavelmente gelo, sobretudo. Sugiro que as moléculas complexas se unem quando acontece de se prenderem às superfícies desses nacos."

"Ótimo argumento, Chris", Marlowe concordou.

"Desculpe, não passei nesta rodada", disse McNeil, fazendo não com a cabeça. "Você fala de moléculas complexas que se constituem grudando-se na superfície de corpos sólidos. Mas isso não basta. As moléculas que constituem a matéria viva encerram grandes estoques de energia interna. E os processos da vida dependem dessa energia interna. O problema com suas moléculas grudadas é que não é desse jeito que se leva energia às moléculas."

Kingsley ficou inabalado.

"E qual a fonte do abastecimento interno de energia das criaturas vivas na Terra?", ele perguntou a McNeil.

"As plantas recebem energia da luz solar e os animais a recebem das plantas ou, é claro, de outros animais. Então, em última análise, a energia sempre vem do sol."

"E de onde a Nuvem está tirando essa energia?"

O jogo virou. E como nem McNeil nem outra pessoa pareceu disposta a discutir, Kingsley prosseguiu:

"Vamos aceitar o argumento de John. Vamos supor que minha criatura na Nuvem é constituída do mesmo tipo de moléculas que nós. Então faz-se necessária a luz de alguma estrela para que as moléculas se formem. É óbvio que se encontra luz no espaço interestelar distante, mas ela é muito fraca. Então, para ter um bom estoque de luz, a criatura teria de chegar perto de uma estrela. Que é justamente o que a criatura fez!"

Marlowe se empolgou.

"Meu Deus, isso dá conta de três coisas ao mesmo tempo. A necessidade de luz solar é a primeira. A Nuvem vindo em linha reta até o Sol é a segunda. A Nuvem ter parado quando chegou ao Sol, a terceira. Muito bom, Chris."

"Sim, é um ótimo começo, mas algumas coisas seguem no escuro", Yvette Hedelfort comentou. "Eu não entendo", ela prosseguiu, "como foi que a Nuvem veio a se constituir no espaço. Se ela tem necessidade de luz solar ou estelar, ela deveria ficar sempre em volta de uma estrela. Você imagina que essa sua criatura simplesmente apareceu em algum ponto do espaço e agora veio se acoplar ao Sol?"

"E já que está tratando disso, Chris, pode explicar como sua criatura amiga controla os estoques de energia? Como ela conseguiu disparar as bolhas de gás com velocidade tão fabulosa quando quis desacelerar?", Leicester perguntou.

"Uma pergunta de cada vez! Vou tratar primeiro da de Harry, pois provavelmente é a mais fácil. Tentamos explicar a expulsão dessas bolhas de gás a partir de campos magnéticos, e a explicação não funcionou. O problema foi que os campos teriam de ser tão intensos que estourariam a Nuvem. Dito de outra forma, não conseguíamos encontrar nenhuma maneira de grandes quantidades de energia se localizarem através de força magnética em regiões relativamente menores. Mas agora vejamos o problema deste novo ponto de vista. Vamos começar questionando qual método nós usaríamos para produzir concentrações intensas de energia."

"Explosões!", Barnett exclamou.

"Isso mesmo, explosões, sejam por fissão nuclear, ou provavelmente por fusão nuclear. Hidrogênio não falta nessa Nuvem."

"Está falando sério, Chris?"

"É óbvio que estou falando sério. Se eu estiver certo na suposição de que uma criatura habita a Nuvem, por que ela não seria pelo menos tão inteligente quanto nós?"

"Temos um leve problema quanto ao excedente radioativo. Ele não seria extremamente nocivo à matéria viva?", McNeil perguntou.

"Se conseguisse chegar à matéria viva, decerto seria. Mas embora criar explosões a partir de campos magnéticos seja impossível, é possível impedir que duas amostras de matéria se misturem. Imagino que a criatura peça a matéria à Nuvem magneticamente, para que por meio de campos magnéticos ela possa deslocar amostras de matéria para onde quiser dentro da Nuvem. Eu imagino que ela tenha muito cuidado para deixar o gás radioativo à parte da matéria viva — lembrando que uso o termo 'vivo' por mera conveniência verbal. Não quero entrar em uma discussão filosófica por causa disso."

"Olha, Kingsley", disse Weichart, "está indo muito melhor do que eu achava. O que imaginei que você fosse dizer é que, enquanto basicamente nós misturamos matéria com as mãos, ou com apoio de máquinas que construímos com as mãos, a criatura desenvolve matéria com o apoio da energia magnética."

"A ideia é essa, em termos gerais. E devo acrescentar que a criatura parece ter levado a melhor. Para começar, ela tem muito mais energia para brincar do que nós."

"Meu Deus, é de imaginar que seja no mínimo bilhões de vezes maior", disse Marlowe. "Estou começando a achar que você ganhou esta discussão, Chris. Mas os objetores aqui neste canto estamos depositando nossa fé na pergunta de Yvette, que me parece muito boa. O que você tem a oferecer de resposta?"

"A pergunta é ótima, Geoff, e não sei se tenho uma resposta convincente. A ideia que me ocorre é de que talvez a criatura não consiga ficar muito tempo próxima a uma estrela. Talvez ela periodicamente se aproxime de uma ou outra, construa suas moléculas, forme seu alimento, por assim dizer, e depois vá embora. Talvez repita isso sempre."

"Mas por que a criatura não conseguiria ficar sempre perto de uma estrela?"

"Bem, uma nuvem comum ou banal, uma nuvem sem criatura, se ficasse permanentemente próxima a uma estrela, aos poucos iria condensar e tornar-se um corpo compacto ou vários corpos compactos. Aliás, como todos sabemos, é provável que nossa Terra tenha se condensado a partir de uma nuvem como essa. É evidente que nossa amiga criatura acharia extremamente vergonhoso deixar sua Nuvem protetora condensar-se em planeta. Então é igualmente óbvio que ela decida desatracar antes que haja algum risco de isso acontecer. E quando ela desatracar, vai levar sua Nuvem junto."

"Tem ideia de quanto tempo isso vai levar?", Parkinson perguntou.

"Nenhuma. Sugiro que a criatura vá embora quando terminar de recarregar seu estoque. Pode ser em questão de semanas, meses, anos, milênios, até onde sei."

"Estou percebendo um leve odor de perfídia?", Barnett comentou.

"É possível. Não sei o quanto seu olfato é afiado, Bill. Qual é o problema?"

"Tenho vários problemas. Devia imaginar que suas ideias sobre condensar-se em planeta se aplicariam apenas a uma nuvem inanimada. Se aceitarmos que a Nuvem consegue controlar a distribuição de matéria dentro de si, seria fácil ela impedir que a condensação acontecesse. Afinal de contas, a condensação deve ser um tipo de processo de instabilidade, e eu haveria de imaginar que um grau moderado de controle da parte da criatura impediria qualquer condensação que fosse."

"A isso tenho duas respostas. Uma é que eu acredito que a criatura perderá o controle se ficar muito tempo perto do Sol. Se ficar demais, o campo magnético do Sol vai penetrar na Nuvem. Além disso, a rotação da Nuvem em volta do Sol vai provocar uma distorção dos diabos no campo magnético. Aí ela perderia todo o controle."

"Minha nossa, que argumento excelente."

"É, não é? E aí vai mais um. Por mais que nossa criatura seja diferente da vida na Terra, um ponto ela deve ter em comum conosco. Ambos devemos obedecer às simples regras biológicas da seleção e evolução. Com isso quero dizer que não podemos supor que a Nuvem começou contendo uma criatura já desenvolvida. Ela deve ter tido um princípio comedido, tal como a vida na Terra começou comedida. Portanto, no começo, não haveria controle elaborado da distribuição de matéria na Nuvem. Assim, se ela originalmente estivesse situada próxima a uma estrela, não teria como evitar sua condensação em um ou vários planetas."

"Então como você imagina que tenha sido esse princípio comedido?"

"Como uma coisa que aconteceu no espaço interestelar muito distante. Para começar, a vida na Nuvem provavelmente dependeu de um campo de radiação geral das estrelas. Até isso daria mais radiação para fins de construção de moléculas do que a vida na Terra teve. Então imagino que, conforme a inteligência se desenvolvesse, se descobriria que a alimentação — ou seja, a construção de moléculas — poderia ter um enorme crescimento caso ela se aproximasse de uma estrela por um período relativamente breve. Do modo como eu vejo, a criatura deve ser, em sua essência, um habitante do espaço interestelar. Então, Bill, mais algum problema?"

"Bom, sim, tenho outro. Por que a Nuvem não pode fabricar sua própria radiação? Por que se dar ao trabalho de chegar perto de uma estrela? Se ela entende de fusão nuclear a ponto de produzir explosões gigantes, por que não usar a fusão nuclear para produzir seu estoque de radiação?"

"Para produzir radiação de modo controlado precisa-se de um reator lento, que é justamente o que uma estrela é. O Sol é apenas um reator de fusão nuclear gigante e lento. Para produzir radiação em escala comparável ao Sol, a Nuvem teria de se transformar em estrela. Então a criatura seria torrada. Ficaria quente demais lá dentro."

"Mesmo assim eu duvido que uma nuvem com essa massa poderia produzir muita radiação", Marlowe comentou. "A massa é pequena demais. Segundo a relação massa-luminosidade, ela seria baixa em comparação com o Sol, em escala absurda. Não, Bill, não é esse caminho que você tem de seguir."

"Eu gostaria de fazer uma pergunta", disse Parkinson. "Por que você sempre se refere à criatura no singular? Por que não poderia haver várias criaturinhas na Nuvem?"

"Tenho motivo para tanto, mas levaria algum tempo para explicar."

"Bom, parece que esta noite não dormiremos muito, então pode ir em frente."

"Pois comecemos supondo que a Nuvem contém várias criaturinhas e não uma só grande criatura. Vocês hão de convir que deve ter se desenvolvido comunicação entre vários indivíduos."

"Com certeza."

"Então que forma de comunicação seria?"

"Era para você nos dizer, Chris."

"Minha pergunta foi puramente retórica. Sugiro que a comunicação seria impossível por nossos métodos. Nós nos comunicamos por via acústica."

"Falando, você quer dizer. Decerto o seu método preferencial, Chris", disse Ann Halsey.

Mas Kingsley não entendeu o chiste. Ele prosseguiu:

"Qualquer tentativa de usar o som seria abafada pela enorme quantidade de ruído de fundo que deve existir dentro da Nuvem. Seria pior, muito pior do que conversar durante uma ventania. Creio que podemos ter bastante certeza de que a comunicação precisaria acontecer de forma elétrica."

"Parece justo."

"Ótimo. Então, a próxima questão é que, para nossos padrões, as distâncias entre os indivíduos seriam muito grandes, já que a Nuvem, para nossos padrões, é descomunal. É óbvio que seria intolerável apoiar-se em métodos essencialmente CD com essas distâncias."

"Métodos CD? Chris, poderia evitar jargão?"

"Corrente direta."

"Ah, claro, agora está explicado!"

"O tipo de método que se tem no telefone. Grosso modo, a diferença entre comunicação CD e comunicação CA é a diferença entre o telefone e o rádio."

Marlowe deu um sorriso arreganhado para Ann Halsey.

"O que Chris está tentando dizer, à sua maneira inimitável, é que a comunicação deve acontecer por propagação irradiada."

"Se você acha que assim ficou claro..."

"Claro que fica claro. Pare de criar entraves, Ann. A propagação irradiada acontece quando emitimos um sinal de luz ou de rádio. Ele percorre o espaço no vácuo à velocidade de trezentos mil quilômetros por segundo. Mesmo nessa velocidade levaria por volta de dez minutos para um sinal percorrer a Nuvem.

"Meu próximo argumento é que o volume de informação que pode ser transmitido de forma irradiada é enormemente maior do que a quantidade que podemos comunicar através do som comum. Já vimos isso com nossos transmissores de rádio por pulso. Então, se a Nuvem contiver indivíduos à parte, os indivíduos devem ser capazes de se comunicar em uma escala muito mais detalhada do que nós. O que podemos transmitir em uma hora de conversa, talvez eles consigam transmitir em um centésimo de segundo."

"Ah, comecei a enxergar a luz", McNeil manifestou-se. "Se a comunicação acontece em tal escala, fica um tanto equivocado falarmos em indivíduos à parte!"

"Você está se sentindo em casa, John!"

"Mas *não estou* em casa", disse Parkinson.

"No jargão vulgar", disse McNeil, cordialmente, "o que Chris está dizendo é que os indivíduos na Nuvem, se é que existem, devem ter capacidades telepáticas muito desenvolvidas, tanto que se torna insignificante vê-los separados um do outro."

"Então por que não falou assim desde o início?", disse Ann Halsey.

"Porque, como boa parte da linguagem vulgar, 'telepatia' não significa quase nada."

"Bom, para mim significa muita coisa."

"E o que significa para você, Ann?"

"Significa transmitir os pensamentos de uma pessoa sem falar, ou, é claro, sem escrever ou piscar nem nada desse tipo."

"Em outras palavras, significa — se é que significa alguma coisa — comunicação por meio não acústico."

"E é isso que quer dizer propagação irradiada", Leicester interveio.

"E propagação irradiada significa o uso de correntes alternadas, não das correntes e voltagens diretas que usamos no nosso cérebro."

"Mas achei que fôssemos aptos a algum grau de telepatia", Parkinson sugeriu.

"Besteira. Nossos cérebros não funcionam da maneira devida para telepatia. Tudo é baseado em voltagens CD, e a transmissão irradiada é impossível desse modo."

"Eu sei que é uma distração, mas achei que o pessoal do extrassensório criou umas correlações marcantes", Parkinson insistiu.

"Ciência desgraça de ruim", Alexandrov grunhiu. "Correlação que obtém depois de experimento feito é desgraça de ruim. Ciência é só previsão."

"Não captei."

"O que Alexis quer dizer é que o que conta de fato na ciência são as previsões", Weichart explicou. "Foi assim que Kingsley me derrubou uma ou duas horas atrás. Não adianta fazer um monte de experimentos primeiro e depois descobrir um monte de correlações, a não ser que as correlações sirvam para se fazer novas previsões. De outro modo, é como apostar numa corrida depois que ela aconteceu."

"As ideias de Kingsley têm implicações neurológicas interessantes", comentou McNeil. "Comunicação, para nós, é uma questão de dificuldade extrema. Nós mesmos temos de fazer uma tradução da atividade elétrica — essencialmente atividade CD — no cérebro. Para tanto, boa parte do cérebro é entregue ao controle dos músculos dos lábios e das cordas vocais. Mesmo assim nossa tradução é incompleta. Eu diria que até nos viramos bem para transmitir ideias simples, mas a transmissão de emoções é muito difícil. As criaturinhas de Kingsley também conseguiriam, imagino eu, transmitir emoções, e esse é outro motivo por que é insignificante falar de indivíduos à parte. É apavorante perceber que tudo que temos falado hoje à noite e transmitido de forma tão inadequada de um a outro poderia ser comunicado com precisão e entendimento muito maiores entre as criaturinhas de Kingsley em questão de um centésimo de segundo."

"Gostaria de expandir um pouco mais a ideia de indivíduos à parte", disse Barnett, virando-se para Kingsley. "Você imagina que cada indivíduo na Nuvem constrói uma espécie de transmissor irradiado?"

"Não que *constrói* um transmissor. Deixe-me explicar como eu vejo que a evolução biológica se dá dentro da Nuvem. Em uma fase inicial, creio que haveria muito mais indivíduos mais ou menos desvinculados, à parte. Então a comunicação evoluiria não só a partir de uma construção inorgânica deliberada de um meio de transmissão irradiado, mas via desenvolvimento biológico. Os indivíduos criariam um meio de transmissão irradiada como órgão biológico, tal como nós desenvolvemos boca, língua, lábios e cordas vocais. A comunicação seria aperfeiçoada em um grau que mal podemos contemplar. Um pensamento seria comunicado tão logo fosse pensado. Uma emoção seria compartilhada tão logo fosse sentida. Com isso viria a submersão do indivíduo e a evolução do todo, do todo coeso. A criatura, do modo como a visualizo, não precisa estar em um local específico da Nuvem. Suas várias partes podem estar espalhadas pela Nuvem, mas eu a entendo como uma unidade neurológica, entrelaçada por um sistema de comunicação no qual sinais são transmitidos de lá para cá à velocidade de trezentos mil quilômetros por segundo."

"Temos de passar a considerar esses sinais com maior atenção. Imagino que teriam um comprimento de onda grande. Luz normal supostamente seria inútil, já que a Nuvem lhe é opaca", disse Leicester.

"Eu diria que os sinais são ondas de rádio", Kingsley prosseguiu. "Tem bom motivo para serem. Para ser eficiente de fato, deve-se ter controle de fase total em um sistema de comunicação. É possível com ondas de rádio, mas não, até onde sabemos, com comprimentos de onda mais curtos."

McNeil estava empolgado.

"As transmissões do nosso rádio!", ele exclamou. "Elas podem ter interferido no controle neurológico da criatura."

"Poderiam, se fossem permitidas."

"O que você quer dizer, Chris?"

"Bem, a criatura não tem de combater apenas nossas transmissões, mas todo o tumulto das ondas de rádio cósmicas. Haveria ondas de rádio de todos os recantos do Universo interferindo na sua atividade neurológica, a não ser que ela houvesse desenvolvido alguma forma de proteção."

"Que tipo de proteção você tem em mente?"

"Descargas elétricas em regiões externas da Nuvem que causam ionização suficiente para impedir a entrada de ondas de rádio externas. Tal proteção seria tão essencial quanto o crânio é para a mente humana."

A fumaça de anis estava preenchendo a sala com pressa. Marlowe de repente viu que seu cachimbo estava quente demais para ficar na mão e soltou-o com cuidado.

"Meu Deus, você acha que isso explica o aumento da ionização na atmosfera, quando ligamos nossos transmissores?"

"É o que penso, em termos gerais. Estávamos falando antes sobre um mecanismo de resposta. Que é, imagino eu, justamente o que a criatura tem. Se ondas externas entrarem muito a fundo, então sobem as voltagens e vão-se as descargas até as ondas não poderem entrar mais."

"Mas a ionização acontece na nossa atmosfera."

"Para este fim, creio que podemos ver nossa atmosfera como parte da Nuvem. Sabemos, a partir do tremeluzir do céu noturno, que o gás vai desde a Terra até as regiões mais densas da Nuvem, as regiões em forma de disco. Em resumo, em termos eletrônicos, estamos dentro da Nuvem. Isso, creio eu, explica nossos problemas de comunicação. Em uma fase anterior, quando estávamos fora da Nuvem, a criatura não se protegeu ionizando nossa atmosfera, mas através de seu escudo eletrônico. Mas assim que entramos no escuro as descargas começaram a acontecer na nossa própria atmosfera. A criatura vem cortando nossas transmissões."

"Fino raciocínio, Chris", disse Marlowe.

"Diabólico de fino", Alexandrov assentiu.

"E quanto às transmissões de um centímetro? Elas passaram bem", Weichart contrapôs.

"Embora a cadeia de raciocínio esteja ficando muito comprida, já há uma sugestão que podemos fazer a partir daí. Acho que vale fazer porque sugere a próxima atitude que podemos tomar. Me parece altamente improvável que esta Nuvem seja singular. A natureza não funciona com exemplos singulares. Então vamos supor que há um monte dessas criaturas habitando a Galáxia. É de esperar que aconteça comunicação entre uma nuvem e outra. Assim, pode-se sugerir que a Nuvem precisaria de certos comprimentos de onda para fins de comunicação externa, comprimentos de onda que poderiam penetrar na Nuvem e que não lhe causariam danos neurológicos."

"E você acha que um centímetro pode ser esse comprimento de onda?"

"É o que penso, em termos gerais."

"Mas então por que não houve resposta à nossa transmissão de um centímetro?", Parkinson perguntou.

"Talvez porque não enviamos mensagem. Não haveria sentido em responder a uma transmissão sem nada."

"Então devíamos começar a enviar mensagens em pulso no de um centímetro", Leicester exclamou. "Mas como esperar que a Nuvem as decifre?"

"Para início de conversa, não é um problema urgente. Fica óbvio que nossas transmissões contêm informação — fica claro a partir da repetição frequente de padrões. Assim que a Nuvem perceber que há controle inteligente por trás das nossas transmissões, eu acho que podemos esperar alguma variedade de resposta. Quanto tempo vai levar para começar, Harry? Vocês ainda não estão em condições de modular o um centímetro, estão?"

"Não, mas estaremos em alguns dias, se adotarmos turnos noturnos. Tive um pressentimento de que não veria minha cama hoje à noite. Vamos lá, colegas, vamos começar."

Leicester se levantou, alongou-se e saiu. A reunião se desfez. Kingsley puxou Parkinson de lado.

"Veja bem, Parkinson", ele disse, "não há por que abrir o bico sobre este assunto por aí até que saibamos mais."

"Claro que não. O Primeiro-Ministro já suspeita que estou fora de mim do jeito que está."

"Tem uma coisa que você pode passar a eles, porém. Se Londres, Washington e o restante do círculo político conseguir colocar transmissores de dez centímetros na ativa, é possível que eles consigam evitar o problema de apagão."

Na mesma noite, quando Kingsley e Ann Halsey estavam a sós, Ann comentou:

"Como diabos você chegou a essa ideia, Chris?"

"Bom, na verdade é bastante óbvio. O problema é que somos inibidos a pensar desse modo. A ideia de que a Terra é a única morada possível da vida tem raízes profundas, apesar de toda a ficção científica e dos gibis para crianças. Se tivéssemos capacidade de observar esse negócio com olhar imparcial, deveríamos ter visto há muito tempo. Logo no começo, as coisas deram errado, e deram errado conforme um padrão sistemático. Assim que eu superei o bloqueio psicológico, vi que podia remover todas as dificuldades com uma jogada simples e perfeitamente plausível. Um a um, os pedaços do quebra-cabeça se encaixaram. Creio que Alexandrov deve ter tido a mesma ideia, mas o inglês dele é um tanto quanto bruto."

"Uma bruta desgraça, você quer dizer. Mas, falando sério, você acha que esse negócio de comunicação vai funcionar?"

"Eu espero muito. É crucial que funcione."

"Por que diz isso?"

"Pense nos desastres que a Terra sofreu até agora, sem que a Nuvem tenha tomado medidas intencionais contra nós. Um leve reflexo da sua superfície quase nos torrou. A leve ofuscação do Sol quase nos congelou. Se a minusculíssima fração de energia controlada pela Nuvem fosse dirigida contra nós, seríamos eliminados. Toda planta e animal do planeta."

"Mas por que isso aconteceria?"

"Como dizer? Você pensa no besourinho ou na formiga que esmaga sob seu pé quando sai para caminhar? Se um daqueles disparos de gás que atingiu a Lua três meses atrás nos atingisse, seria nosso fim. Mais cedo ou mais tarde, a Nuvem deve soltar mais deles. Ou podemos ser eletrocutados por uma descarga monstruosa."

"A Nuvem teria como fazer uma coisa dessas?"

"Facilmente. A energia que ela controla é descomunal. Se conseguirmos transmitir uma mensagem, então quem sabe a Nuvem se dará ao trabalho de evitar nos esmagar sob seus pés."

"Mas por que ela se daria ao trabalho?"

"Bom, se um besouro lhe dissesse: 'Por favor, srta. Halsey, poderia não pisar aqui, para eu não ser esmagado?', você não se disporia a botar seu pé um pouquinho para o lado de lá?"

10.
Estabelecendo comunicação

Quatro dias depois, após trinta e três horas de transmissão de Nortonstowe, chegou o primeiro comunicado da Nuvem. Seria inútil tentar descrever a animação vigente. Basta dizer que houve tentativas frenéticas de decodificar a mensagem recebida — dado que evidentemente era uma mensagem, a julgar pelos padrões regulares que se viu entre as pulsações velozes do sinal de rádio. As tentativas não surtiram êxito. Tampouco isso foi surpresa, pois, como Kingsley comentou, já é difícil descobrir um código quando a mensagem foi pensada em uma língua conhecida. No caso, a língua da Nuvem era totalmente desconhecida.

"Para mim faz sentido", Leicester comentou. "Não há como nosso problema ser mais fácil que o problema da Nuvem, e a Nuvem não vai entender nossas mensagens até descobrir a língua inglesa."

"O problema deve ser muito pior", Kingsley disse. "Temos motivo para crer que a Nuvem é mais inteligente do que nós, portanto há chances de que sua língua — seja ela qual for — seja muito mais complicada que a nossa. Minha proposta é que paremos de nos dar ao trabalho de decifrar as mensagens que recebemos. Em vez disso, proponho confiarmos que a Nuvem estará apta a decifrar as nossas mensagens. Quando aprender nossa língua, ela poderá responder no próprio código."

"Porqueira de ideia. Sempre obrigar estrangeiro a aprender inglês", Alexandrov disse a Yvette Hedelfort.

"Para começar, acho que devemos nos ater o máximo possível à ciência e à matemática, porque há mais chances de serem denominadores comuns. Depois tentaremos sociologias. O maior trabalho será gravar todo o material que queremos transmitir."

"Quer dizer que devemos transmitir uma espécie de curso elementar de ciência e matemática, usando inglês elementar?", Weichart perguntou.

"A ideia é essa. E acho que devemos começar agora mesmo."

A diretriz foi exitosa, exitosa demais. Em questão de dois dias recebeu-se a primeira resposta inteligível. Ela dizia:

"Mensagem recebida. Informação fraca. Enviar mais."

Na semana que se seguiu, quase todos se ocuparam de ler livros devidamente selecionados. As leituras foram gravadas para transmissão posterior. Mas sempre vinham respostas curtas, exigindo mais informação, cada vez mais.

Marlowe disse a Kingsley:

"Não está adiantando, Chris, vamos precisar de outra ideia. Daqui a pouco esse monstro vai esgotar todos nós. Minha voz está ficando rouca como a de um corvo velho, de tanta leitura."

"Harry Leicester está trabalhando em uma nova ideia."

"Fico contente. Qual é?"

"Bom, podemos matar dois coelhos com uma cajadada só. A lentidão dos métodos atuais não é o único percalço. Outra dificuldade é que boa parte do que estamos enviando pode soar ininteligível. Há uma pilha de palavras da nossa língua que se refere a objetos que vemos, tocamos e ouvimos. Se a Nuvem não souber o que esses objetos são, não creio que vai achar sentido em boa parte das coisas que estamos lançando. Se você nunca viu uma laranja nem teve qualquer contato com uma laranja, não sei como poderia saber o que significa a palavra 'laranja', por mais inteligente que seja."

"Entendo. E o que você propõe que façamos?"

"A ideia de Harry. Ele acha que podemos usar uma câmera de TV. Por sorte, mandei Parkinson comprar uma. Harry acha que pode conectar ao nosso transmissor e, no mais, ele está confiante de que consegue adaptar para fazer algo tipo vinte mil linhas em vez das míseras quatrocentas e cinquenta da televisão comum."

"Por causa do comprimento de onda muito menor?"

"Sim, claro. Temos de transmitir uma imagem excelente."

"Mas a Nuvem não tem televisor!"

"É claro que não. Como a Nuvem vai analisar nossos sinais é da conta dela. O que devemos garantir é que estejamos transmitindo toda a informação relevante. Até agora, temos feito um trabalho muito ruim e a Nuvem tem razão em reclamar."

"Como propõe que usemos a câmera de TV?"

"Vamos começar repassando uma lista de palavras, demonstrando vários substantivos e verbos. Será o preliminar. Tem de ser feito cuidadosamente, mas não deve tardar para passarmos umas cinco mil palavras — quem sabe uma semana. Depois podemos transmitir o conteúdo de livros inteiros, fazendo varredura das páginas com a câmera. Talvez consigamos passar toda a *Encyclopaedia Britannica* em poucos dias a partir deste método."

"Deve saciar a sede de conhecimento do bicho. Bom, creio que devo voltar às minhas leituras! Me avisem quando a câmera estiver pronta. Não sei nem dizer o quanto vou ficar contente quando me livrar desta função."

Mais tarde, viu-se Kingsley em contato com Leicester. "Desculpe, Harry", ele disse, "mas tenho outros problemas."

"Então espero que os guarde para si. Estamos mais do que atolados neste departamento."

"Desculpe, mas dizem respeito a você, e sinto dizer que significam mais trabalho."

"Veja bem, Chris: por que não tira seu casaco e começa a trabalhar de verdade, em vez de interromper as boas intenções do proletariado? Então, qual é o problema? Desembuche."

"O problema é que não estamos dando a devida atenção à ponta receptora. A nós aqui e à ponta receptora, quero dizer. Assim que começarmos a transmitir com a câmera, supostamente teremos respostas no mesmo formato que transmitirmos. Ou seja, uma mensagem recebida apareceria em forma de palavras no tubo do televisor."

"Bom, e qual é o problema? Será bom e fácil de ler."

"Sim, tudo bem até aí. Mas lembre-se de que só podemos ler por volta de cento e vinte palavras por minuto, enquanto esperamos transmitir no mínimo cem vezes mais rápido."

"É só dizer ao garotão lá de cima para desacelerar nas respostas, só isso. Dizemos que somos tão palermas que só conseguimos lidar com cento e vinte palavras por minuto, em vez das dezenas de milhares que ele, pelo jeito, consegue devorar no mesmo tempo."

"Muito bem, Harry, não estou criando caso com nada do que diz."

"Mas quer que eu trabalhe mais, sim?"

"Isso mesmo. Como adivinhou? Tenho em mente que seria bom ouvir as mensagens da Nuvem acusticamente, assim como lê-las no televisor. Ficaremos muito mais cansados lendo do que escutando."

"Citando Alexis, acho que é uma ideia desgraçada. Você percebe o que está envolvido?"

"Significa que você terá de manter equivalências de visão e som. Para isso poderíamos usar o computador eletrônico. Só precisamos armazenar umas cinco mil palavras."

"Só!"

"Não vejo como isso vá dar muito trabalho. Teremos de repassar palavra por palavra à Nuvem. Calculo que leve uma semana. Enquanto exibimos cada palavra, colocamos algum componente-chave do nosso sinal de TV na fita perfurada. Não será complicado. Também pode-se colocar o som das palavras na fita perfurada, usando um microfone para o som ficar em forma elétrica. Assim que tivermos tudo em fita, podemos botar no computador quando quisermos. Vamos precisar de bastante espaço para guardar essas gravações, então vamos de fitas magnéticas. Vai ser fácil e rápido. E vamos botar um programa de conversão no espaço de armazenamento com alta rotação. Aí conseguiremos ler as mensagens da Nuvem num tubo de televisor ou ouvi-las pelo alto-falante."

"Eu lhe digo uma coisa, Chris: nunca encontrei alguém tão bom em dar trabalho pros outros. Imagino que você vai compilar o programa de conversão."

"É óbvio."

"Bom trabalho para fazer da poltrona, hein? Enquanto os pobres-diabos aqui labutam com soldadores, fazendo buracos nas calças e sabe-se lá o que mais. Que voz devo usar no som?"

"A sua, Harry. Sua recompensa pelos buracos nas calças. Ficaremos te ouvindo por horas a fio!"

Conforme o tempo avançou, a ideia de converter as mensagens da Nuvem em som soou cada vez mais louvável a Harry Leicester. Passados alguns dias, ele começou a andar por Nortonstowe com um sorriso no rosto, mas ninguém descobria qual era a piada.

O sistema de televisão acabou sendo de êxito altíssimo. Depois de quatro dias de transmissão, recebeu-se uma mensagem que dizia:

"Parabéns por melhoria técnica."

A mensagem apareceu no tubo do televisor, já que o sistema de conversão em som ainda não estava funcionando.

A transmissão palavra por palavra provou-se bem mais difícil do que se esperava, mas acabou sendo implementada. A transmissão de obras científicas e matemáticas acabou sendo simples. Aliás, logo ficou evidente que essas transmissões só estavam servindo para familiarizar a Nuvem com o estado da evolução humana, tal como uma criança exibe suas realizações a um adulto. Depois se passaram livros tratando de questões sociais. A escolha destes foi uma questão de certa dificuldade, e ao final se televisionou uma amostra grande e bastante aleatória. Ficou claro que a Nuvem estava tendo mais dificuldade em absorver este material. Por fim veio a mensagem, ainda no tubo do televisor:

"Transmissões posteriores parecem mais confusas e estranhas. Tenho muitas perguntas a fazer, mas gostaria de tratar delas em outro momento. A propósito, suas transmissões interferem seriamente, devido à proximidade de seu transmissor, em diversas mensagens que desejo receber. É por este motivo que lhes forneço o código a seguir. A partir de agora, utilizem este código em toda comunicação. Pretendo programar uma defesa eletrônica contra seu transmissor. O código servirá de sinal de que vocês desejam penetrar o escudo. É conveniente que vocês tenham permissão de fazê-lo. Vocês podem esperar nova transmissão minha em cerca de quarenta e oito horas, contando a partir de agora."

Um padrão de luzes complexo piscou no tubo do televisor. Foi seguido de mais uma mensagem:

"Por favor confirmem que receberam este código e que sabem utilizá-lo."

Leicester ditou a seguinte resposta:

"Fizemos uma gravação do seu código. Acreditamos que podemos usar, mas não temos certeza. Confirmaremos na próxima transmissão."

Teve-se uma espera de mais ou menos dez minutos. Então a resposta chegou:

"Muito bem. Até mais."

Kingsley explicou a Ann Halsey:

"O atraso deve-se ao tempo que a transmissão precisa para chegar à Nuvem e para a resposta chegar aqui. Com tais atrasos, as falas mais curtas serão deveras improdutivas."

Mas Ann Halsey estava menos interessada nos atrasos do que no tom das mensagens da Nuvem.

"Parecia exatamente uma voz humana", ela disse, os olhos arregalados de surpresa.

"Claro que sim. E o que mais poderia parecer? Ela está usando nossa língua e nossas expressões, então está fadada a soar humana."

"Mas o 'até mais' soou tão carinhoso."

"Não fale absurdos! Para a Nuvem, é provável que 'até mais' seja só um código para encerrar uma transmissão. Lembre-se de que ela aprendeu nossa língua do zero em praticamente quinze dias. Isso não me parece muito humano."

"Ah, Chris, você é justamente o que os americanos chamam de *'sad sack'*. Não é, Geoff?"

"O quê, o Chris é um pobre-diabo? Pois eu digo que ele é mesmo, senhora, o pobre-diabo mais bendito entre os cristãos. Sim, senhor! Falando sério, Chris, o que você achou?"

"Achei que o envio de um código é bom presságio."

"Eu também. Muito bom para nosso ânimo. Deus sabe o quanto precisamos. Este último ano não foi fácil. Acho que me sinto melhor do que me senti desde o dia em que busquei você no aeroporto de Los Angeles. Parece que já faz uma vida."

Ann Halsey franziu o rosto.

"Não consigo entender por que você fica todo pateta com um código e por que fez pouco caso do meu 'até mais'."

"Porque, minha cara", Kingsley respondeu, "enviar o código foi uma coisa razoavelmente racional de se fazer. Foi um contato, um entendimento, sem relação com a língua, enquanto o 'até mais' foi apenas uma glosa linguística superficial."

Leicester cruzou o recinto para se juntar a eles.

"O intervalo de dois dias é bastante bom. Acho que já teremos resolvido o sistema de som."

"E quanto ao código?"

"Tenho quase certeza de que é bom, mas achei melhor ser precavido."

Duas noites depois, o grupo inteiro reuniu-se no laboratório de transmissão. Leicester e seus amigos ocuparam-se dos ajustes de última hora. Eram quase vinte horas quando piscadas preliminares apareceram no tubo. Logo as palavras começaram a surgir.

"Vamos colocar o som", Leicester disse.

Houve largos sorrisos e risada quando uma voz saiu pelo alto-falante, pois a voz era a de Joe Stoddard. Por um instante a maioria achou que fosse uma farsa, mas então se notou que a voz e as palavras no televisor eram as mesmas. E era certo que as declarações não eram de Joe Stoddard.

A piada de Leicester tinha suas vantagens. Dada a pressão, ele não tivera tempo de incluir inflexões de voz: cada palavra era sempre pronunciada do mesmo modo, sempre proferida no mesmo ritmo, fora no final de frases, em que havia uma curta pausa. Essas desvantagens na reprodução do som foram compensadas, em certa medida, pelo fato de que Joe Stoddard, ao falar naturalmente, não mostrava mesmo muita inflexão. E Leicester fora esperto e sincronizara o ritmo de fala das palavras para fechar de perto com a fala natural de Joe. Então, embora a fala da Nuvem fosse obviamente uma imitação artificial de Joe, a imitação era muito boa. Ninguém chegou a se acostumar com a Nuvem falando com a rebarba arrastada do sudeste inglês, e ninguém chegou a captar o efeito indescritivelmente cômico das falhas de pronúncia de Joe. Mesmo depois disso a Nuvem passou a ser conhecida como Joe.

A primeira mensagem de Joe foi mais ou menos a seguinte:

"Sua primeira transmissão foi uma surpresa, pois é incomum encontrar animais com habilidades técnicas habitando planetas que estão por natureza em extremos postos avançados da vida."

Questionou-se a Joe o porquê.

"Por dois motivos simples. Ao viver na superfície de um corpo sólido, vocês estão expostos a força gravitacional forte. Isso limita em muito o tamanho a que seus animais podem chegar e, assim, o escopo de sua atividade neurológica. Isso os obriga a possuir estruturas musculares que promovam o movimento e também os obriga a portar proteção contra golpes aguçados — tal como seus crânios são defesa indispensável aos cérebros. O peso extra de músculo e defesa reduz ainda mais o escopo de sua atividade neurológica. Aliás, seus maiores animais têm sido sobretudo ossos e músculos com pouquíssimo cérebro. Como eu já disse, a causa dessa dificuldade é o forte campo gravitacional em que vivem. De modo geral, supõe-se que a vida inteligente exista apenas em um meio gasoso difuso, não em planetas.

"O segundo fator desfavorável é sua carência extrema de alimentos químicos elementares. Para a concepção de alimentos químicos em grande escala, faz-se necessária luz estelar. Seu planeta, todavia, absorve apenas uma mísera fração da luz do Sol. No momento eu mesmo estou construindo compostos químicos elementares a aproximadamente dez milhões de vezes a velocidade em que essa construção ocorre em toda a superfície do seu planeta.

"Essa carência de alimentos químicos leva a uma existência de vasto esforço, na qual é difícil que os primeiros vislumbres de intelecto compitam com osso e músculo. É claro que, assim que a inteligência se estabelece e se firma, a competição com puro osso e músculo fica fácil, mas os primeiros passos na estrada são excessivamente difíceis — tanto que o seu caso é uma raridade entre formas de vida planetárias."

"E o mesmo se diz de entusiastas das viagens espaciais", disse Marlowe. "Pergunte, Harry, a que devemos a emergência da inteligência na Terra."

A pergunta foi feita e, depois de algum tempo, a resposta chegou:

"Provavelmente à combinação de diversas circunstâncias, entre as quais eu colocaria como mais importantes o desenvolvimento, há cerca de cinquenta milhões de anos, de um novíssimo tipo de planta: a que vocês chamam de pasto. A emergência dessa planta provocou uma reorganização drástica de todo o mundo animal, o que a distinguiu de todas as outras plantas. Conforme os pastos se espalharam pela Terra, os animais que podiam tirar vantagem dessa peculiaridade sobreviveram e evoluíram. Outros animais sofreram declínio ou foram extintos. Parece que foi nesse grande rearranjo que a inteligência conseguiu ganhar o primeiro ponto de equilíbrio no seu planeta.

"Há vários fatores incomuns que dificultaram a decodificação de seu método de comunicação", prosseguiu a Nuvem. "Particularmente, acho muito estranho que seus símbolos de comunicação não tenham nenhuma conexão íntima com a atividade neurológica."

"É melhor respondermos alguma coisa", Kingsley comentou.

"Aposto que sim. Não achei que você fosse aguentar tanto tempo em silêncio", Ann Halsey comentou.

Kingsley explicou sua concepção de comunicação CA e CC e perguntou se Joe funcionava em CA. Joe confirmou que sim e prosseguiu:

"Não é a única característica pitoresca. A estranheza mais aparente de vocês é a grande similaridade entre um indivíduo e outro. É o que os possibilita utilizar um método de comunicação muito tosco. Vocês atribuem rótulos a estados neurológicos — raiva, dor, vergonha, felicidade, melancolia são todos rótulos. Se o sr. A deseja dizer ao sr. B que está com dor de cabeça, ele não tenta descrever a perturbação neurológica na sua cabeça. Apresenta seu rótulo. Ele diz:

"'Estou com dor de cabeça.'

"Quando o sr. B ouve isso, ele pega o rótulo 'dor de cabeça' e o interpreta conforme suas experiências. Assim o sr. A consegue comunicar sua indisposição ao sr. B mesmo que nenhuma das partes tenha a mínima ideia de no que consiste de fato a 'dor de cabeça'. Um método de comunicação tão singular evidentemente só é possível entre indivíduos quase idênticos."

"Posso colocar da seguinte maneira?", disse Kingsley. "Entre dois indivíduos absolutamente idênticos, se isso fosse possível, não haveria necessidade alguma de comunicação, porque seria automático que cada indivíduo conhecesse a experiência do outro. Entre indivíduos quase idênticos, um método muito tosco de comunicação já basta. Entre dois indivíduos com grandes diferenças, exige-se um sistema de comunicação muito mais complexo."

"É isso mesmo o que eu estava tentando explicar. Agora a dificuldade que tive em decodificar sua língua ficará clara. É uma língua apropriada a indivíduos quase similares, enquanto vocês e eu somos enormemente diferentes, muito mais do que devem imaginar. Felizmente, seus estados neurológicos parecem muito simples. Assim que consegui entendê-los em certo grau, a decodificação tornou-se possível."

"Temos algo de neurológico em comum? Você, por exemplo, tem algo que corresponda à nossa 'dor de cabeça'?", McNeil perguntou.

A resposta chegou:

"Em sentido amplo, compartilhamos das emoções de prazer e dor. Mas é o que se espera de qualquer criatura que possui um complexo neurológico. Emoções dolorosas correspondem a uma perturbação aguda de padrões neurológicos, e isso pode acontecer tanto comigo como com vocês. A felicidade é um estado dinâmico no qual padrões neurológicos são prolongados, não perturbados, e isso também pode acontecer tanto comigo como com vocês. Embora existam semelhanças, imagino que minhas experiências subjetivas sejam muito diferentes das suas, fora um aspecto: assim como vocês, entendo emoções dolorosas como emoções que desejo evitar, e o contrário, no caso de emoções alegres.

"Sendo mais específico, suas dores de cabeça advêm de um suprimento sanguíneo imperfeito que perturba a precisão das sequências de disparos elétricos no cérebro. Tenho experiência muito próxima à de uma dor de cabeça quando matéria radioativa adentra meu sistema nervoso. Isso provoca descargas elétricas da maneira tal como acontece em seus contadores Geiger. Essas descargas interferem em minhas sequências de sincronia e provocam uma experiência subjetiva extremamente desagradável.

"Agora desejo questioná-los quanto a outro assunto. Estou interessado no que vocês chamam de 'artes'. Consigo entender a literatura como arte de dispor ideias e emoções em palavras. As artes visuais estão claramente relacionadas à sua percepção do mundo. Mas não entendo de modo algum a natureza da música. Minha ignorância nesse sentido não surpreende, pois percebo que vocês não transmitiram música alguma. Poderiam remediar esse lapso?"

"Esta é sua chance, Ann", disse Kingsley. "E que chance! Nunca aconteceu de um músico tocar para um público como este!"

"O que eu devo tocar?"

"Quem sabe o Beethoven que você tocou na outra noite?"

"A Opus 106? É um tanto violenta para um principiante."

"Oras, Ann. Pode vir com tudo para o nosso Joe", Barnett a incentivou.

"Não há necessidade de tocar se não quiser, Ann. Eu fiz uma gravação", disse Leicester.

"Como está a qualidade?"

"A melhor que nos é possível do ponto de vista técnico. Se estiver satisfeita com a performance, podemos começar a transmitir agora mesmo."

"Prefiro que usem a gravação. Pode parecer ridículo, mas creio que eu posso ficar nervosa se começar a tocar para essa coisa, seja lá o que ela for."

"Não seja boba. O Joe não morde."

"Pode ser que não, mas ainda prefiro a gravação."

E assim a gravação foi transmitida. Ao final chegou uma mensagem:

"Muito interessante. Por favor, repita a primeira parte com a velocidade acelerada em trinta por cento."

Quando fizeram o solicitado, a mensagem seguinte foi:

"Melhor. Ótimo. Creio que estamos encerrados. Até mais."

"Meu Deus, Ann, você o derrotou!", Marlowe exclamou.

"Não me entra na cabeça como a música pode ter algum apelo para o figura. Afinal de contas, música é som, e já concordamos que o som não deveria significar nada para ele", Parkinson comentou.

"Não concordo", disse McNeil. "Nossa estima pela música não tem nada a ver com som, embora eu saiba que não é o que parece à primeira vista. O que entendemos no cérebro são sinais elétricos que recebemos das orelhas. Nosso uso do som é simplesmente um aparelho conveniente para gerar certos padrões de atividade elétrica. Há inclusive fartura de provas de que os ritmos musicais refletem os grandes ritmos elétricos que se dão no cérebro."

"Muito interessante, John", Kingsley exclamou. "Então você há de dizer que a música dá a expressão mais direta das atividades do nosso cérebro."

"Não, eu não diria com essa veemência. Eu diria que a música dá o melhor índice dos padrões de larga escala no cérebro. Mas as palavras dão um índice melhor dos padrões de pequena escala."

E assim a discussão prosseguiu noite adentro. Discutiram-se todos os aspectos das declarações da Nuvem. O comentário mais marcante pode ter sido o de Ann Halsey.

"O primeiro movimento da Sonata em Si Bemol Maior tem uma marcação de metrônomo que exige um ritmo fantástico, muito mais rápido que qualquer pianista consegue alcançar, com certeza mais rápido do que eu dou conta. Notaram o pedido de aceleração da velocidade? Me deu um certo calafrio, embora eu suponha que deve ter sido apenas uma coincidência esquisita."

Nessa etapa, houve consenso geral de que informações relativas à verdadeira natureza da Nuvem deveriam ser comunicadas às autoridades políticas. Diversos governos já estavam voltando a fazer funcionar a comunicação por rádio. Descobriu-se que, com uma transmissão de três centímetros propagada verticalmente, mantinha-se a ionização da atmosfera em valor favorável para comunicação em um comprimento de onda de cerca de dez centímetros. Mais uma vez Nortonstowe virou centro de intercâmbio das informações.

Ninguém ficou feliz de fato em disseminar informações sobre a Nuvem. Todos achavam que tirariam de Nortonstowe o controle da comunicação com Joe. E havia muito mais que os cientistas queriam saber. Kingsley foi veemente contra informar as autoridades políticas, mas nesse ponto foi anulado pela opinião geral, que achava que, por mais lamentável que isso fosse, o sigilo não deveria mais ser mantido.

Leicester havia feito gravações das conversas com a Nuvem e elas foram transmitidas pelos canais de dez centímetros. Governos de todo o espectro não tiveram escrúpulo algum quanto a manter o sigilo. As pessoas comuns nunca souberam da existência de vida na Nuvem, pois o avançar dos fatos tomou tal rumo que o sigilo tornou-se imperativo.

Naquele momento, nenhum governo possuía transmissor e receptor de um centímetro com as devidas especificações. Momentaneamente, portanto, a comunicação com a Nuvem tinha de ser feita a partir de Nortonstowe. Técnicos nos Estados Unidos ressaltaram, contudo, que a transmissão de dez centímetros para Nortonstowe e a partir de lá por um centímetro possibilitaria que o governo dos Estados Unidos e outros estabelecessem contato com a Nuvem. Decidiu-se que Nortonstowe deveria se tornar um centro de intercâmbio, não apenas para transmitir informação para a Terra, mas também para comunicação com a Nuvem.

A equipe de Nortonstowe se dividiu em facções praticamente de mesmo porte. Os que apoiavam Kingsley e Leicester queriam vetar o plano dos políticos de forma aberta e violenta, e mandar todos os governos para o inferno. Os outros, comandados por Marlowe e Parkinson, defenderam que não se ganharia nada com essa empáfia, já que, se necessário, os políticos tinham como garantir o que quisessem via força bruta. Algumas horas antes de receber uma comunicação da Nuvem, a discussão entre os dois grupos se agudizou. Fechou-se um meio-termo. A solução era que um problema técnico impediria que transmissões de dez centímetros chegassem a Nortonstowe. Assim, os governos conseguiriam ouvir a Nuvem, mas não conseguiriam conversar com ela.

E assim chegou o dia. O dia em que os mais altivos e mais honrados da espécie ouviram a Nuvem e não puderam responder. Aconteceu de a Nuvem causar má impressão na augusta plateia, pois Joe começou a falar abertamente sobre sexo.

"Poderiam solucionar o seguinte paradoxo?", ele perguntou. "Percebi que grande parcela da sua literatura diz respeito ao que vocês chamam de 'amor', sobretudo o 'amor profano'. Aliás, a partir da amostra que me foi disponibilizada, estimo que quase quarenta por cento da literatura diz respeito a esse tema.

Mas em nenhum ponto da literatura pude encontrar em que consiste o 'amor'. A questão sempre é cuidadosamente evitada. Isso me levou a crer que 'amor' deve ser um processo raro e notável. Imaginem minha surpresa ao enfim descobrir, a partir de livros de medicina, que 'amor' não passa de um processo ordinaríssimo do qual compartilham vários outros animais?"

Houve algumas manifestações de repúdio diante desses comentários, vindo dos mais altivos e mais honrados da espécie humana. Foram silenciados por Leicester, que cortou suas transmissões dos alto-falantes.

"Ah, vão se enxergar", ele disse. Depois entregou um microfone a McNeil. "Creio que agora seja sua vez, John. É bom você responder ao Joe."

McNeil deu o seu melhor:

"Do ponto de vista inteiramente lógico, a concepção e criação de filhos é uma proposta desinteressante ao extremo. Para uma mulher, significa dor e receio infinito. Para um homem, significa trabalho extra por vários anos para sustentar a família. Portanto, se fôssemos plenamente lógicos quanto ao sexo, não nos daríamos ao trabalho de nos reproduzir. A natureza resolve isso tornando-nos absolutamente irracionais. Se não fôssemos irracionais, não teríamos como sobreviver, por mais contraditório que pareça. É provável que o mesmo se dê com outros animais."

Joe voltou a falar:

"Essa irracionalidade, da qual suspeitava e que fico contente em saber que vocês reconhecem, tem um aspecto mais sério, mais cruel. Eu já lhes comuniquei que o estoque de alimentos químicos no seu planeta é pateticamente limitado. É portanto possível que a postura irracional quanto à reprodução levará ao nascimento de mais indivíduos do que se consiga sustentar com recursos escassos. Tal situação portaria grandes riscos. Aliás, é mais provável que a raridade de vida inteligente nos planetas como um todo advenha da existência geral de tais irracionalidades em relação à escassez de alimento. Não acho improvável que sua espécie em breve venha à extinção. A perspectiva se confirma, vejo eu, pelo ritmo veloz com que as populações humanas vêm crescendo."

Leicester apontou para um grupo de luzes piscando.

"Os políticos estão tentando entrar — Moscou, Washington, Londres, Paris, Timbuktu e grande elenco. Deixamos passar, Chris?"

Alexandrov fez o primeiro discurso político de sua vida.

"Men—s em Kremlin bom de ouvir", disse.

"Alexis, você usou a palavra errada", comentou Kingsley. "As pessoas educadas dizem 'pedintes'."

"Talvez devêssemos recomendar a Alexis os escritos do festejado dr. Bowdler. Mas creio que seja hora de voltarmos a Joe", disse Marlowe.

"Não deixe os políticos entrarem de jeito nenhum, Harry. Que fiquem sem voz. John, pergunte a Joe como ele se reproduz", disse Kingsley.

"É o que venho querendo perguntar", disse McNeil.

"Então prossiga. Vamos ver se ele fica pudico quando chega a vez dele."

"Chris!"

McNeil apresentou sua pergunta à Nuvem:

"Seria do nosso interesse saber como nosso sistema reprodutivo se compara ao seu."

"A reprodução no sentido de dar origem a novos indivíduos se dá, no nosso caso, por procedimentos totalmente distintos. Afora acidentes, ou um desejo assoberbante de autodestruição — o que acontece conosco assim como às vezes acontece com vocês —, entendam que posso viver indefinidamente. Assim não tenho necessidade, tal como vocês, de gerar um novo indivíduo para assumir após minha morte."

"E que idade você tem?"

"Bem mais de quinhentos milhões de anos."

"E o seu nascimento, ou sua origem, seria melhor dizer, foi consequência de ação química espontânea, como acreditamos que tenha sido na Terra?"

"Não, não foi. Conforme nos deslocamos pela Galáxia ficamos de vigília por agregações apropriadas de matéria, nuvens apropriadas nas quais podemos plantar vida. Fazemos mais ou menos do mesmo modo que se cria mudas de uma árvore. Se eu, por exemplo, conseguisse encontrar uma nuvem apropriada e que ainda não fosse dotada de vida, eu plantaria nela uma estrutura neurológica relativamente simples. Uma estrutura que eu mesmo construiria, uma parte de mim.

"Com essa prática supera-se a infinidade de riscos com os quais se depara a origem espontânea de vida inteligente. Permitam-me dar um exemplo. Materiais radioativos devem ser rigorosamente excluídos do meu sistema nervoso por um motivo que expliquei em conversa anterior. Para garantir que isso aconteça, eu possuo um filtro eletromagnético complexo que serve para impedir o ingresso de qualquer gás radioativo nas minhas regiões neurológicas — no meu cérebro, em outras palavras. Caso esse filtro não funcionasse, eu sofreria muita dor e morreria em seguida. Um defeito no filtro é um dos possíveis acidentes que mencionei há algum tempo. O sentido desse exemplo é que podemos fornecer a nossos 'filhos' tanto filtros como a inteligência para operá-los, ao passo que seria muitíssimo improvável tais filtros desenvolverem-se no curso da origem espontânea da vida."

"Mas deve ter acontecido quando o primeiro membro da sua espécie surgiu", McNeil sugeriu.

"Eu não concordaria que houve um 'primeiro' membro", disse a Nuvem. McNeil não entendeu o comentário, mas Kingsley e Marlowe trocaram um olhar, como se dissessem: "Oh, oh, lá vamos nós. Os meninos do Big Bang acabaram de tomar na cara."

"Afora fornecer tais aparatos de proteção", prosseguiu a Nuvem, "deixamos nossos 'filhos' livres para se desenvolverem como bem entenderem. Aqui devo explicar uma diferença importante entre nós e vocês. O número de células no seu cérebro é mais ou menos fixado ao nascer. A partir daí seu desenvolvimento consiste em aprender a usar a capacidade estanque do cérebro da melhor maneira possível. Conosco, a situação é bem diferente. Temos liberdade para aumentar a capacidade do nosso cérebro como nos aprouver. E, é claro, seções usadas ou deficientes podem ser removidas ou substituídas. Assim, o nosso desenvolvimento consiste em expandir o cérebro da melhor maneira possível, assim como aprender a usá-lo da melhor maneira — e por melhor maneira eu me refiro à maneira mais apropriada à solução de problemas conforme eles surgem. Vocês perceberão assim que, quando 'crianças', começamos com um cérebro relativamente mais simples e conforme envelhecemos nosso cérebro fica maior e mais complexo."

"Poderia descrever, de maneira que possamos entender, como você procede para construir uma nova seção do seu cérebro?", McNeil perguntou.

"Acho que posso. Primeiro, eu construo alimentos químicos com moléculas complexas dos tipos necessários. Sempre há um estoque à mão. Depois as moléculas são dispostas com cuidado em uma estrutura neurológica apropriada na superfície de um corpo sólido. A matéria do corpo é ajustada de modo que seu ponto de fusão não fique muito baixo — o gelo, por exemplo, teria um ponto de fusão perigosamente baixo — e assim ele se torna um bom isolante elétrico. A parte externa do sólido também tem de ser cuidadosamente preparada para ancorar a matéria neurológica — o cérebro em si, como vocês vão dizer — de maneira firme.

"É evidente que o desenho da estrutura neurológica é a parte difícil do processo. Isso se prepara de modo que o novo cérebro funcione como unidade para atingir um propósito específico. Também há preparos para que a nova unidade não entre em operação espontaneamente, mas apenas quando receber sinais da parte do cérebro que já existia. Esses sinais possuem vários pontos de entrada na nova estrutura. Do mesmo modo, a saída da nova unidade tem um bando de conexões à seção antiga do meu cérebro. Assim, sua atividade pode ser controlada e integrada ao total da minha atividade neurológica."

"Há mais duas questões", disse McNeil. "Como você recarrega sua matéria neurológica? No caso humano, isso se faz com o fluxo sanguíneo. Vocês têm o equivalente de fluxo sanguíneo? E a segunda, qual seria o tamanho aproximado das unidades que vocês constroem?"

A resposta chegou:

"O tamanho varia conforme o fim específico para o qual a unidade é projetada. O sólido subjacente pode medir desde um ou dois metros até centenas.

"Sim, possuo um equivalente ao fluxo sanguíneo. Tenho um aporte de substâncias mantido por um fluxo de gás que passa constantemente pelas unidades das quais sou composto. O fluxo, porém, é mantido por uma bomba eletromagnética em vez de um 'coração'. Ou seja, a bomba é de natureza inorgânica. Essa é outra capacidade que sempre fornecemos ao plantar novas vidas. O gás flui da bomba para um aporte de alimentos químicos, depois passa pela minha estrutura neurológica, que absorve as matérias várias que são exigidas para a operação do meu cérebro. Essas matérias também depositam seus resíduos no gás. O gás depois dirige-se à bomba, mas antes disso passa por um filtro que remove os resíduos — um filtro que é muito similar aos rins que vocês possuem.

"Há uma vantagem importante em ter coração, rins e sangue que são essencialmente inorgânicos na forma de operação. Pode-se aceitar prontamente uma falha de operação. Se meu 'coração' não funciona, eu apenas o troco por um 'coração' de reserva que tenho de prontidão. Se meus 'rins' não funcionam, não morro tal como morreu seu músico Mozart. Mais uma vez, recorro aos 'rins' reservas. E posso produzir 'sangue' novo em grande quantidade."

Pouco depois, Joe saiu do ar.

"O que me surpreende é a semelhança assombrosa com os princípios pelos quais a vida humana se sustenta", McNeil comentou. "Óbvio que os detalhes são bem diferentes: gás em vez de sangue, coração e rins eletromagnéticos e assim por diante. Mas a lógica da disposição é a mesma."

"E a lógica da construção do cérebro parece ter alguma relação com o modo como programamos um computador", disse Leicester.

"Você notou, Chris? Pareceu que ele estava descrevendo a programação de uma nova sub-rotina."

"Acho que as semelhanças são genuínas. Já ouvi dizer que a articulação do joelho da mosca é de concepção muito parecida com a articulação do nosso joelho. Por quê? Porque só existe um jeito adequado para se construir a articulação de um joelho. Do mesmo modo, só existe uma lógica, só existe um jeito de projetar a concepção geral da vida inteligente."

"Mas por que você diria que deveria haver essa lógica singular?", McNeil perguntou a Kingsley.

"É um tanto difícil de explicar, pois é o mais próximo que eu chego da concepção religiosa. Sabemos que o Universo possui uma estrutura interna básica, que é o que estamos descobrindo na nossa ciência, ou tentando descobrir. Tendemos a nos dar uma espécie de tapinha nas costas moral quando contemplamos nossos sucessos dentro desse aspecto, como se fôssemos dizer que o Universo está seguindo a *nossa* lógica. Mas isso é colocar o carro na frente dos bois. Não é o Universo que está seguindo nossa lógica, *nós* é que somos construídos de acordo com a lógica do Universo. E isso nos dá o que eu poderia chamar de definição da vida inteligente: algo que reflete a estrutura básica do Universo. Nós a refletimos e Joe também a reflete, e é por isso que parecemos ter tanta coisa em comum, é o que nos possibilita conversar conforme algo que lembra uma base em comum, mesmo que sejamos absurdamente distintos na nossa detalhada construção. Somos todos construídos de um modo que reflete o padrão inerente do Universo."

"Os políticos canalhas ainda querem falar. Diabos, eu vou apagar essas luzes", Leicester comentou.

Ele foi até o painel de luzes que monitorava as diversas transmissões que chegavam. Um minuto depois voltou a seu assento, sacudindo-se de riso.

"Veja só que ótimo", falou em meio às risadas. "Esqueci de cortar a transmissão da nossa conversa em dez centímetros. Eles ouviram tudo que estávamos dizendo — a referência de Alexis ao Kremlin, o comentário de Chris sobre eles ficarem sem voz. Não é à toa que estão em fúria! Imagino que a gordura começou a pingar no fogo."

Ninguém sabia o que fazer. Enfim, Kingsley foi até o painel de controle. Ele mexeu em vários botões e falou num microfone:

"Aqui é Nortonstowe, Christopher Kingsley falando. Se tem alguma mensagem, pode passar."

Uma voz irritada veio pelo alto-falante:

"Então vocês estão aí, não é, Nortonstowe! Estamos tentando entrar em contato com vocês há três horas."

"Quem está falando?"

"Grohmer, Secretário de Defesa dos Estados Unidos. E devo avisar que está falando com um homem em fúria, sr. Kingsley. Espero explicações para a conduta absurda desta noite."

"Então temo que continuará esperando. Eu lhe darei mais trinta segundos e, se suas declarações não tomarem forma razoavelmente convincente até lá, vou desligar de novo."

A voz ficou mais calma e mais ameaçadora:

"Sr. Kingsley, já ouvi falar de sua insuportável conduta obstrutiva, mas é a primeira vez que me deparo com ela. Para sua informação, pretendo que seja a última. Isto não é uma ameaça. Estou apenas lhe avisando, aqui e agora, que em breve o senhor será removido de Nortonstowe. Para onde será removido, deixarei com sua imaginação."

"Realmente espero, sr. Grohmer, que em seus planos para mim o senhor tenha dado consideração total a um ponto muito importante."

"E qual seria o ponto, se me permite a pergunta?"

"Que tenho o poder de aniquilar todo o continente americano. Se duvida do que falo, pergunte a seus astrônomos o que aconteceu à Lua na noite de 7 de agosto. O senhor também deveria levar em conta que eu poderia implementar esta ameaça em menos de cinco minutos."

Kingsley desligou um grupo de botões, e as luzes no painel de controle se apagaram. Marlowe estava de cara pálida e havia gotinhas de suor na sua testa e no lábio superior. "Chris, isso não foi nada bom, nada bom mesmo", ele disse. Kingsley ficou genuinamente preocupado.

"Sinto muito, Geoff. Enquanto eu falava, em nenhum momento me ocorreu que os Estados Unidos são o seu país. Digo de novo que sinto muito, mas, em termos de desculpas, saiba que eu teria dito o mesmo a Londres, a Moscou ou a quem quer que fosse."

Marlowe fez um não com a cabeça.

"Entendeu errado, Chris. Não estou me opondo porque os Estados Unidos são meu país. De qualquer maneira, sei que você estava apenas blefando. O que me preocupa é que esse blefe pode provar-se perigosíssimo."

"Absurdo. Você está dando importância exagerada a alguém que faz tempestade em copo d'água. Você ainda não superou a ideia de que políticos são importantes porque os jornais dizem que são. Provavelmente vão perceber que eu devo estar blefando, mas enquanto houver a mera possibilidade de que eu possa implementar minha ameaça, eles vão se conter. Você vai ver."

Mas, nesse quesito, Marlowe estava certo e Kingsley errado, como os fatos demonstraram a seguir.

II.
Os mísseis de hidrogênio

Kingsley foi despertado por volta de três horas depois.

"Desculpe acordá-lo, Chris, mas aconteceu algo importante", disse Harry Leicester. Quando garantiu que Kingsley estava devidamente acordado, prosseguiu:

"Ligação de Londres. Para Parkinson."

"Eles não perdem tempo."

"Não podemos deixar que ele atenda, não é? Seria arriscado demais."

Kingsley permaneceu alguns instantes em silêncio. Depois, ficou evidente que se decidiu:

"Creio que temos de encarar o risco, Harry, mas ficaremos ao lado enquanto ele atende. Aliás, vamos garantir que ele não entregue nada. Essa é a meta. Embora eu não tenha dúvida de que o braço de Washington consegue chegar a Nortonstowe, não acredito que nosso governo ficaria contente em seguir os mandos de outros no seu próprio território. Portanto começamos com a vantagem de certa simpatia do nosso povo. Se impedirmos que Parkinson atenda a ligação, acabaremos com essa vantagem de imediato. Vamos falar com ele."

Depois que acordaram Parkinson e o avisaram do telefonema, Kingsley disse:

"Veja bem, Parkinson. Vou falar com toda clareza. Conforme nossas crenças, jogamos limpo até o momento. Sim, é fato que impusemos várias condições quando viemos para cá e insistimos que as condições fossem honradas. Mas, em troca, nós genuinamente fornecemos à sua gente a melhor informação de que dispúnhamos. É fato, mais uma vez, que nem sempre estivemos certos, mas o motivo para nossos erros só ficou claro agora. Os americanos organizaram uma instituição correspondente e ela foi gerenciada por políticos, não por cientistas, e a quantidade de informação que veio daquela instituição foi menor do que a que veio de Nortonstowe. Aliás, você sabe muito bem que, não fossem nossas informações, a taxa de mortalidade nos últimos meses seria ainda maior do que foi."

"Aonde quer chegar com isso, Kingsley?"

"Estou apenas lhe mostrando que, por mais que às vezes tenha parecido o contrário, nós jogamos limpo. Jogamos limpo até o ponto de revelar a verdadeira natureza da Nuvem e de repassar as informações que recebemos dela. Mas o ponto em que eu empaco é a ideia de perder tempo valioso no intercâmbio que temos com ela. Não podemos esperar que a Nuvem vá nos dar tempo infinito para conversar, pois ela tem mais o que fazer. E eu enfatizo que, se puder evitar, não vou deixar que o tempo que temos se perca em picuinhas políticas. Ainda temos muito a aprender. Além disso, se os políticos começarem com suas coisas de Genebra e a discutir intenções, é mais do que provável que a Nuvem vá se despedir de vez. Ela não vai perder tempo conversando com idiotas resmungões."

"Nunca deixo de me lisonjear com sua opinião a nosso respeito. Mas ainda não entendi aonde quer chegar."

"Quero chegar no seguinte. Londres está ligando para você e estaremos juntos quando você atender. Se você der uma palavrinha de dúvida quanto a minha sugestão de aliança entre nós e a Nuvem, eu te acerto a cabeça com uma chave inglesa. Venha, vamos dar cabo disso."

Descobriu-se que Kingsley tinha avaliado a situação um tanto mal. Tudo que o Primeiro-Ministro queria saber de

Parkinson era se, na opinião dele, não havia dúvida de que a Nuvem, se assim quisesse, poderia aniquilar um continente. Parkinson não teve dificuldade alguma para responder. Disse com genuinidade e sem hesitação que tinha motivos para crer que podia. Satisfez o Primeiro-Ministro e, depois de alguns comentários sobre outro assunto, ele desligou.

"Muito estranho", Leicester disse a Kingsley depois que Parkinson voltou para a cama.

"Muito Clausewitz", ele prosseguiu. "Eles só se interessam por poder de fogo."

"Sim, aparentemente nunca lhes ocorreu que alguém pode ter uma arma avassaladora e ainda assim se recusar a usar."

"Ainda mais em uma situação como esta."

"O que quer dizer, Harry?"

"Bom, não é axiomático que qualquer inteligência não humana será maligna?"

"Imagino que seja. Agora estou pensando que noventa e nove por cento das histórias sobre inteligências não humanas as tratam como totalmente vilanescas. Sempre supus que isso acontece porque é difícil inventar um vilão convincente, mas talvez seja algo mais profundo."

"Bom, as pessoas sempre têm medo do que não entendem, e creio que os rapazes da política não entendem o que está se passando. Ainda assim, eles devem ter se dado conta de que viramos bons camaradas do Velho Joe, não acha?"

"A não ser que tenham interpretado isso como prova de um contrato com o diabo."

A primeira atitude do governo norte-americano após a ameaça de Kingsley — depois que Londres confirmou o potencial de aniquilação da Nuvem — foi dar prioridade preponderante à construção de um transmissor e receptor de um centímetro conforme os planos de Nortonstowe (que lhes estavam disponíveis graças às informações fornecidas previamente por Nortonstowe). A capacidade técnica norte-americana era de tal excelência que o trabalho foi concluído em tempo mínimo. O resultado, contudo, foi decepcionante. A Nuvem não respondeu às transmissões norte-americanas, tampouco se conseguiu interceptar mensagens da Nuvem a Nortonstowe. Houve dois motivos para essas falhas. A falha de interceptação se deveu a dificuldades técnicas graves. Assim que a comunicação entre Nuvem e Nortonstowe virou dialógica, não houve necessidade de transmissão acelerada de informações, como houvera durante o período em que a Nuvem estava aprendendo a respeito de nosso conhecimento científico humano e padrões culturais. Assim, pôde-se reduzir consideravelmente as larguras de banda de transmissão, o que era desejável do ponto de vista da Nuvem, já que assim a interferência de mensagens de outros habitantes galácticos ficava muitíssimo diminuída. A largura de banda, aliás, era tão pequena e a potência utilizada nas transmissões era tão baixa que os norte-americanos não conseguiram descobrir o comprimento de onda exato e correto no qual poderiam conseguir interceptação. O motivo pelo qual a Nuvem não respondeu às transmissões norte-americanas foi mais simples. A Nuvem só responderia se um sinal com a devida codificação fosse transmitido no início de cada mensagem, e o governo norte-americano não detinha esse código.

O fracasso da comunicação levou à adoção de outros planos. A natureza desses planos foi um choque para Nortonstowe. A notícia de quais seriam eles chegou via Parkinson, que uma noite correu à sala de Kingsley.

"Por que existem tantos idiotas no mundo?", ele exclamou em tom um tanto desvairado.

"Ótimo, você enfim viu a luz, não viu?", foi o comentário de Kingsley.

"E você é um deles, Kingsley. Agora estamos numa bagunça absurda, graças à combinação da sua imbecilidade com a boçalidade de Washington e Moscou."

"Ora, Parkinson, tome um café e acalme-se!"

"Aos diabos com o café. Ouça. Vamos voltar à situação de 1958, antes de qualquer um saber da Nuvem. Você se lembra da corrida armamentista, em que os Estados Unidos e os soviéticos concorriam em fúria para ver quem produziria o primeiro míssil intercontinental, equipado com ogivas de hidrogênio? É claro que lembra. E, como cientista, você há de perceber que disparar um míssil de qualquer ponto da superfície terrestre a outro ponto, a dez ou quinze mil quilômetros, é praticamente o mesmo problema que disparar um míssil da Terra ao espaço."

"Parkinson, não vai me dizer que..."

"Estou dizendo que Estados Unidos e Rússia avançaram muito mais nesse sentido do que o governo britânico tinha ciência. Só ficamos sabendo há um ou dois dias. Só soubemos quando tanto o governo norte-americano como os soviéticos anunciaram que eles dispararam mísseis. Dispararam contra a Nuvem."

"Imbecis sem tamanho. Quando aconteceu?"

"Na semana passada. Parece que há uma concorrência sigilosa, da qual não sabíamos nada. Os Estados Unidos tentando superar os soviéticos e vice-versa. A intenção deles não é matar a Nuvem, e sim mostrar ao outro o que conseguem fazer."

"É bom chamarmos Marlowe, Leicester e Alexandrov aqui e ver o que conseguimos recuperar desse desastre."

McNeil por acaso estava conversando com Marlowe, então juntou-se ao grupo quando eles se reuniram. Depois que Parkinson repassou sua história, Marlowe disse:

"Aconteceu. Era o que eu temia quando estourei com você naquele dia, Chris."

"Quer dizer que você anteviu tudo isso?"

"Ah, não exatamente tudo, com todos os detalhes. Eu não tinha ideia de onde eles haviam chegado com os danados dos mísseis. Mas senti no peito que algo assim ia acontecer. Você é lógico demais, Chris. Você não entende as pessoas."

"Quantos desses mísseis já foram disparados?", Leicester perguntou.

"Até onde temos informações, mais de cem dos Estados Unidos e por volta de cinquenta dos russos."

"Bom, não dou tanta importância", Leicester comentou. "A energia de cem bombas de hidrogênio pode nos parecer muito, mas é microscópica em comparação à energia da Nuvem. Eu devia ter achado que esse negócio era mais bobo do que tentar matar um rinoceronte com um palito de dente."

Parkinson fez não com a cabeça.

"No meu entendimento, eles não estão tentando explodir a Nuvem, estão tentando envenená-la!"

"Envenená-la? Como?"

"Com matéria radioativa. Você ouviu a Nuvem descrever o que poderia acontecer caso ela fosse invadida por matéria radioativa. Eles conseguiram tudo nas falas da própria Nuvem."

"Sim, imagino que centenas de toneladas de matéria altamente radioativa podem ser outra história."

"Partículas radioativas começam ionização em lugar errado. Descargas, mais ionização e coisa toda explode", disse Alexandrov.

Kingsley assentiu.

"Voltamos ao velho esquema de que nós trabalhamos em CC e a Nuvem em CA. Para funcionar, um sistema CA precisa de alta voltagem. Não temos alta voltagem no corpo e é por isso que somos obrigados a trabalhar em CC. Mas a Nuvem deve ter altas voltagens para operar sua comunicação CA a longas distâncias. E se houver altas voltagens, algumas partículas eletrificadas nos lugares errados, entre material isolante, podem causar uma bagunça danada, como Alexis diz. A propósito, Alexis, o que pensa a respeito?"

O russo foi ainda mais breve do que seu usual.

"Não gosto", disse.

"E quanto ao filtro da Nuvem? Ele não impede que as coisas passem?", Marlowe perguntou.

"Eu acho que aí entra a parte sórdida do plano", Kingsley respondeu. "O filtro provavelmente funciona com gás, não com sólidos, então não vai deter os mísseis. E só haverá matéria irradiada depois que eles explodirem, então imagino que a ideia seja de que explodam só depois de passar do filtro."

Parkinson confirmou.

"É isso mesmo", ele disse. "Eles estão programados para mirar qualquer corpo sólido de substância. Vão direto nos centros neurológicos da Nuvem. Pelo menos é a ideia."

Kingsley levantou-se e andou pela sala, falando enquanto caminhava.

"Mesmo assim, é um plano de cachorro louco. Pensem nos pontos contrários. Primeiro: talvez não funcione. Ou imaginem que funcione só a ponto de incomodar seriamente a Nuvem, sem matá-la. Aí vêm as represálias. Toda a vida na Terra pode ser apagada com o mesmo remorso que teríamos ao dar um tapa em uma mosca. Me parece que a Nuvem nunca teve entusiasmo algum pela vida nos planetas."

"Mas sempre me pareceu bem sensata nas discussões", Leicester interveio.

"Sim, só que essa perspectiva pode mudar caso ela tenha uma dor de cabeça forte. De qualquer modo, eu não acredito que as discussões conosco ocuparam mais que uma minúscula fração de todo o cérebro da Nuvem. É provável que ela esteja fazendo mil e uma coisas ao mesmo tempo. Não, não creio que tenhamos o mínimo motivo para crer que ela será gentil. E esse é só o primeiro risco. Haverá risco igualmente grave se eles tiverem sucesso em matar a Nuvem. O colapso de sua atividade neurológica está fadado a gerar estouros apavorantes — o que podemos chamar de estertores. Do ponto de vista terrestre, a quantidade de energia à disposição da Nuvem é simplesmente colossal. No caso de morte repentina, essa energia vai se liberar, e mais uma vez nossa chance de sobrevivência será muitíssimo remota. Será como ficar preso num estábulo com um elefante se debatendo, mas incomparavelmente pior — usando um dito irlandês. Por fim, e mais importante, se a Nuvem for morta e tivermos sorte de sobreviver apesar de todas as probabilidades contra, teremos que viver com um disco de gás permanente em volta do Sol. Como todos sabem, isso não será agradável. Então, independentemente de como se veja, parece impossível entender esse caso. Você entende a parte psicológica, Parkinson?"

"Curiosamente, creio que sim. Como Geoff Marlowe dizia há alguns instantes, você sempre discute com lógica, Kingsley, e no momento não é de lógica que precisa, mas sim de entender as pessoas. Vamos falar primeiro do seu último ponto. A partir do que aprendemos com a Nuvem, temos motivo para crer que ela ficará entre cinquenta e cem anos em torno do Sol. Para a maioria das pessoas, é como dizer que ela vai ficar para sempre."

"Não é a mesma coisa. Em cinquenta anos haverá uma alteração considerável no clima terrestre, mas não será a mesma alteração preponderante que acontecerá se a Nuvem ficar de modo permanente."

"Não duvido. O que estou dizendo é que, para a grande maioria das pessoas, o que acontecerá daqui a cinquenta anos, cem anos que seja, não será da mínima importância. E eu vou tratar de seus outros dois pontos admitindo os graves riscos que citou."

"Então você reconhece meu argumento."

"Não reconheço nada. Sob quais circunstâncias você adotaria uma diretriz que enseje altos riscos? Não, nem tente responder. Eu respondo. A resposta é: você adotaria uma diretriz arriscada se todas as alternativas fossem piores."

"Mas as alternativas não são piores. Havia a alternativa de não fazer nada, e nessa não haveria risco."

"Haveria o risco de você se tornar ditador do mundo!"

"Eu estava blefando, homem! Eu não nasci para ser ditador. Meu único traço agressivo é que não aguento burrice. Eu pareço um ditador?"

"Parece, Chris", disse Marlowe. "A nós, não", ele prosseguiu depressa para Kingsley não ter outro rompante, "mas a Washington é o que parece. Quando um homem começa a falar com eles como se fossem colegiais imbecis, e quando esse mesmo homem detém um poder físico incomensurável, não se pode culpá-los por conclusões precipitadas."

"E há outro motivo pelo qual eles nunca chegariam a outra conclusão", Parkinson complementou. "Deixe eu te contar a história da minha vida. Eu frequentei os colégios certos, os preparatórios e os privados. Nesses colégios, os mais inteligentes são incentivados a estudar os Clássicos e, embora não devesse ser eu a dizer, foi o que me aconteceu. Ganhei uma bolsa em Oxford, me saí razoavelmente bem por lá e me encontrei, aos vinte e um anos, com uma cabeça coalhada de conhecimento inaplicável no mercado, ou, pode-se dizer, inaplicável a não ser que você seja muito esperto, o que eu não era. Então ingressei na Administração Pública, cuja trajetória me levou passo a passo ao cargo atual. A moral da minha história de vida é que entrei na política por acidente, não por vontade. Isso também acontece com outros — não sou o único e nem pretendo ser. Mas os peixinhos acidentais estão em minoria e não costumamos ocupar os cargos mais influentes. A grande maioria dos políticos está onde está porque querem, porque gostam dos holofotes, porque gostam da ideia de administrar as massas."

"Que confissão, Parkinson!"

"Agora entende o que eu digo?"

"Estou começando a enxergar, mas ainda é turvo. Você diz que a composição mental de um líder político provavelmente o leva a nem sequer cogitar a possibilidade de uma pessoa não considerar a ideia de ser um ditador totalmente intragável."

"Sim, eu entendi tudo, Chris", Leicester falou com um sorriso. "Corrupção por tudo, execuções só por comédia, esposas e filhas não estarão a salvo. Devo dizer que estou contente de estar deste lado."

"Deste lado?", disse o russo, um tanto surpreso. "Mais chance de perder pescoço."

"Sim, Alexis, mas não vamos tratar disso agora!"

"Algumas coisas estão ficando mais claras, Parkinson", Kingsley seguiu no seu passo. "Ainda não entendo, contudo, por que a ideia de nós como ditadores do mundo, por mais ridícula que a consideremos, deveria ser vista como alternativa pior do que a trajetória temível que tomamos."

"Perder poder pior coisa para Kremlin", disse Alexis.

"Alexis resume bem como sempre", Parkinson respondeu. "Perder o poder, de forma completa e absoluta, é a ideia mais temível que pode ocorrer a um político. Ofusca tudo o mais."

"Parkinson, assim você me deixa chocado. É sério. Sabe Deus a minha ojeriza aos políticos, mas não consigo conceber nem a pior pessoa do mundo deixar suas ambições pessoais acima do destino de toda a espécie."

"Oh, meu caro Kingsley, não consegue entender seus colegas? Conhece a expressão bíblica 'Que a tua mão direita não saiba o que faz a tua esquerda'? Entende o que quer dizer? Significa guardar suas ideias em compartimentozinhos estanques, onde eles nunca podem interagir e se contradizer. Significa que você pode ir à igreja uma vez por semana e pecar nos outros seis. Não pense que alguém vê esses mísseis como extinção potencial da humanidade. Nunca. É exatamente o contrário, um golpe audaz contra um invasor que já destruiu comunidades inteiras e deixou até as nações mais fortes à beira do desastre. É a resposta rebelde das democracias resolutas às ameaças de um tirano em potencial. Eu não estou rindo, falo muito sério. E não se esqueça do 'esposas e filhas não estarão a salvo' de Harry Leicester. Tem um pouco disso no meio."

"Mas é um absurdo de ridículo!"

"Para nós, sim. Para eles, não. É fácil encaixar seu próprio ânimo no que os outros dizem."

"Francamente, Parkinson, creio que essa situação deve ter esgotado todo o bom senso que você tinha. Não pode ser tão ruim quanto você acha. Há um ponto que prova isso. Como você ficou sabendo desses mísseis? De Londres, não foi o que disse?"

"Foi através de Londres."

"Então é evidente que lá ainda existe alguma dignidade."

"Desculpe decepcioná-lo, Kingsley. É fato que não consigo provar meu argumento na totalidade, mas sugiro que essa informação nunca teria chegado a nós se o governo britânico estivesse em condições de unir-se aos Estados Unidos e aos soviéticos. Veja bem: não temos mísseis para disparar. Talvez você se dê conta de que este país tem menos probabilidade de sofrer da sua suposta pretensão a dominar o mundo do que outros. Independentemente do quanto queiramos fingir, a Grã-Bretanha está caindo com velocidade no ranking do poder mundial. Talvez não fosse de todo mal para o governo britânico ver os Estados Unidos, os soviéticos, a China, a Alemanha e os demais terem de andar na linha a mando de um grupo de homens domiciliados na Grã-Bretanha. Talvez achem que vão brilhar mais forte no reflexo da sua — ou, se preferir, na *nossa* — glória do que eles brilham no momento. Talvez, inclusive, quando se trata de questões administrativas, eles acreditem que podem ludibriar você, para deixar o controle efetivo nas mãos deles."

"Por mais estranho que pareça, Parkinson, houve momentos em que me convenci de que sou extracínico."

Parkinson sorriu.

"Uma vez na vida, Kingsley, meu caro, vou falar com você com a franqueza brutal que deveriam ter lhe administrado anos atrás. Como cínico você é um fracasso, um acabado, um mero playboy. No cerne, e falo com toda seriedade, você é um idealista com a cabeça nas nuvens."

A voz de Marlowe interveio.

"Quando vocês acabarem de se analisar, não acham melhor dar alguma consideração ao que deveríamos fazer?"

"Como porcaria de peça de Tchékhov", Alexandrov resmungou.

"Mas interessante e não pouco arguta", disse McNeil.

"Ah, não há dificuldade alguma no que temos de fazer, Geoff. Precisamos ligar para a Nuvem e contar. É a única coisa a se fazer, do ponto de vista que for."

"Você está bem satisfeito quanto a esse aspecto, não é, Chris?"

"Não creio que haja dúvida nesse quesito. Vou dar a razão mais egoísta primeiro. É provável que evitemos o perigo do extermínio, porque não há probabilidade de a Nuvem ficar indignada se a avisarmos. Mas, apesar do que Parkinson vem dizendo, ainda acredito que eu faria a mesma coisa, mesmo que esse motivo não existisse. Embora soe esquisito e a palavra não expresse o que eu quero dizer, creio que é a opção mais *humanitária*. Mas, para ser pragmático, me parece que isso é algo a se decidir por consenso, ou, caso não cheguemos a consenso, por voto majoritário. Provavelmente poderíamos conversar sobre isso durante horas, mas imagino que já estejamos remoendo na cabeça nessa hora que passou. Supondo que façamos uma votação rápida, só por fazer. Leicester?"

"Apoio."

"Alexandrov?"

"Avisar canalha. Vamos perder pescoço mesmo assim."

"Marlowe?"

"De acordo."

"McNeil?"

"Sim."

"Parkinson?"

"De acordo."

"Por questão de interesse, Parkinson, e mesmo que tenhamos mais Tchékhov, pode nos dizer por que concorda? Desde o primeiro dia que nos vimos até esta manhã tive a impressão de que estávamos nos olhando de lados distintos da cerca."

"Estávamos, porque eu tinha uma função a cumprir, e a cumpri com a maior lealdade possível. Hoje, da minha perspectiva, eu me despi dessa lealdade e dei seu lugar a uma lealdade maior e mais profunda. Talvez eu esteja abrindo a possibilidade de que outros me taxem de idealista sonhador, mas acontece que concordo com tudo que você disse e sugeriu em relação a nosso dever perante a espécie humana. E concordo com o que falou a respeito das medidas humanitárias."

"Então estamos de acordo em chamar a Nuvem e informá-la quanto à existência desses mísseis?"

"Deveríamos consultar os outros, você acha?", Marlowe perguntou.

Kingsley respondeu:

"Pode parecer muito ditatorial dizer não, Geoff, mas sou contra qualquer alargamento da discussão. Para começar, acredito que, se consultássemos todo mundo e se chegássemos a uma decisão contrária, eu não a aceitaria. E tudo bem, aí está o ditador mais uma vez. Mas também temos a questão que Alexis mencionou, de que poderíamos acabar muito fácil perdendo o pescoço. Até o momento, nós desprezamos todas as autoridades instituídas, mas o fizemos de modo um tanto humorístico. Qualquer tentativa de nos acusar de infração jurídica seria tratada como troça nos tribunais. Mas a situação agora é outra. Se passarmos à Nuvem o que chamamos de informações militares, estaremos assumindo uma responsabilidade obviamente séria, e sou contra convocarmos muitos a compartilhar dessa responsabilidade. Não gostaria que Ann tivesse parte nisso, por exemplo."

"O que você acha, Parkinson?", Marlowe perguntou.

"Concordo com Kingsley. Lembrem-se de que, na realidade, não temos poder algum. Não há como impedir que a polícia venha e nos prenda quando bem entender. É fato que a Nuvem pode querer nos apoiar, principalmente após este episódio. Mas, mais uma vez, pode ser que não, talvez ela cesse por completo a comunicação com a Terra. Corremos o risco de ficar com nada além do nosso blefe. Em termos de blefes, é dos muito bons e não me surpreende que tenham engolido, até o momento. Mas não podemos continuar blefando pelo resto da vida. No mais, mesmo que consigamos trazer a Nuvem para nosso lado, ainda há uma falha vital na nossa posição. Uma coisa é dizer 'posso devastar o continente americano', mas você sabe muito bem que nunca o faria. Então, de qualquer modo, estamos reduzidos a um blefe."

Aquela perspectiva teve impacto um tanto arrepiante nos congregados.

"Então é bastante óbvio que esta decisão de avisar a Nuvem deve ser o mais sigilosa possível. Obviamente não pode sair desta reunião", comentou Leicester.

"Sigilo não é tão fácil quanto você imagina."

"O que você quer dizer com isso?"

"Você está esquecendo da informação que Londres me passou. Londres vai dar por certo que vamos informar à Nuvem. Está tudo bem, desde que o blefe se sustente, mas se não..."

"Então, se está dado por certo, vamos prosseguir. Se vamos ser punidos de qualquer jeito, deveríamos cometer o crime", comentou McNeil.

"Sim, vamos em frente. Já conversamos demais", disse Kingsley. "Harry, é melhor você preparar uma explicação gravada de todo o assunto. Depois continue transmitindo continuamente. Não precisa ter medo de ser captado por outro que não a Nuvem."

"Bom, Chris, eu preferiria que você fizesse a gravação. Você é melhor de papo que eu."

"Tudo bem. Vamos começar."

Depois de quinze horas de transmissão, recebeu-se uma resposta da Nuvem. Kingsley foi procurado por Leicester.

"Ela quer saber por que deixamos chegar a esse ponto. Não está contente."

Kingsley foi até o laboratório de transmissão, pegou o microfone e ditou a seguinte resposta:

"Esse ataque não tem nada a ver conosco. Achei que minha mensagem anterior teria sido clara neste sentido. Você está ciente dos fatos essenciais relativos à organização da sociedade humana, que ela se divide em várias comunidades de governo autônomo, que nenhum grupo controla as atividades dos outros. Desse modo, você não tem como supor que sua chegada ao Sistema Solar seja vista por outros grupos do mesmo modo que nós vimos. Pode lhe interessar saber que, ao lhe enviar esse aviso, estamos arriscando seriamente nossa própria segurança, quem sabe até nossas vidas."

"Jesus! Não precisa piorar a situação, não acha, Chris? Você não vai deixá-la mais calma falando desse jeito."

"Não vejo por que não. De qualquer modo, se vamos aceitar represálias devemos nos dar ao luxo de falar com clareza."

Marlowe e Parkinson entraram.

"Ficarão contentes em saber que Chris anda tratando a Nuvem com desprezo", Leicester comentou.

"Meu Deus, ele precisa mesmo vir de Ájax?"

Parkinson olhou longa e seriamente para Marlowe.

"Sabe que, de certo modo, é notável como isso lembra algumas ideias dos gregos. Eles achavam que Júpiter viajava numa nuvem negra e disparava trovões. É praticamente o que temos."

"Um pouco esquisito, não é? Desde que não termine em tragédia grega."

A tragédia, contudo, estava mais próxima do que qualquer um supunha.

A resposta a Kingsley chegou:

"Mensagem e argumentos recebidos. Pelo que você diz, presume-se que esses mísseis não foram disparados próximos da sua região na Terra. A não ser que eu ouça o contrário nos próximos minutos, agirei conforme a decisão que já tomei. Talvez lhes interesse saber que decidi inverter o movimento dos mísseis em relação à Terra. Em cada um dos casos, a trajetória será invertida, mas a velocidade ficará inalterada. Isso será implementado assim que cada míssil estiver em voo há um número de dias exato. Por fim, quando implementado, acrescentarei uma pequena irregularidade às trajetórias."

Quando a Nuvem terminou, Kingsley soltou um fino assobio.

"Meu Deus, que decisão", Marlowe cochichou.

"Desculpem. Não entendi", Parkinson admitiu.

"Bom, inversão das trajetórias significa que os mísseis vão fazer a mesma trajetória ao contrário — relativa à Terra, como perceberam."

"Quer dizer que vão atingir a Terra!"

"É claro, mas não acaba por aí. Se eles forem invertidos depois de um certo número de dias, levará um certo número de dias para eles refazerem essas trajetórias, de modo que quando atingirem a Terra eles vão atingir exatamente os pontos de onde partiram."

"Por que exatamente?"

"Porque depois de um certo número de dias a Terra estará na mesma posição em sua rotação."

"E qual é o sentido de 'relativo à Terra'?"

"É para nos certificar de que ele está levando em conta o movimento da Terra em relação ao Sol", disse Leicester.

"E o movimento do Sol na Galáxia", Marlowe complementou.

"Então significa que quem disparou os mísseis vai recebê-los de volta. Santo Deus. É a sentença de Salomão."

Até esse momento Kingsley só ficara ouvindo a conversa. Então se pronunciou:

"Um último mexerico para você, Parkinson: aquela questão sobre o acréscimo de irregularidade significa que não saberemos *exatamente* onde vão aterrissar. Só saberemos com uma aproximação de algumas centenas de quilômetros, quem sabe mil e tantos quilômetros. Sinto muito, Geoff."

Marlowe pareceu mais envelhecido do que Kingsley podia recordar.

"Podia ter sido pior; podemos nos consolar com isso, creio eu. Ainda bem que os Estados Unidos são um país grande."

"Bom, é o fim da nossa ideia de sigilo", comentou Kingsley. "Nunca acreditei em sigilo e agora ele espirrou na minha cara. Aí está outra sentença de Salomão."

"O que você quer dizer quanto ao fim do sigilo?"

"Ora, Harry, temos de alertar Washington. Se cem bombas de hidrogênio vão cair nos Estados Unidos nos próximos dias, pelo menos eles conseguirão dispersar as pessoas das metrópoles."

"Mas se fizermos isso, o mundo inteiro vai querer nossa cabeça!"

"Eu sei. Mesmo assim, precisamos correr esse risco. O que acha, Parkinson?"

"Acho que tem razão, Kingsley. Devemos avisar. Mas não se engane: nossa posição será extremamente arriscada. Teremos de trabalhar bem esse blefe, se não..."

"Não vale a pena se preocupar com essa bagunça até embarcarmos nela. A primeira coisa a fazer é passar por Washington. Podemos ter segurança de que eles transmitirão a informação aos russos."

Kingsley ligou o transmissor de dez centímetros. Marlowe veio até ele, resoluto.

"Não será fácil, Chris. Se não se importa, será melhor que eu faça. E prefiro fazer. Pode ser um tanto humilhante."

"Provavelmente será difícil, Geoff, mas se é o que quer, então vai em frente. Deixaremos você a sós, mas lembre-se de que não estaremos longe caso precise de ajuda."

Kingsley, Parkinson e Leicester deixaram Marlowe a sós para transmitir a mensagem, uma mensagem que continha admissão de lesa-pátria, que qualquer tribunal terrestre interpretaria como traição.

Marlowe estava abalado e pálido quando reencontrou os outros, quarenta e cinco minutos depois.

"Contentes, é certo que não ficaram", foi tudo que ele disse.

Os governos norte-americano e russo ficaram ainda menos contentes quando, dois dias depois, uma bomba de hidrogênio dizimou a cidade de El Paso. Vieram outras: uma na região sudeste de Chicago e outra nos arredores de Kiev. Embora tenha havido tentativas apressadas nos Estados Unidos de dispersar todas as populações, a dispersão foi previsivelmente incompleta, e mais de duzentas e cinquenta mil pessoas perderam a vida. O governo russo não fez nenhum esforço para alertar seu povo, e como consequência as baixas em uma cidade russa excederam o total agregado de duas norte-americanas.

Lamentam-se as vidas que se perdem "por ato divino", talvez lamentem-se de maneira profunda, mas elas não atiçam nossos sentimentos mais selvagens. É o contrário quando se perdem vidas devido ao agir humano deliberado. Aqui a palavra "deliberado" é importante. Um assassinato deliberado pode render uma reação mais aguda do que dez mil mortes nas estradas. Assim se entende por que meio milhão de fatalidades provocadas pelos mísseis de hidrogênio ficaram mais marcadas nos governos do mundo do que os desastres muito mais vastos que ocorreram no período de intenso calor e no período subsequente de intenso frio. Estes últimos haviam sido tratados como "atos divinos". Porém, particularmente aos olhos do governo dos Estados Unidos, as mortes por hidrogênio foram assassinatos, assassinatos em escala gigantesca, perpetrados por um grupelho de homens perigosos, os quais, para satisfazer ambições insaciáveis, haviam se aliado à coisa do céu, homens culpados de trair toda a espécie humana. Dali em diante, os mandantes de Nortonstowe seriam homens jurados de morte.

12.
Informes de partida

Paradoxalmente, embora o episódio dos mísseis de hidrogênio tenha gerado uma lista de inimigos rancorosos e irredutíveis, a curto prazo consolidou a posição de Kingsley e companhia. A inversão dos mísseis dera a prova temível do poder da Nuvem. Agora, ninguém fora de Nortonstowe duvidava que ela causaria destruição se fosse convocada a tanto pelo grupo de Nortonstowe. Ressaltou-se em Washington que, mesmo que antes houvesse alguma dúvida quanto à disposição da Nuvem de tomar o partido de Kingsley, agora com certeza não haveria, não se a Nuvem tivesse alguma concepção de *quid pro quo*. Pensou-se na possibilidade de varrer Nortonstowe com um míssil intercontinental. Embora não se tenha levado em consideração a possibilidade de objeção veemente do governo britânico — em grande parte porque a posição do próprio governo britânico na questão foi considerada suspeita —, o plano foi abandonado em seguida. Considerou-se que a precisão de disparo de um míssil como esse era inadequada para o fim; um bombardeio malogrado, pensou-se, levaria a uma retaliação rápida e temível.

Talvez igualmente paradoxal, a consolidação inegável do blefe não levantou os ânimos de quem estava em Nortonstowe ou, no caso, daqueles que estavam cientes da questão. Entre eles, Weichart agora se incluía. Havia se recuperado de uma gripe forte que o deixara prostrado nos dias críticos. Logo, contudo, sua mente inquisitiva desencavou os principais fatos do caso. Um dia ele entrou numa discussão com Alexandrov que os outros acharam divertida. Foi uma rara ocasião. Os primeiros tempos, de relativa descontração, haviam passado. Nunca mais voltariam.

"Me parece que aquelas irregularidades nos mísseis foram aplicadas de propósito", Weichart começou a dizer.

"Por que diz isso, Dave?", Marlowe perguntou.

"É óbvio que a probabilidade de três cidades serem atingidas por cento e tantos mísseis em trajetória aleatória é muito pequena. Assim, concluo que os mísseis não tiveram deslocamento aleatório. Acho que eles foram guiados propositalmente para atingir determinados alvos."

"Há uma objeção nesse sentido", McNeil defendeu. "Se os mísseis foram guiados com um propósito, como foi que apenas três atingiram os alvos?"

"Talvez apenas três tenham sido guiados, ou quem sabe a orientação não tenha sido perfeita. Não tenho como saber."

Ouviu-se uma risada zombeteira de Alexandrov.

"Discussão desgraçada", ele afirmou.

"Como assim 'discussão desgraçada'?"

"Inventar discussão desgraçada como essa. Joga golfe e bate em bola. Bola para em moita — pronto. Probabilidade de bola parar em moita muito pequena, muito, muito pequena. Milhões outros moitas para bola parar. Probabilidade muito pequena, muito, muito, muito pequena. Então jogador não bateu em bola, bola proposital guiou para moita. É discussão desgraçada. Sim? Como discussão de Weichart."

Foi a fala mais longa que qualquer deles já havia escutado de Alexandrov.

Weichart não se deixou levar. Quando as risadas cessaram, voltou à questão.

"A nós parece claro. Se fossem guiados, era mais provável que atingissem seus alvos do que se tivessem deslocamento a esmo. E como eles atingiram os alvos, me parece evidente que há mais chance de eles terem sido guiados do que não terem sido."

Alexandrov entrou com um sinal retórico.

"É desgraçada, sim?"

"O que Alexis quer dizer, creio eu", explicou Kingsley, "é que não temos justificativa para supor que houve alvos específicos. A falácia no argumento sobre o jogador de golfe está em escolher determinada moita como alvo, dado que o jogador obviamente não pensava nesse resultado antes da tacada."

O russo assentiu.

"Tem de dizer qual alvo é antes de jogar, não depois, porcaria. Vestir camiseta antes, não depois de fato."

"Porque, na ciência, só a previsão importa?"

"Isso, porqueira. Weichart prevê mísseis guiados. Tudo bem, pergunta para Nuvem. Único jeito que resolve. Não tem como decidir em discussão."

Foi o que trouxe à atenção deles uma conjuntura deprimente. Desde o caso com os mísseis, toda comunicação com a Nuvem havia cessado. E ninguém havia se sentido confiante para chamá-la.

"Não me parece que a Nuvem aceitaria bem tal pergunta. Parece que ela se retirou com raiva", comentou Marlowe.

Mas Marlowe estava errado, como eles ficaram sabendo dois ou três dias depois. Chegou uma mensagem surpresa, dizendo que a Nuvem começaria a se distanciar do Sol em aproximadamente dez dias.

"É incrível", Leicester disse a Parkinson e Kingsley. "Antes, era como se a Nuvem tivesse plena certeza de que ia ficar pelo menos cinquenta anos e talvez mais que um século." Parkinson ficou preocupado.

"Devo dizer que, para nós, a perspectiva é sombria. Assim que a Nuvem for embora, estamos acabados. Não existe tribunal no mundo que vá nos dar apoio. Quanto tempo temos de comunicação com a Nuvem?"

"Ah, no que diz respeito à potência dos transmissores, poderíamos manter contato por vinte anos ou mais, mesmo que a Nuvem acelere a altíssima velocidade. Mas, segundo a última mensagem dela, não conseguiremos manter contato algum enquanto ela começa a aceleração. Parece que as condições elétricas serão bastante caóticas nas zonas externas da Nuvem. Muito 'ruído' elétrico para haver comunicação. Então não temos como esperar que uma mensagem passe até que o processo de aceleração pare. Pode levar anos."

"Céus, Leicester, quer dizer que você ainda tem dez dias e depois não poderemos fazer nada por anos?"

"Isso mesmo."

Parkinson resmungou.

"Então estamos acabados. O que podemos fazer?"

Kingsley falou pela primeira vez.

"Nada de mais, provavelmente. Mas pelo menos podemos descobrir por que a Nuvem decidiu se retirar. Parece que foi uma mudança de ideia drástica e deve haver um motivo forte. É válido tentar descobrir o que houve. Vejamos o que ela tem a dizer."

"Talvez não tenhamos resposta nenhuma", Leicester respondeu, melancólico.

Mas eles tiveram a resposta:

"A resposta à sua pergunta é de difícil explicação para mim, pois parece dizer respeito a um domínio da experiência no qual nem eu nem vocês sabemos o que quer que seja. Em ocasiões anteriores, não discutimos a natureza das crenças religiosas humanas. Eu as considero demasiado ilógicas e, como concluí que vocês também as consideravam assim, não havia sentido em trazer o assunto à tona. No geral, a religião convencional, tal como é aceita por muitos humanos, é ilógica na sua tentativa de conceber entidades que existam à parte do Universo. Já que o

Universo engloba tudo, é evidente que nada pode ficar de fora. A ideia de um 'deus' que cria o Universo é um absurdo mecanicista, evidentemente derivado do fato de que os humanos produzem máquinas. Creio que estamos de acordo nesse aspecto.

"Ainda assim, restam diversos mistérios. É provável que vocês tenham se perguntado se existe uma inteligência de maior escala que a sua. Agora sabem que sim. De modo similar, pondero a existência de uma inteligência em escala maior que a minha. Não há nenhuma nesta Galáxia e, até onde estou ciente, nenhuma em outras galáxias. Mas há forte evidência, sinto eu, de que tal inteligência tem parte significativa na nossa existência. Se não, como se decide como a matéria vive? Como se determinam as leis da física? Por que estas leis e não outras?

"Tais problemas são de dificuldade extraordinária, tão difíceis que eu não consegui resolver. O que fica claro, contudo, é que tal inteligência, se existir, não pode ser limitada espacial nem temporalmente, do modo que for.

"Embora eu diga que esses problemas são de extrema dificuldade, há evidência de que existe solução. Por volta de dois bilhões de anos atrás, um de nós afirmou ter a solução.

"Enviou-se uma transmissão com essa afirmação, mas antes de a solução em si ser difundida, a transmissão sofreu um encerramento abrupto. Houve tentativas de restabelecer contato com o indivíduo em questão, mas as tentativas não tiveram êxito. Nem se encontrou rastro físico do indivíduo.

"O mesmo padrão de ocorrência se repetiu há aproximadamente quatrocentos milhões de anos. Lembro bem porque aconteceu pouco após meu nascimento. Lembro de receber uma mensagem triunfante para dizer que havia sido encontrada uma solução aos grandes problemas. 'Segurei o fôlego', como dizem vocês, esperando pelas soluções, mas mais uma vez elas não vieram. Tampouco se encontrou qualquer rastro do indivíduo em questão.

"Essa mesma cadeia de fatos se repetiu pela terceira vez. Aconteceu que aquele que afirmava a grande descoberta situava-se a pouco mais de dois anos-luz daqui. Sou seu vizinho mais próximo e, portanto, é necessário que eu prossiga até a cena sem delongas. É o motivo da minha partida."

Kingsley pegou o microfone.

"O que você espera descobrir quando chegar ao cenário do ocorrido, seja lá o que for? Supomos que você tenha uma ampla reserva de alimento?"

A resposta chegou:

"Obrigado pela preocupação. Sim, detenho uma reserva de alimentos químicos. Não é ampla, mas deve ser suficiente, desde que eu viaje a velocidade máxima. Considerei a possibilidade de retardar minha partida por alguns anos, mas não creio que isso se justifique nas atuais circunstâncias. Em relação ao que espero descobrir, gostaria de resolver uma antiga controvérsia. Defendeu-se, e creio que não de modo plausível, que essas ocorrências singulares advêm de uma condição neurológica anormal seguida pelo suicídio. É sabido que o suicídio pode assumir a forma de uma vasta explosão nuclear que provoca a desintegração total do indivíduo. Caso isso tenha acontecido, talvez haja explicação para a impossibilidade de encontrar rastros materiais dos indivíduos nesses casos.

"Na situação atual, talvez me seja possível pôr essa teoria decisiva à prova, pois o incidente, seja qual for, ocorreu tão próximo que eu consigo chegar ao local em apenas duzentos ou trezentos anos. É um tempo tão curto que os destroços da explosão, se é que houve explosão, ainda não terão dispersado."

Ao fim dessa mensagem, Kingsley olhou para o laboratório à sua volta.

"Então, colegas, esta deve ser uma das nossas últimas chances de fazer perguntas. E se fizermos uma lista? Sugestões?"

"Bom, o que pode ter acontecido com esses fulanos, se não cometeram suicídio? Pergunte se ela tem alguma opinião", disse Leicester.

"Também queremos saber se ela vai abandonar o Sistema Solar de uma maneira que não faça mal à Terra", comentou Parkinson.

Marlowe assentiu.

"Pronto. Parece que há três percalços possíveis:

"1. Que tenhamos o estouro de uma dessas balas de gás quando a Nuvem começar a acelerar.

"2. Que nos misturemos à Nuvem e nossa atmosfera seja arrancada.

"3. Que sejamos torrados pelo calor, seja pelo reflexo excessivo de luz solar na superfície da Nuvem, como tivemos no período de calor, seja pela energia que se liberar no processo de aceleração."

"Então ficamos decididos. Vamos fazer essas perguntas."

A resposta da Nuvem deu mais alento do que eles esperavam em relação às dúvidas de Marlowe.

"Tenho essas questões em consideração", ela disse. "Planejo fornecer um filtro para proteger a Terra durante os primeiros estágios de aceleração, que será bem mais violento do que a desaceleração que ocorreu quando cheguei. Sem esse filtro, vocês seriam tão abrasados que inevitavelmente toda a vida na Terra chegaria ao fim. Será necessário, contudo, que o material de filtragem passe pelo Sol, cuja luz será apagada por volta de uma quinzena; mas isso, imagino eu, não causará danos permanentes. Nos estágios posteriores à minha retirada, haverá certa dose de luz solar refletida, mas esse calor extra não será tão forte como deve ter sido à minha chegada.

"É difícil dar uma resposta à sua outra pergunta que seja inteligível no atual estado da sua ciência. Em termos grosseiros, aparentemente há limitações inerentes de natureza física ao tipo de informação que se pode trocar entre inteligências. A desconfiança é de que exista um limite absoluto à transmissão de informações relativas aos problemas profundos. É como se qualquer inteligência que tentasse transmitir tal informação fosse engolida pelo espaço, ou seja, o espaço se encerra de tal maneira que impossibilita qualquer tipo de comunicação com outros indivíduos de hierarquia similar."

"Entendeu, Chris?", disse Leicester.

"Não, não entendi. Mas quero fazer outra pergunta."

Então Kingsley fez sua pergunta:

"Você há de notar que não fizemos tentativa alguma de pedir informações relativas a teorias e fatos físicos que não nos sejam conhecidos. Essa omissão não se deve à falta de interesse, mas sim porque acreditamos que amplas oportunidades se apresentariam em estágio posterior. Agora parece que não teremos tais oportunidades. Você tem alguma sugestão de como devemos tirar o melhor proveito deste pouco tempo?"

A resposta chegou:

"É uma pergunta à qual já dei certa consideração. Aqui temos uma dificuldade crucial. Nossas discussões se deram no seu idioma. Assim fomos limitados a ideias que podem ser entendidas em termos da língua, ou seja, essencialmente fomos limitados a coisas que vocês já sabem. Não há comunicação veloz nem conhecimento radicalmente novo que seja possível caso não se aprenda algo da minha língua.

"Isso levanta dois pontos, quais sejam o pragmático e, o outro, a questão vital de o cérebro humano possuir ou não a devida capacidade neurológica. À última pergunta não tenho resposta certa, mas parece haver provas que apoiam certa medida de otimismo. As explicações que se costuma oferecer para a incidência de humanos de gênio excepcional me parece errada. Genialidade não é um fenômeno biológico. Uma criança não possui genialidade ao nascer: genialidade se aprende. Biólogos que afirmam o contrário ignoram os fatos da sua própria ciência, que seja, que a espécie humana não está sujeita à seleção por genialidade, tampouco há provas de que a genialidade seja transmitida entre pais e filhos.

"A infrequência da genialidade explica-se através da simples probabilística. Uma criança tem de aprender muito até chegar à idade adulta. Pode-se aprender processos tais como a multiplicação de números de várias maneiras. Com isso quero dizer que o cérebro pode se desenvolver de várias maneiras, todas possibilitando a ele multiplicar números, mas, de modo algum, de maneira alguma, com a mesma facilidade. Quem desenvolveu uma maneira favorável são os que dizemos 'bons' em aritmética, enquanto os que encontram caminhos ineficientes são considerados 'ruins' ou 'lerdos'. Então, o que decide como uma pessoa em particular se desenvolve? A resposta é: o acaso. E o acaso dá conta da diferença entre o gênio e o estúpido. O gênio é aquele que teve sorte em todos os processos de aprendizado. O estúpido é o contrário, e a pessoa comum é aquela que não teve nem sorte em particular nem foi particularmente azarada."

"Temo que eu seja estúpido demais para entender do que ela está falando. Alguém pode me explicar?", Parkinson comentou durante uma pausa na mensagem.

"Bom, dado que o aprendizado pode acontecer de várias maneiras, algumas melhores que outras, suponho que se reduz mesmo a uma questão de acaso", respondeu Kingsley. "Fazendo uma analogia, é como apostar no futebol. Saber se o cérebro vai se desenvolver da maneira mais eficiente, não apenas em um processo de aprendizado, mas em uma dúzia ou mais, é como apostar o resultado de todas as partidas de futebol e acertar todas."

"Entendi. E isso explica por que o gênio é essa ave rara, creio eu", exclamou Parkinson.

"Sim, tão ou mais rara que os vencedores de uma loteria. Também explica por que um gênio não pode passar suas faculdades aos filhos. A sorte não é uma mercadoria que se transmite por herança."

A Nuvem retomou sua mensagem.

"Tudo sugere que o cérebro humano é inerentemente capaz de performar muito melhor, desde que o aprendizado seja induzido da melhor maneira. E é isso que eu proponho que se faça. Proponho que um ou mais de vocês tente aprender meu método de pensar e que isso seja conduzido da forma mais proveitosa possível. É evidente que o processo de aprendizado não se dará na sua língua, de modo que a comunicação procederá de modo muito diferente. Dos seus órgãos de sentido, os mais apropriados para receber informações complexas são os olhos. É raro que vocês usem os olhos na linguagem comum, mas é sobretudo através deles que uma criança constitui seu retrato do mundo complexo que tem ao seu redor. E é através dos olhos que planejo abrir um novo mundo a vocês.

"Minhas exigências serão relativamente simples. Vou descrevê-las a partir de agora."

Assim seguiram-se detalhes técnicos que Leicester anotou meticulosamente. Quando a Nuvem terminou, Leicester comentou:

"Ora, não será tão difícil. Vários circuitos de filtro e uma bancada de tubos de raios catódicos."

"Mas como vamos receber a informação?", Marlowe perguntou.

"Bom, a princípio por rádio, depois pelos circuitos discriminantes que filtram cada pedacinho da mensagem para cada tubo."

"Há códigos para cada filtro."

"Isso mesmo. Então é um tipo de padrão ordenado que pode ser colocado nos tubos, mas não tenho a menor ideia do que é que devemos entender."

"É bom nos apressarmos. Temos pouquíssimo tempo", disse Kingsley.

Durante as vinte e quatro horas seguintes, houve melhoria acentuada no ânimo de Nortonstowe. A turma que se reuniu diante do equipamento recém-construído na noite seguinte estava com expectativas e relativamente mais descontraída.

"Começando a nevar", Barnett comentou.

"Me parece que teremos um inverno dos diabos, à parte de outra quinzena de noite ártica", disse Weichart.

"Alguma ideia do que seria essa pantomima?"

"Nenhuma. Não entendo o que planejamos captar olhando estes tubos."

"Nem eu."

A primeira mensagem da Nuvem provocou alguma confusão:

"Será conveniente se envolver apenas uma pessoa, ao menos de início. Mais tarde talvez seja possível instruir outros."

"Mas achei que todos teríamos assento privilegiado", alguém comentou.

"Não, é justo assim", disse Leicester. "Se olharem com atenção, vocês vão ver que os tubos têm orientação especial para alguém sentado nesta cadeira em particular, aqui. Tivemos instruções especiais quanto à disposição dos assentos. Não sei o que isso quer dizer, mas espero que tudo esteja devidamente preparado."

"Bom, parece que temos de pedir um voluntário", Marlowe exclamou. "Quem vem para a primeira assistência?"

Houve uma longa pausa que quase se tornou um silêncio de vergonha. Ao fim, Weichart tomou a frente.

"Se todos os outros estão acanhados, acho que me disponho a ser a cobaia."

McNeil lhe dirigiu um olhar demorado.

"Mas temos uma questão, Weichart. Você percebe que este negócio pode trazer consigo um elemento de risco? Para você isso está claro, imagino eu?"

Weichart riu.

"Não se preocupe. Não será a primeira vez que passo horas assistindo a tubos de raios catódicos."

"Pois bem, então. Se você se dispõe a tentar, por favor, tome o assento."

"Cuidado com a cadeira, Dave. Vai que Harry a tenha preparado eletricamente para você", Marlowe falou, arreganhando-se.

Pouco depois, luzes começaram a piscar nos tubos.

"Joe está começando", disse Leicester.

Era difícil perceber se havia algum padrão nas luzes.

"O que ela diz, Dave? Está recebendo a mensagem?", Barnett perguntou.

"Nada que eu consiga entender", comentou Weichart, colocando uma perna na cadeira. "Parece uma salada bem aleatória e ininteligível. Mas vou continuar procurando sentido."

O tempo se arrastou de modo incoerente. A maior parte da turma perdeu o interesse nas luzes piscantes. Conversas multidirecionais irromperam e Weichart foi deixado à vigília solitária. Enfim, Marlowe lhe perguntou:

"Como está indo, Dave?"

Nenhuma resposta.

"Ei, Dave, o que está acontecendo?"

Ainda sem resposta.

"Dave!"

Marlowe e McNeil se aproximaram cada um de um lado da cadeira de Weichart.

"Dave, por que não responde?"

McNeil tocou no ombro dele, mas ainda assim não teve resposta. Eles ficaram observando seus olhos, fixados no primeiro grupo de tubos, depois passando rápido a outro.

"O que foi, John?", Kingsley perguntou.

"Acho que ele entrou num estado hipnótico. Parece que ele não capta nenhum dado sensorial fora dos olhos, e os olhos parecem exclusivamente direcionados aos tubos."

"Como que isso aconteceu?"

"Condição hipnótica induzida por meios visuais. Não é uma técnica desconhecida."

"Você acha que foi uma indução proposital?"

"É o que parece mais provável. Não tenho como acreditar que teria acontecido por acidente. E observe os olhos. Veja como se mexem. Não é acaso. Parece proposital, muito proposital."

"Eu nunca diria que Weichart seria vítima de um hipnotizador."

"Nem eu. É impressionante e muito singular."

"O que você quer dizer?", Marlowe perguntou.

"Bom, embora um hipnotizador humano comum possa usar algum método visual para induzir o estado hipnótico, ele nunca usaria um meio puramente visual para transmitir informação. O hipnotizador conversa com a pessoa, ele transmite significados a partir das palavras. Mas aqui não há palavras. Por isso que é muito estranho."

"Foi engraçado você avisar Dave. Tinha ideia do que ia acontecer, McNeil?"

"Não, não com detalhes, é claro. Mas avanços recentes na neurofisiologia demonstraram efeitos muito esquisitos quando se disparam luzes nos olhos em ritmos próximos às velocidades de varredura no cérebro. E então ficou óbvio que a Nuvem não podia fazer o que disse que faria a não ser que acontecesse algo de muito notável."

Kingsley veio até a cadeira.

"Acha que devemos fazer alguma coisa? Tirá-lo daqui, por exemplo. Poderíamos tirá-lo com facilidade."

"Não recomendo, Chris. Ele provavelmente iria debater-se com violência, e pode ser perigoso. No geral, é melhor deixá-lo assim. Ele entrou de olhos abertos, tanto no sentido literal como no figurado. É claro que ficarei ao lado dele. Os demais, porém, deveriam sair. Deixem alguém que possa levar uma mensagem — pode ser Stoddard — e chamo vocês se acontecer algo."

"Tudo bem. Estaremos prontos caso precise de nós", Kingsley concordou.

Ninguém queria sair do laboratório, mas percebeu-se que a sugestão de McNeil era mais que uma recomendação.

"Não cairia bem que todo este grupo fosse hipnotizado", Barnett comentou. "Só espero que o velho Dave fique bem", ele complementou, nervoso.

"Poderíamos, acredito eu, ter desligado a aparelhagem. Mas McNeil achou que poderia causar problemas. Um choque, imagino eu." Isto veio de Leicester.

"Não tenho a menor ideia de qual informação Dave pode estar recebendo", disse Marlowe.

"Bom, imagino que saberemos em breve. Não creio que a Nuvem vai continuar por muitas horas. Ela nunca fez isso", observou Parkinson.

Mas aconteceu que a transmissão foi das longas. Conforme as horas avançavam, vários do grupo se retiraram para a cama. Marlowe expressou a opinião geral:

"Bom, não vamos ajudar Dave em nada, e estamos perdendo horas de sono. Acho que vou tirar uma ou duas pestanas."

Kingsley foi acordado por Stoddard.

"O doutor precisa do senhor, dr. Kingsley."

Kingsley descobriu que Stoddard e McNeil haviam conseguido levar Weichart para um dos quartos, então evidentemente a questão estava encerrada, no mínimo por enquanto.

"O que foi, John?", ele perguntou.

"Não estou gostando da situação, Chris. A temperatura dele está subindo rápido. Não há muito sentido em você entrar para vê-lo. Dave não está lúcido e, com quarenta graus de febre, é improvável que fique."

"Tem ideia do que há de errado?"

"É óbvio que não tenho como ter certeza, pois nunca me deparei com um caso assim. Mas se eu não soubesse o que transcorreu, teria dito que Weichart sofreu uma inflamação do tecido cerebral."

"Isso é muito sério, não é?"

"Extremamente. Há pouquíssimo que qualquer um de nós possa fazer por ele, mas achei que gostariam de saber."

"Sim, é claro. Tem ideia do que pode ter provocado isso?"

"Bom, eu diria que a taxa de trabalho foi elevada, uma demanda grande demais para o sistema neurológico e todos os tecidos de apoio. Mas não passa de uma opinião."

A temperatura de Weichart continuou subindo durante o dia e ao fim da tarde ele faleceu.

Por motivos profissionais, McNeil gostaria de ter realizado uma autópsia, mas, por consideração aos outros, resolveu que não faria. Ele ficou a sós, melancólico, pensando que deveria ter previsto a tragédia de alguma maneira e tomado medidas para impedi-la. Mas ele não a havia previsto, tampouco previu os fatos que se seguiriam. O primeiro alerta veio de Ann Halsey. Ela estava histérica quando abordou McNeil.

"John, você tem de fazer alguma coisa. É o Chris. Ele vai se matar."

"O quê?!"

"Ele vai fazer a mesma coisa que Dave Weichart. Faz horas que venho tentando convencê-lo a não fazer nada, mas ele nem me dá bola. Ele disse que vai falar para a Coisa ir com mais calma, que o que matou Dave foi a velocidade. É verdade?"

"Pode ser. Não sei ao certo, mas é perfeitamente possível."

"Me diga com franqueza, John, há alguma chance?"

"Pode haver. Mas não sei o bastante para dar uma opinião definitiva."

"Então você precisa impedi-lo!"

"Vou tentar. Vou falar com ele agora mesmo. Onde está?"

"Nos laboratórios. Não adianta falar. Ele terá de ser detido à força. É a única maneira."

McNeil foi direto ao laboratório de transmissão. A porta estava trancada, então ele martelou forte. A voz de Kingsley veio fraca.

"Quem é?"

"É McNeil. Deixe-me entrar, por favor?"

A porta abriu e, assim que entrou na sala, McNeil viu que o equipamento estava ligado.

"Ann acabou de me contar, Chris. Você não acha que é um pouco de loucura, ainda mais poucas horas depois da morte de Weichart?"

"Você não acha que eu gosto dessa ideia, não é, John? Eu lhe garanto que considero a vida tão agradável quanto qualquer um. Mas é algo que precisa ser feito e precisa ser feito agora. A oportunidade vai passar em pouco mais de uma semana, e é uma oportunidade que nós, humanos, não podemos desperdiçar. Depois da experiência com o pobre Weichart, era improvável que outra pessoa viesse à frente, então terei de ser eu. Não sou uma dessas figuras corajosas que contempla o perigo com placidez. Se eu tenho um trabalho difícil pela frente, eu entro de cabeça — o que me poupa de pensar."

"Tudo bem, Chris, mas você não vai ajudar ninguém se matando."

"Isso é um absurdo e você sabe que é. Os riscos neste negócio são muito altos, tão altos que vale a pena jogar, mesmo que a chance de vencer não seja das grandes. Essa é a questão número um. A questão número dois é que talvez eu tenha uma grande oportunidade. Já me comuniquei com a Nuvem e disse para ela ser mais lenta. Ela concordou. Você mesmo disse que assim devo evitar o pior dos percalços."

"Pode ser. Mas pode ser que não. Além disso, se você evitar o percalço que Weichart teve, pode haver outros perigos dos quais não sabemos."

"Então você vai saber quais são a partir de mim, o que vai deixar mais fácil para todos os demais, assim como será um pouco mais fácil para mim do que foi para Weichart. Não adianta, John. Estou decidido e vou iniciar em questão de minutos."

McNeil viu que não havia como convencer Kingsley.

"Enfim", ele disse, "suponho que você não terá objeção a eu ficar aqui. Levou aproximadamente dez horas com Weichart. Com você vai ser mais. Você vai precisar de comida para manter um bom abastecimento de sangue no cérebro."

"Mas não posso parar para comer, homem! Você não entende o que isso significa? Significa o contato com um novo campo de conhecimento, aprender com uma só aula!"

"Não estou sugerindo que você pare para o jantar. Estou sugerindo que eu lhe dê injeções de tempos em tempos. A julgar pela condição de Weichart, você nem vai sentir."

"Ah, com isso não me preocupo. Pode injetar o que lhe fizer feliz. Mas desculpe, John, eu tenho de pôr a mão na massa."

É desnecessário narrar os fatos a seguir em detalhes, já que com Kingsley eles seguiram praticamente o mesmo padrão que haviam seguido com Weichart. A condição hipnótica durou mais, contudo, quase dois dias. Ao final, ele foi levado para a cama sob direção de McNeil. Nas horas seguintes, surgiram sintomas alarmantes de tão similares aos de Weichart. A temperatura de Kingsley subiu a 39°... 39,5°... 40°. Mas depois firmou-se, parou de subir e, hora após hora, diminuiu paulatinamente. Conforme diminuiu, as esperanças cresceram entre os que estavam ao redor da cama, em especial McNeil e Ann Halsey, que nunca o deixaram, e Marlowe, Parkinson e Alexandrov.

A consciência voltou cerca de trinta e seis horas após o final da transmissão da Nuvem. Por alguns minutos, uma série fabulosa de expressões passeou pelo rosto de Kingsley: algumas eram bem conhecidas dos observadores, outras eram de todo alienígenas. Todo o horror da situação de Kingsley desenvolveu-se de repente. Começou com um espasmo descontrolado do rosto e com resmungos incoerentes. Que logo viraram gritos, depois berros desvairados.

"Meu Deus, ele está tendo uma convulsão", Marlowe exclamou.

Enfim, o ataque abrandou após uma injeção de McNeil, que naquele momento insistiu em ficar a sós com o homem demenciado. Ao longo do dia, os outros ouviram gritos abafados de tempos em tempos, que se extinguiram sob repetidas injeções.

Marlowe conseguiu convencer Ann Halsey a dar uma caminhada com ele à tarde. Foi a caminhada mais difícil que ele já experienciou.

À noite, ele estava sentado no próprio quarto, melancólico, quando McNeil entrou, um McNeil esquelético e de olhos fundos.

"Ele se foi", anunciou o irlandês.

"Meu Deus, que tragédia horrível e desnecessária."

"Sim, homem, uma tragédia maior do que você se dá conta."

"O que você quer dizer?"

"Quero dizer que era delicado se ele ia se salvar ou não. À tarde, ele passou quase uma hora com sanidade. Ele me disse qual era o problema. Ele se debateu e, conforme os minutos passaram, achei que fosse vencer. Mas não era para ser. Ele teve outro acesso e morreu."

"Mas o que foi?"

"Algo óbvio, que deveríamos ter previsto. O que não havíamos pensado era na quantidade tremenda de matéria inovadora que a Nuvem tem capacidade de imprimir no cérebro. Isso quer dizer, é claro, que deve haver mudanças vastas na estrutura da massa de circuitos elétricos do cérebro, mudanças de resistências sinápticas em larga escala, e assim por diante."

"Você quer dizer que foi como uma imensa lavagem cerebral?"

"Não, não foi. Esta é a questão. Não houve lavagem. Não se desgastou a operação tradicional do cérebro, a antiga. Ela ficou incólume. O novo se firmou junto ao velho, para que ambos fossem capazes de trabalhar ao mesmo tempo."

"Quer dizer que foi como se meu conhecimento da ciência fosse repentinamente inserido no cérebro de um homem da Grécia antiga."

"Sim, mas talvez de forma mais extrema. Você imagina as contradições acirradas que surgiriam no cérebro do seu pobre grego — acostumado a ideias como a de que a Terra seria o centro do Universo e cento e tantos outros anacronismos — se de repente fosse exposto à rajada do seu conhecimento avançado?"

"Imagino que seria muito ruim. Afinal de contas, ficamos seriamente aborrecidos quando apenas uma das ideias científicas a que nos apegamos se mostra errada."

"Sim, pense numa pessoa religiosa que de repente perde a fé, o que significa que ela se torna ciente de uma contradição entre suas crenças religiosas e as não religiosas. Uma pessoa assim costuma passar por uma crise nervosa grave. E o caso de Kingsley foi mil vezes pior. Ele foi morto pela violência de atividade nervosa. Usando uma expressão popular, por uma série de 'tempestades cerebrais' de ferocidade inimaginável."

"Mas você disse que ele quase superou."

"É verdade, quase. Ele percebeu qual era o problema e criou um plano para lidar com ele. Deve ter decidido aceitar como regra que o novo deveria sobrepor o antigo sempre que houvesse conflito. Eu fiquei assistindo uma hora inteira, repassando as ideias dele por algumas linhas de maneira sistemática. Conforme os minutos passaram eu pensei que a batalha estava ganha. Então aconteceu. Talvez tenha sido uma conjunção inesperada de padrões que o pegou desprevenido. De início a perturbação pareceu pequena, mas então começou a crescer.

Ele tentou lutar, acirradamente. Mas é evidente que ela levou a melhor — e aí foi o fim. Kingsley morreu sob efeito do sedativo que fui obrigado a lhe dar. Creio que foi uma espécie de reação em cadeia nos pensamentos que saiu do controle."

"Bebe um uísque? Eu devia ter perguntado antes."

"Sim, acho que agora vou querer, obrigado."

Enquanto Marlowe apanhava um copo, ele disse:

"Não acha que Kingsley foi uma escolha ruim para essa coisa? Não seria mais apropriado alguém de calibre intelectual bem menor? Se foram os conflitos entre o conhecimento antigo e o novo que o arrasaram, então de repente alguém com pouco conhecimento firmado não se daria melhor?"

McNeil olhou por cima do copo.

"Engraçado você dizer isso. Durante um dos últimos acessos de sanidade, Kingsley comentou — vou tentar lembrar as palavras exatas — 'o alto da ironia', ele disse, 'é que eu vá passar por este desastre singular, enquanto uma pessoa como Joe Stoddard se daria bem'."

Conclusão

"E agora, minha cara Blythe, posso voltar a um estilo mais pessoal. Como sua mãe nasceu no ano de 1966, e já que o nome de sua avó materna também era Halsey, ficará claro que tive motivação — além do seu interesse pela Nuvem Negra — para os preparativos que fiz para que estes documentos lhe fossem enviados na ocasião de minha morte.

"Pouco mais resta a contar. O sol ressurgiu no início da primavera de 1966, que foi intensamente fria. Mas conforme a Nuvem tomou distância do Sol, ela tomou tal formato que refletiu à direção da Terra uma pequena proporção da energia solar que incidia sobre ela. Foi o que gerou um clima veranil quente no início do mês de maio, o que todos recepcionaram muito bem após o inverno e a primavera mordazes. E assim a Nuvem deixou o Sistema Solar. E assim o episódio da Nuvem Negra, tal como se compreendeu ordinariamente, chegou ao fim.

"Após a morte de Kingsley e a partida da Nuvem, seria irrealista para aqueles de nós que permanecemos em Nortonstowe tentar seguir antigas táticas. Em vez disso, Parkinson foi para Londres e afirmou que a retirada da Nuvem se deu em grande medida devido ao nosso bom trabalho. Não foi nada difícil afirmar isso, pois o motivo real para a partida da Nuvem nunca ocorreu a alguém fora de Nortonstowe. Sempre lamentei que Parkinson tenha achado por bem caluniar o pobre Kingsley com maior repreensão, ao representá-lo como um esquentado que ao fim foi deposto à força. Também se acreditou nisso, já que por algum motivo Kingsley era visto em Londres e em outros lugares como uma pessoa malévola de cabo a rabo. A morte de Kingsley deu mais cor a essa narrativa. Em resumo, Parkinson conseguiu convencer o governo britânico a não tomar atitude contra seus próprios compatriotas e deter a deportação dos demais. Houve esforços repetitivos de deportação, de fato, mas, conforme as questões nacionais se estabilizaram e Parkinson ganhou maior influência nos círculos governamentais, ficou progressivamente mais fácil resistir a elas.

"Marlowe, Alexandrov e os demais, com exceção de Leicester, ficaram todos na Grã-Bretanha. Seus nomes se encontram nas revistas científicas eruditas, sobretudo o de Alexandrov, que alcançou grande distinção nos círculos da ciência, embora sua carreira em outras direções tenha sido, creio eu, um tanto tempestuosa. Leicester, como eu disse, não ficou no país. Contra a orientação de Parkinson, ele insistiu em voltar a sua Austrália natal. Nunca chegou lá e a informação que se tem é de que se perdeu no mar. Marlowe continuou a amizade muito próxima com Parkinson e comigo até seu falecimento em 1981.

"Tudo isso aconteceu há mais de cinquenta anos. Agora, uma nova geração toma o palco. A minha já caiu às sombras deste cortejo chamado 'vida'. Ainda assim consigo enxergar todos com clareza: Weichart, jovem, inteligente, de caráter em formação; o suave Marlowe, sempre baforando seu execrável tabaco; Leicester, jocoso e alegre; Kingsley, brilhante, anticonvencional, cheio de palavras; Alexandrov, com seus cabelos desgrenhados, também brilhante e de pouquíssimas palavras. Foi uma geração incerta, que não sabia bem aonde ia. Em certo sentido foi uma geração heroica, conectada imperecivelmente na minha mente com os acordes iniciais da grande sonata que sua avó tocou naquela noite memorável em que Kingsley adivinhou a verdadeira natureza da Nuvem Negra.

"E assim chego ao final, que parece um anticlímax, mas não exatamente. Ainda tenho uma surpresa. O código! A princípio, apenas Kingsley e Leicester tinham acesso ao código pelo qual se podia estabelecer comunicação com a Nuvem. Marlowe e Parkinson acreditavam que o código havia morrido com Kingsley e Leicester, mas não morreu. Eu o obtive com Kingsley durante seu último acesso de sanidade. Guardo-o comigo todos esses anos, sem saber se deveria ou não revelar sua existência. É uma questão que agora entrego a você.

"Com meus melhores votos,
"Pela última vez,
"John McNeil"

Epílogo

Era um dia gelado de chuva forte, muito similar ao dia de janeiro que Kingsley tinha vivido tantos anos atrás, quando li o primeiro e assombroso relato de McNeil sobre a Nuvem Negra. Passei tarde e noite diante da lareira em meus aposentos no Queens' College. Após a conclusão, conclusão a que se chegou com tristeza, pois McNeil havia nos deixado havia poucos dias com a permanência irrevogável que só a morte traz, eu abri o último pacote restante. Dentro encontrei uma caixinha de metal que continha um rolo de fita perfurada, amarelado pelos anos. Havia dez mil ou mais buraquinhos perfurados na fita, do tipo utilizado pelos antigos leitores fotoelétricos. Era o código! Com um meneio eu poderia ter jogado o papel no fogo, e em um segundo toda possibilidade de novas comunicações com a Nuvem sumiriam para sempre.

Mas não foi o que fiz. Em vez disso, mandei fazer mil e tantas cópias do código. Deveria distribuí-las mundo afora, para que nada pudesse impedir alguém, onde quer que seja, mais cedo ou mais tarde, de entrar em contato com a Nuvem? Queremos continuar sendo grandes em um mundo minúsculo ou tornarmo-nos pequenos em um mundo vasto? Foi a este clímax supremo que direcionei minha narrativa.

J. B.
17 de janeiro de 2021

A Nuvem Negra
Richard Dawkins

Sir Fred Hoyle FRS (1915-2001) foi um cientista de renome, cujo jeito rude, até mesmo cáustico, típico de Yorkshire, contagiou muitos de seus heróis da ficção científica, incluindo Christopher Kingsley, o protagonista deste que é seu primeiro e mais famoso romance. Como astrônomo, Hoyle ficou famoso por estar errado quanto à teoria do Big Bang sobre a origem do cosmos. Era contra ela — e o próprio nome da teoria foi uma tirada sarcástica de sua autoria —, dando preferência à sua elegante teoria do "Estado Estacionário", a qual defendia com belicosidade. Ele estava espetacularmente certo em relação à teoria de como os elementos químicos, sobretudo o hidrogênio, se forjam no interior das estrelas. Aliás, muitos cientistas acham que houve injustiça séria com Hoyle quando lhe negaram uma parcela no Prêmio Nobel concedida a outros por essa teoria fundamental. Quanto a suas incursões na biologia teórica e na teoria da evolução, quanto menos se disser, melhor.

Como romancista, eu diria que sua produção foi diversa. *A de Andrômeda*, em parceria com John Elliott, compartilha com *A Nuvem Negra* a enorme virtude de educar o leitor quanto a princípios científicos ao mesmo tempo que diverte. Em particular, o livro explana a ideia muito importante — depois reprisada por Carl Sagan em *Contato* — de que, se uma civilização alienígena desejasse dominar a Terra, provavelmente não nos visitaria em pessoa (as distâncias galácticas são enormes), mas sim enviaria informação codificada por rádio, a ser decifrada como instruções para construção e programação de um computador. Aí, o computador faria as vezes dos extraterrestres. Entender como isso é mais plausível é entender princípios profundos da ciência, e Hoyle sabe transmitir tais ideias com brilhantismo.

Dos seus demais romances, alguns vão em outro extremo e são pouco mais que folhetins. Mas *A Nuvem Negra* é, na minha opinião, uma das grandes obras de ficção científica já escrita, figurando no topo com o melhor de Isaac Asimov e de Arthur C. Clarke. Desde a primeira página, é o que se costumava chamar de "causo danado de bom", uma dessas histórias que o agarra na página 1 e não solta até que você termina a altas horas. Ajuda o fato de o livro se passar aproximadamente no presente e não nos desconcerta, como faz boa parte da ficção científica, com nomes estranhos e alienígenas, além de costumes extramundanos que só começamos a entender quando já estamos avançados no livro, momento em que nossa vida atribulada já terá nos mostrado coisa melhor a fazer do que seguir na leitura. Os personagens de Hoyle adoram ter pensamentos profundos em suas salas de Cambridge diante de uma lareira crepitante, e essa imagem recorrente é encantadora pelo aconchego que nos traz.

Mas a virtude real de *A Nuvem Negra* é esta: sem ser proselitista, Hoyle consegue, conforme a história transcorre, nos transmitir verdades científicas fascinantes: não apenas fatos, mas princípios científicos de suma importância. Temos oportunidade de ver cientistas trabalhando e pensando. Saímos edificados e inspirados. Permita-me listar alguns exemplos de ciência realista — e, aliás, de filosofia — que o livro desmembra.

Descobertas científicas se dão com frequência, às vezes de maneira simultânea, a partir da convergência de mais de um método. A Nuvem Negra de Hoyle é detectada através da observação direta em um telescópio na Califórnia e ao mesmo tempo por raciocínio matemático indireto em Cambridge. A narrativa nessa parte inicial do livro é tratada de forma arrebatadoramente sagaz e tem seu clímax em um telegrama que é enviado pela equipe de Cambridge à equipe da Califórnia. Nenhum dos lados sabe que o outro convergiu independentemente à mesma e alarmante verdade, e há um instante de gelar os ossos em que as palavras do telegrama "incha[ram] até ficarem descomunais".

A elucidação gradual da verdadeira natureza da Nuvem Negra também dá perspectivas fascinantes do modo como os cientistas pensam e discutem entre si. O herói, o astrônomo teórico Christopher Kingsley, de Cambridge (no qual é difícil não enxergar o próprio Hoyle), o astrônomo russo Alexandrov, que é a dose de humor do livro, chegam sozinhos na assombrosa verdade — tão assombrosa que os outros personagens teimam em não aceitá-la. Kingsley e Alexandrov insistem infatigavelmente que as teorias deveriam ser testadas por *previsão* e aos poucos vencem o ceticismo dos outros. Mais uma vez, há um drama envolvente no diálogo que se dá entre cientistas cooperantes e divergentes.

Assim que se determina a estranha natureza da Nuvem, as coisas começam a andar a passo rápido. Nessa parte da história, uma das lições científicas que temos vem da teoria da informação. A informação é um bem, prontamente intercambiável de um meio para outro. Beethoven nos comove pelos ouvidos, mas em princípio não há razão para que um ente alienígena — ou, digamos, um computador avançado que não seja dotado de audição — não apreciasse a música se lhe fornecessem a mesma padronização temporal (que pode ser muitíssimo acelerada ou retardada) e as mesmas relações matemáticas entre frequências — as que interpretamos como melodia e harmonia. Na teoria da informação, o meio de transmissão é arbitrário. Essa ideia me influenciou sobremaneira na carreira científica e reconheço que passei a apreciá-la quando li *A Nuvem Negra* ainda jovem.

Um ponto relacionado, de significância científica e filosófica profundas, é que a individualidade subjetiva que cada um de nós sente dentro do crânio depende da vagareza e de outras imperfeições dos canais de comunicação entre nós, como, por exemplo, a linguagem. Se pudéssemos compartilhar nossos pensamentos instantaneamente por telepatia, de modo pleno e no mesmo ritmo que conseguimos pensar, deixaríamos de ser indivíduos à parte. Ou, expondo de outra maneira, a mera ideia da individualidade à parte perderia sentido. Pode-se argumentar, aliás, que foi *isso* que aconteceu na evolução do sistema nervoso. É uma ideia que me intriga em boa parte da minha carreira de biólogo e à qual, mais uma vez, fui conduzido por ter lido *A Nuvem Negra*.

Arthur C. Clarke, escritor de ficção científica mais consistente que Hoyle, embora apenas se iguale a Hoyle no que este fez de melhor, afirmou como "Terceira Lei" que "toda tecnologia suficientemente avançada é indistinguível da magia". *A Nuvem Negra* reforça a mensagem com todo vigor. Pizarro disparou seu canhão e foi tido como deus pelos incas. Imagine se ele tivesse chegado com uma metralhadora, de helicóptero e não de cavalo. Imagine a reação de um camponês medieval, ou mesmo de um aristocrata medieval, a um telefone, um televisor, um laptop, um jumbo. *A Nuvem Negra* nos transmite com vivacidade como seria a visita de um ser extraterrestre cuja inteligência parecesse divina do nosso ponto de vista mundano. A imaginação de Hoyle supera em muito todas as religiões de que tenho conhecimento. Será que tal superinteligência *seria* um deus?

É uma pergunta interessante, talvez a pergunta fundacional da nova disciplina da "Teologia Científica". A resposta, me parece, deve voltar-se não ao que a superinteligência é capaz de fazer, mas à sua proveniência. Supõe-se que seres alienígenas, independentemente do quanto sua inteligência e suas realizações sejam avançadas, teriam passado por um processo evolucionário gradual similar ao que deu origem ao nosso tipo de vida. E é nisso que Hoyle comete, na minha opinião, a única gafe científica do livro. A superinteligência homônima de *A Nuvem Negra* é questionada quanto à origem do primeiro membro de sua espécie e responde: "Eu não concordaria que houve um 'primeiro' membro". A resposta dos astrônomos na história é uma piada interna de Hoyle: "Kingsley e Marlowe trocaram um olhar como se dissessem: 'Oh, oh, lá vamos nós. Os meninos do Big Bang acabaram de tomar na cara'". Ignorando os astrônomos, devo protestar como biólogo. Mesmo que Hoyle e seus pares estivessem corretos em relação ao universo estar em estado estacionário desde sempre, o mesmo não se pode afirmar de forma sensata quanto à complexidade organizada e aparentemente proposital que a vida compreende. Galáxias podem surgir de maneira espontânea, mas a vida complexa, não. Este é praticamente o *sentido* da complexidade!

Existem outras falhas no livro. Apesar das imagens fidedignas que ele desenha quanto ao modo como cientistas pensam, o diálogo vez ou outra fica um pouco desengonçado e as piadas, um tanto pesadas. A personagem do herói, Christopher Kingsley, que sempre tende para o cáustico, chega a altitudes — ou desce a profundezas — de fanatismo inumano em uma cena horripilante perto do final do livro, que um resenhista descreveu como "um fascinante vislumbre do sonho científico do poder", mas que me soou exagerada.

Desde a primeira vez que li o livro, uma expressão dele me assombra: "os Problemas Profundos". Há problemas na ciência que não entendemos, talvez *nunca* venhamos a entender, seja por conta das limitações na evolução de nossa mente, seja porque, por princípio, eles são insolúveis. Como o universo começou e como ele vai terminar? Algo pode advir do nada? De onde vieram as leis da física? Por que as constantes fundamentais têm os valores que têm? E quanto a outras perguntas que estão muito além de nós que nem conseguimos *elaborar*, quanto mais responder? A ideia dos Problemas Profundos e a possibilidade de eles serem entendidos por uma inteligência superior, mas não por nós, nos faz ver nossa modéstia, mas uma modéstia de um modo que é ao mesmo tempo edificante. Também é desafiadora.

O final trágico do livro é comovente e ao mesmo tempo instigantíssimo. Ele é seguido por um epílogo suave — mais uma vez a contemplação à beira da lareira — que amarra as deixas e despede-se em ponto alto. As últimas palavras nos deixam sem fôlego, até atordoados, conforme voltamos a este livro espantoso: "Queremos continuar sendo grandes em um mundo minúsculo ou tornarmo-nos pequenos em um mundo vasto? Foi a este clímax supremo que direcionei minha narrativa".

© Fred Hoyle, 1957
© *posfácio*, Richard Dawkins
Edição original em inglês publicada pela primeira
vez por Penguin Books Ltd, Londres.

Todos os direitos desta edição reservados à Todavia.

Grafia atualizada segundo o Acordo Ortográfico da Língua
Portuguesa de 1990, que entrou em vigor no Brasil em 2009.

capa e ilustração de capa
Wagner Willian
revisão técnica
Alexey Dodsworth
preparação
Bárbara Prince
revisão
Huendel Viana
Karina Okamoto

Dados Internacionais de Catalogação na Publicação (CIP)

Hoyle, Fred (1915-2001)
  A Nuvem Negra / Fred Hoyle ; posfácio
Richard Dawkins ; tradução Érico Assis. —
1. ed. — São Paulo : Todavia, 2022.

  Título original: The Black Cloud
  ISBN 978-65-5692-240-9

  1. Literatura inglesa. 2. Ficção científica. I.
Dawkins, Richard. II. Assis, Érico. III. Título.

CDD 823

Índice para catálogo sistemático:
1. Literatura inglesa : Ficção 823

Bruna Heller — Bibliotecária — CRB-10/2348

todavia
Rua Luís Anhaia, 44
05433.020 São Paulo SP
T. 55 11. 3094 0500
www.todavialivros.com.br

fonte
Register*
papel
Pólen soft 80 g/m²
impressão
Geográfica